悪役は静かに退場したい

登場人物紹介

オーウェン・エヴァンス

ラシャル王国王太子。
容姿端麗、成績優秀なαで
誰にでも平等に接し、皆に親しまれている。

リアム・ベル

BLゲームの悪役令息でΩ。
転生するまでの評判がすこぶる悪く
少しでも好感度を上げようと努力する。

ダニエル
リアム付きの従者。
言葉遣いが少々荒っぽい。
ソラ・ターナー
ゲームの主人公。
オーウェンに好意を寄せる。
ロイド・ベル
リアムの兄で侯爵家の嫡男。
冷静沈着だが実は……
アレン
リアムとオーウェンの学友。
平民出身で近衛騎士を目指している。
熱血漢でまっすぐな性格。
サミュエル・ムーア
リアムとオーウェンの学友。
オーウェンの側近候補。
常に笑顔を絶やさないが……

プロローグ　光と共に

突然大きな音が耳に飛び込んできて、スマホの画面から目を離して顔を上げた。

目の前には、僕と同じように信号待ちの小学生の男の子がいるが、驚きのあまり、動けずにいる。

音を立てたのは大型トラックで、猛スピードでこちらに近づいてくる。このままだと男の子の立っているほうへ突っ込むのではないか。

咄嗟に駆け出す。スマホを落としたが、構わず男の子の腕を掴んで引き寄せる。しかし反動で、僕のほうがトラックの前に出てしまう。

男の子は、ほかの通行人に抱き留められたようでホッとした。けれど耳をつんざく音が間近に迫り、ドン、という大きな衝撃と共に景色が回る。

そのとき、落としたスマホの画面が光るのが見えた。

『運命の恋の相手は誰？　それは、あなた自身が手にする未来だよ』

スマホの画面に映っていた文字が、空中に映し出される。

『三人の攻略対象のルートをクリアしたので、隠しシナリオが現れたよ。やってみる？』

テロップの後に、選択肢が表示された。主人公ルートはクリアしたが、この隠しシナリオは何度やってみても、いまだにクリアできない。難易度が高いから、課金して好感度を上げたほうがいいのだろうけれど、あいにく貧乏だ。何度やっても死亡エンドになり、クリアしたことはない。そんな難関ルートだからこそ、無課金でクリアできれば最高だ。

迷わず『はい』を選択した瞬間、空中にある画面の光に包まれた。

「お兄ちゃん！」

先ほど助けた男の子の声だろうか。助かったのであればよかった。しかし悲痛な声はなぜなのだろうと思いながら、包まれている光の眩しさに目を閉じた。

あの光はなんだったのかと思いながら目を開ければ、既視感のある学生たちが行き交っている。たしか信号待ちをしていたときに、トラックに跳ねられたはずだ。それなのにどうして、大学にいるのだろう。思わず首を傾げる。

いや、ここは通い慣れた大学ではないようだ。大学は制服で通わないし、校舎の造りが違う。右手側には、西洋風だろうか、アーチ型の大きな窓から、柔らかな日差しが降り注いでいる。左手側には、吹き抜けへと続くアール階段があり、美しい。

「すご……なんだ、ここ」

思わず感嘆の声が小さく漏れる。そのとき、目の前を通って行った茶色い髪の学生の肩が、黒髪の学生の肩とぶつかった。

「危ないっ！」

茶色い髪の学生は、ぶつかった拍子にバランスを崩した。このままだと階段から落ちてしまう。咄嗟に彼の腕を掴んで引き寄せるが、踏み出した足が着地する床はなく、視界が上へと傾く。

「――っ！」

バランスを崩して浮遊感に体が包まれる。学生たちの姿は視界から消え、真っ白な天井が見えた。美しいシャンデリアは、陽の光を浴びてやけに輝いて見える。

「危ないっ！」

緊迫した低い声が耳に入った瞬間、誰かの腕が僕の体を包み込んだ。何が起きたのかわからない。呆けたようにそのまま天井を見つめていると、下腹に疼くような違和感を覚えた。鼻腔に甘い香りが入り込み、蕩けてしまいそうになる。

「大丈夫か？」

声のするほうを見ると、この世の者とは思えないほど美しい青年がいた。

黄金色の髪は陽の光を浴びて、透き通るように輝く。整った顔立ちは、まるで映画やドラマのヒーローのよう。

下腹部の違和感が急激に増して、心臓の鼓動もあり得ないほど速くなっていく。

これは夢だ。トラックに跳ねられて生きているはずはないし、死ぬ前の何かの夢だと思うしかない。立て続けにこのようなことが起こるはずはないだろう。

まるで酩酊したように視界が回り、糸が切れるようにブツリと意識が途絶えた。

◇　◇　◇

家族は恐らく、誰も僕の誕生日を知らないのだろう。それでも、もしかしたらと、幼い自分は期待したこともあったが、結局、祝ってもらったことはない。今では、そのような人たちに祝ってもらいたくもない。

それでも誰かに、と未練がましく思うのは、今際《いまわ》の際《きわ》にいるからだろうか。

ぼんやり目を開けると、頭上から呆れたような口調の声が聞こえてきた。

「また学園で暴れたそうだな。……まったく。いつになったら落ち着くんだ」

突き刺すような言葉を発する主に目を向けると、端正な姿の若い男性が自分を見下ろして立っている。美しい銀色の髪色は、外国の人のように感じる。仕立てのよさそうなスーツというのか、高級そうな装いだ。

その彼と一瞬目が合った気がしたが、すぐに逸らされる。そのまま若い男性は扉のほうに向かって歩いて行く。

「しっかり見ていろ」

若い男性は、扉の前に控えている青年を一瞥《いちべつ》すると、部屋を出て行った。

「申しわけございません」と謝罪を口にすると、青年はため息を吐いた。

「勘弁してくださいよ、ほんとに。毎度毎度……怒られるのは僕のほうなんですからね」

ぶつぶつと文句を言っている青年は、誰なのだろうか。どこかで見たことはあるが、思い出せない。それに先ほどの若い男性にも既視感がある。

「あなたのおかげでオメガの印象は悪くなっていくばかりだ。ほんと迷惑ですよ。今回も学園で、誰かに難癖付けて暴れたそうですね。階段から落ちたのも自業自得ですよ」

嫌味に聞こえるのは気のせいだろうか。呆けたまま青年を見つめていると、青年は窓際に向かい、カーテンを開けた。チラチラと舞い落ちる粉雪が視界に入る。

「ケガなんてないんですから、もう大丈夫でしょう？　大人しくしててくださいよ。まったく……王太子様に迷惑をかけるなんて、本当に怖い物知らずの人だ。そのうち破滅しますよ。巻き込まないでくださいね」

部屋を出て行こうとする青年を見つめながら、浴びせられた言葉に頭を抱える。

あの状況で助かった？

自分はたしかにトラックに跳ねられたはずだが、体に痛みがない。ただ、寝ていたからだろう、頭がぼんやりするだけだ。

ぐるりと室内を見渡すと、見覚えのない場所だった。

トラックに跳ねられたが、奇跡か何かが起きて助かったのかもしれない。念のために救急車で運ばれたのだと考えると、ここは病院だろう。だとすると、家族に連絡したのだろうか。恐らく連絡しても、誰もここへは来ないだろうと息を吐く。

もし来られても困るだけだから、来なくていい。

しかし入院となると金がいる。支払いは分割で大丈夫だろうか。それともトラックの運転手が支払ってくれるのかと考えていたら、「聞いていますか、リアム様！」と叱責された。

ハッとして扉の前にいる青年を見ると、怒っているようだ。看護師の制服のようには見えないが、病室にいるということは医療従事者のはずだが、違和感がある。まるで小説やゲームに出てくる従者のような口ぶりだ。

「リアム様！」

「リアムって……、あの、僕は」

「まだ寝てるんですか。起きてください！　食事の時間です！　あーもう。起きられないなら運びますよ。まったく……余計な手間を」

青年はぶつぶつ言いながら扉を開け、バンッ、と大きな音を立てて部屋を出て行った。

「……――リアム、って、まさか僕のこと？」

呼ばれた名前を疑問に思う。

「人違いにしても、あんなに怒らなくても……」

僕はどう見ても日本人だ。それになぜ突然怒られたのだろうか。首を傾げながら体を起こすと、視界に入った自分の手に息をのむ。

「……え？」

自分の手なのに、どこか違う。両頬に手を当て、頭を触って確認する。

慌ててベッドから起き出すと、部屋の中を見回した。青年が先ほど出入りした扉とは違う扉に向かう。中に入ると洗面所に風呂場だった。鏡を見つけ、正面に立つ。

「う……そ……」

鏡の前に立っているのは自分のはずなのに、既視感のある他人がいる。

先ほどと同じように自分の両頬に触れ、息をのんだ。

「……リアム・ベル」

第一章　転生した先に見たもの

――雪。

主人公。クリスマスパーティー。攻略対象。王太子。そして悪役令息、断罪イベント。

脳内に次々と言葉が流れ込んでくる。

『好感度が上がれば、選択した攻略対象と番《つがい》になれるよ！　ゲームを始めますか？』

選択肢の『はい』を選ぶと、ゲームタイトルと共に、満開の桜を背景にした王立学園の校舎が映し出される。ゲーム開始だ。シナリオは王立学園の入学式に進んでいく。プレイヤーは主人公になり、三人の攻略対象の中から、攻略したい相手を選択する。最初に出会う人物は、選んだ攻略対象だ。入学式後に出会い、互いに惹かれ合う。

『攻略対象は三人。この国、ラシャル王国の王太子オーウェン・エヴァンスは、甘いマスクの十八歳。爽やかな笑顔で、あなたを優しく包んでくれるよ』

メインストーリーは、王太子オーウェンのルートだ。オーウェンの紹介の後には、ほかの攻略対象であり、王太子と行動を共にしている騎士候補アレンと、文官系サミュエルの紹介が続く。

――『デスティニー～あなたと恋する未来へ～』

何気なくインストールした、スマホで遊べる無料ゲーム。ボーイズラブのゲームだと知らなかったが、綺麗なイラストと好きな人と結ばれるストーリーに共感したので、そのままスタートした。バイト代からようやく購入できたスマホだったので、無料で遊べるゲームはありがたい。好感度を高めていく内容だ。有料オプションも設定されているが、懐具合が寂しいこともあり、無料でできる範囲で楽しんでいた。学業やバイトの合間を縫って、隙間時間で楽しんでいただけだ。

「……なん、で」

高校を卒業し、ようやく念願のひとり暮らしを始めた。養護施設で働きたいと思っていたから、資格を取得するために受験した大学にも通っている。

今朝は、いつも通りにアパートを出た。歩いて大学へ向かう途中、赤信号のため、横断歩道の少し手前で信号が変わるのを待っていた。

通学や通勤のために人が多いのもいつも通り。小学生の男の子も、僕と同じように信号が変わるのを待っていた。その間に、昨夜もしていたゲームをしようと、ポケットからスマホを出して起動させる。寝る前に少しやってみたが、隠しシナリオは難しい。昨夜も、あっという間に死亡エンドになったので、最初からやり直しだ。

突然、急ハンドルを切ったような大きな音がした。

ハッとして顔を上げると、トラックが小学生の男の子の前に迫っていた。咄嗟に手を伸ばして引き寄せたが、勢い余って自分がトラックの前に出てしまった。

全身に感じた鈍い衝撃、反転する視界——たしかに僕は死んだはずだ。

地面に落ちたスマホの画面から、光と共に飛び出すようにオープニングタイトルが宙に浮かんだのは覚えている。

鏡に映る姿は、このゲームの登場人物である悪役令息のリアム・ベルにそっくりだった。

「ほんとに、僕が、リアム……？」

少し紫がかった美しい銀髪に、細い手足。整った顔なのに、リアムはいつも怒っていたから、驚いた表情を見るのは初めてだ。

それもスマホの画面ではなく、鏡に映った姿。自分と同じようにリアムが動いている。まるでリアムが僕のようだ。

「……う、そ」

なぜ今なのだろうか。ようやくひとりになることができ、夢を叶えるために一歩踏み出したばかりなのに、どうしてゲームの中に出てくる悪役令息になっているのだろう。

もしここがゲームの世界なら、今日はリアムの誕生日だ。自分の誕生日と悪役令息であるリアムの誕生日が同じだったので、苦笑したことを覚えている。

リアムの誕生日は、誰からも祝ってもらえない。

「おんなじ」

乾いた笑いが込み上げてくる。

ひとり暮らしを始めてから迎えた最初の誕生日が、今日だ。大学の帰りにバースデイケーキを買って帰ろうと思っていた。誕生日を喜んでくれる数少ない友人もいるので、もしかしたら一緒に祝ってくれるかもしれなかった日だ。

「でも、何があったんだろう……」

先ほどの若い男と、青年を思い出す。リアムの誕生日を覚えているとは思えない態度だった。

「僕の記憶が正しければ、最初にいたのがリアムの兄、ロイド・ベル。リアムのことをよく思ってなくて、ことあるごとにリアムを無視したり罵ったりしていた人。リアムの父であるホール・ベルが、このベル侯爵家にリアムを相談なく連れてきたから怒っている……」

ゲームでは悪役令息であるリアムの素行を叱責するシーンで登場していた人物だ。

「さっきの人は、たしか従者だったはず。名前は……そうだ、ダニエルだ。リアムは、家にロイドとホールがいないときには好き勝手していたから、ダニエルは二人に報告していたはず。執事……そう、セバスチャンっていう執事も、リアムの扱いに困ってたびたび苦言を呈していた」

学園でリアムが問題を起こすたびに、リアムの父に代わって兄のロイドが学園に出向いていた。ロイドが無理な場合は、執事のセバスチャンが学園長に頭を下げに行っていた気がする。

「……学園で暴れていたって言っていたよな。それに、オメガの印象って……そっか、ここはオメガバースの世界だって書いていたな」

記憶を確認するように、ぶつぶつと呟きながら情報を整理する。

デスティニーは、いわゆる乙女ゲームのボーイズ版で、オメガバースという少し変わった設定が組み込まれていた。

攻略対象とハッピーエンドになれば、その攻略した人と婚約し、うなじを噛まれて番《つがい》になるのだ。エンドロールでは、婚約して番《つがい》になったシーンのスチルがたくさんあるらしい。このゲームのユーザーたちからの口コミがネットに上がっていた。

まずプレイヤーはオメガの主人公になり、三人のアルファ攻略対象のルートで、数々のイベントをクリアしながら好感度を上げていく。もし好感度が上がりきらなければ、友人エンドだ。主人公の場合は、好感度が三十からのスタートなので、攻略の難易度はそこまで高くない。

しかし悪役令息でストーリーを進めるのは容易でない。ひとまず王太子ルートで挑戦してみたが、とにかくすぐに死ぬ。主人公のときと違って、好感度がゼロからのスタートになり、好感度も上がりにくいのだ。しかし好感度が下がるのは一瞬で、好感度がマイナスになった瞬間、バッドエンド直行だ。何度か挑戦していたが、悪役令息の場合は、途中までしか進められたことはない。

「誰かに難癖付けて、階段から落ちたんだったっけ」

突如、階段から落ちようとしている学生の姿が脳裏に浮かんだ。ゲームのシーンと違って、僕は咄嗟に学生の手を掴んで助けた。しかしその反動で、僕が階段から落ちてしまったのだ。そのときタイミングよく、あの美しい青年（王太子だ）が僕を抱き留めてくれた。

主人公でゲームを進めていたときは、悪役令息であるリアムによって階段から突き落とされてしまう。しかし間一髪で、王太子が現れて、主人公を抱き留めるのだ。そのシーンにときめいたが、リアムの立場でシナリオを進めているときは、主人公に難癖を付けて階段から突き落とすことになる。

「ああ、そうだ。たしか、階段から落ちたとき、主人公バージョンでは、攻略対象に助けられるんだ。今回は王太子が階段の下にいたから……ってことは、主人公は王太子狙いだ」

まるで人ごとのように、学園での自分のことを思い出し、僕は苦笑した。

「リアムが王太子に助けられるなんて、ゲームの中のシーンにはなかった気がするけど。僕が知らないだけで、そういうルートもあるのかな。……っていうか、王太子に助けられたときに感じた衝撃はなんだったんだろう」

階段から落ちたショックで、心臓がバクバクと高鳴っただけなのか。

「あの後すぐに気を失った気がする。……そっか、僕はリアムなんだ。悪役令息の、……死亡エンドありのリアムに……僕が」

鏡に映っている自分――リアムは、ほっそりとして華奢な体格で、黙っていれば美しい容姿をしている。悪役令息というだけあって、言動は苛烈だった。怒りのままに暴れて、納得できなければ、侯爵家の名を出しては気に入らない相手を罵倒する。そんなリアムだったからこそ存在感もあり、スマホの画面上では、今よりも大きく見えた。

僕《リアム》が階段から落ちそうになっている学生を助けるなど、家族が信じるはずはないだろう。ましてや王太子でさえも。ほかの攻略対象も、ゲーム通りであればあの場にいたはずなので見ているだろうが、ゲームのシナリオ通り、僕が主人公を突き落とすことに失敗して、自分から階段を落ちたようにも見えなくもない。

「……ああー……どうしよう。なんでこんなことに……」

頭を抱えて座り込む。

トラックに跳ねられた瞬間、スマホから放たれた光に包み込まれたことは覚えている。そのとき浮かんでいたテロップには、なんと書いていたのか。

『三人の攻略対象のルートをクリアしたので、隠しシナリオが現れたよ。やってみる？』

ゲームからの問いに、『はい』と答えたのは自分だ。

「まさか……え、でもだって……だからここに来た……？」

着ている制服のポケットに手を突っ込んでみるが、やはりスマホはない。慌てて洗面所から飛び出すと、ベッドの上にある掛布をまくる。床に這いつくばってベッドの下や周囲を見渡す。何も見つからないので立ちあがると、部屋に備えられているクローゼットを開ける。引き出しの中を探すも、やはり目的のものは見つからない。

「……僕って、誰？」

自分の名前が思い出せずに、僕は呆然と立ち尽くした。

「わっ！　……ほんと勘弁してくださいよ。ご乱心ですかー？」

ハッとして顔を上げて、声が聞こえるほうを見遣ると、ワゴンを押して入室した青年が、呆れた様子でため息を吐いている。従者のダニエルだ。ゲームでは、リアムと同じ十八歳で、平民出身だ。

悪役令息でスタートしたとき、このベル侯爵家での生活のシーンが、時々出ていた。そのたびにダニエルは、感情のままに暴れるリアムを軽蔑し、仕える価値もないとばかりに、陰でも表でもリアムを罵っていた。

「ダニエル？」

「はあ？　まあそうですけど。僕の名前を覚えていたんですね、びっくりです」

嘲《あざけ》るようにダニエルは嗤《わら》うと、ワゴンの上からトレーを運んできた。大きな室内には、ベッドのほかに学習用の机が置かれている。

ダニエルは中央にあるテーブルにトレーを置くと、ため息をひとつ吐いた。

「食べ終わったら呼んでくださいね。片付けをする身にもなってくださいよ」

そう言いながらもダニエルは、先ほど僕が引っ張り出した衣服を片付け始める。

「あ、すみません。僕が自分で片付けますから」

散らかしたのは自分なので、慌ててダニエルに手を伸ばす。

「……………──え？」

「え？　あの、何か？」

何に驚いたのかわからないが、ダニエルは僕を見ると固まってしまった。

「……ロイド様にお伝えしないと。リアム様、頭打ってますね。寝てください。大事になったら僕が叱られちゃう！」

ダニエルは慌てたように急いで僕に手を伸ばすと、ベッドのほうへ連れて行こうとする。

「あ、待ってください。片付けないと」

「そんなの後からでも僕がしておきますから！　ロイド様ー！　ロイド様っ！」

ダニエルの声を聞きつけて、ほかの従者が部屋に飛び込んできたのはそのすぐ後だった。


食事はテーブルに置かれたまま、再びベッドに寝かされる。

知らせを受けたロイドによって、かかりつけ医が呼ばれ、僕は診察を受けることになった。診察の結果、とくに問題はなかったようだが、今日は安静にするよう言いつけられた。

ベッドに食事が運ばれると、スープとパンに手を付ける。味は今まで食べていたものと、そう変わらない気がする。

食事を片付けに来たダニエルに礼を伝えると、驚きのあまりだろう、再び固まった。

僕にはその姿が衝撃だった。

「……あ、そうか。今の僕は、悪役令息のリアムだ」

家の中でも暴れていたリアムだから、先ほどの僕の態度だと驚くのも納得できる。

「でも、ゲームのリアムのような態度は、僕にはできないもんな」

ゲームのシナリオ通りに動かなければ、ダニエルのように、今の僕に不信感を募らせる者も出てくるだろう。

「あー……頭痛くなってきた」

正直なところ、何がなんだかわからない。考えすぎて頭痛がしてきた。

僕はベッドに転がると、浮かんでいたキーワードを思い出す。

ここはゲームの世界なのだ。

「……夢かもしれない」

ここが自分の現実になるのだとなかば気付いていながらも、それでも一縷《いちる》の望みに縋るように、意識を手放した。

◇◇◇

『デスティニー』は、明るく純粋な男爵令息が主人公のゲームだ。攻略対象全員の好感度を上げれば、いわゆるハーレムエンドを迎えることができるけれど、かなり難しい。イベントをこなしながら好感度を高めていき、最後は運命の繋がりを感じるようになる。

そんな主人公と攻略対象の恋を邪魔するのが悪役令息だ。リアムは、侯爵家の次男という高位貴族になるので、権力に物を言わせて数々の障害を生み出す。

障害を乗り越えたエンドロールでは、婚約して番《つがい》になった幸せを噛みしめる主人公と攻略対象の笑顔が印象的だった。

「……朝だ」

夢現《ゆめうつつ》で考えていたら、朝日の眩しさに目を覚ました。僕は目を擦ると、あらためて室内を見渡す。

モノトーンというより黒を基調としたインテリアはゲームの画面で見たとおり、リアムの性格をよく表しているような仄暗い室内だ。

僕は起き上がると、洗面所の鏡の前に立つ。

「夢じゃなかったか……」

万が一の可能性を願っていたが、ゲームで見たリアムが立っているだけだ。

「リアムって、どんなことしてたっけ。たしか……」

ゲームに出てくるリアムの動きは全攻略対象共通で、とにかく主人公の邪魔をする。

春から一年後の卒業パーティーのときに選択した攻略対象の婚約者が決まるので、それまでの間に好感度を高めて両思いになっていればいい。

攻略対象の三人すべてのルートをクリアしたら、隠しルートが現れる仕組みになっていた。隠しシナリオでのプレイヤーはリアムになり、攻略対象を一人選択してハッピーエンドを目指す。

「主人公ルートでさえ、攻略対象、一人一回ずつしかクリアしてないのに。隠しシナリオは王太子ルートを何度かしかしてなくて、それも死亡エンドばっかりだった。課金せずにクリアするとか無理ゲーもいいとこだと思ってたのに、現実になるなんて……」

リアムが好意を寄せる攻略対象は、主人公に惹かれていくシナリオになっていた。攻略対象に自分を見てもらおうと、リアムは必死に媚びる。しかし振り向いてもらえない腹いせに、次第に主人公に加える防害がヒートアップしていく。

そうならないように、しっかり攻略対象と交流して、好感度を高めていくのが悪役令息での楽しみ方らしいが、ゲームを楽しむ前に死んでしまった。

「あー……まじか。あ、そうだ。なら攻略対象を避ければいいんじゃないのかな」

何もわざわざ攻略対象に接近するというバッドエンドの道を選ばずともいいのではないか。そう思った瞬間、僕は思い出してしまった。

「ないわ。死ぬわこれ」

思わず頭を抱えてしまう。

「王太子ルートなら攻略対象を避けても、今のリアムに対する好感度はゼロだ。たしかこれ、攻略対象の誰かひとりでも好感度がマイナスになったら、死亡エンドだ……詰んだ」

全員の好感度が低い場合は、父親が悪事を働いたことによるお家取り潰しで一家全員処刑ルート。

「たしか国の金を使い込んだり、隣国に情報を売ったりして争いの火種を云々とか、いろいろあるってネットに書いてたな。侯爵の動きも悪事を働かないように見張らないといけないのか……」

ネットで上がっていた悪役令息の情報から、死亡理由は複数用意されていると知った。

「王太子ルートの場合、好感度が平均まで上がっていれば、学生たちからのヘイトが集まって断罪劇になったとしても救済が入ったような……そうだ、今までの悪事が暴かれても、平民エンドだった。このパターンだと死なずに済むし、家族も悪事に手を染めないはず」

鏡に映るリアムの姿に話しかけるように、僕は情報を整理していく。

ほかの攻略対象のルートでは、好感度が上がらなくても死亡エンドはない。主人公が王太子ルートに入っていないと願いたいが、階段から落ちたときに助けてくれたのは王太子だったことも理解している。

「全員の好感度が平均以上に上がっていれば、死亡ルート回避できる。……よし」

とにかく王太子ルートの攻略を考えなければならない。

蛇口を捻って水を出すと、ざぶざぶと顔を洗う。

「……綺麗な顔」

鏡に映る自分は、何度見てもゲームに出てきたリアムだ。

ため息を吐くと、もう一度「よし」と呟く。

「とにかく好感度を上げるしかないか。……でもこの状況で、何ができるんだろう」

階段から落ちたイベント。冬。

このふたつから考えると、今の状況は最悪だ。春ならゲーム開始時期なので、どうにかできる可能性は生まれる。しかしゲーム終盤に入っている現状からの挽回は、至難の業ではないだろうか。

「リアムバージョンは攻略してないいんだよなぁ……どうするかな」

「リアム様ー、早く起きてくださ……え？」

この声は従者のダニエルだ。顔を拭いて洗面所から顔を出した。

「リアム様が自分で起きているとか……やっぱり頭を打ってたんだ」

「頭は打ってないから」

ダニエルのほうに歩いて行くと、昨日のように驚いている。眉間にしわも寄っているので、僕は苦笑する。

「……朝食、どうしますか？　いつものように部屋で食べるなら運びますけど」

「うん、お願いできるかな」

「素直なリアム様って……と、とにかく、ネックガードの着用と抑制剤をしっかり服用してくださいね。いつもみたいに飲まないのはやめてください。僕が怒られちゃう」

うなじに巻く首輪やネックガードは、意図しない相手にうなじを噛まれないようにする自己防衛のものだ。

首に手を当て、たしかに付けていないと頷いた。けれど、そのようなものを付けたことはない。

「……どこにあるの？」

首を傾げると、ダニエルは呆れ顔で机の引き出しを指差す。

「どこにって、抑制剤は、いつもそこにしまっているでしょ」

ダニエルはクローゼットに向かって歩き出し、首輪を取って差し出してきた。

「リアム様は、いつも暴れてばかりだから発情期も来てないですけど、いつ来るかわからないんですからね。首輪もうなじを守らないと、いつどこで誰と接触するのかわからないんですよ。さあ」

ずい、と近づいてくると、ダニエルは圧力を掛けてくるように迫ってきた。

「そっか、バース性だ」

「そうですよ、って今さらでしょう。いいですか。リアム様はオメガです。表面上は、ベル侯爵家のただ一人の優秀なオメガです」

「ああ、ありがとう。で、オメガって、男でも妊娠するんだっけ？」

「ほんっと今さらですね！　そうですよ、妊娠するんです。しかも優秀な子を、っていうかアルファを産める可能性が高いんです」

「そっか。そうだったよね」

「……朝食を運びますね……やっぱなんか変だ……」

ダニエルは、何度も首を傾げながら部屋を出て行った。

「今までのリアムと違うよね」

手にした抑制剤と首輪を見て、苦笑する。

ダニエルの手前、なんでもないようにふるまったけれど内心はバクバクだ。

オメガバースとは、アルファ・ベータ・オメガという、第二性になる。第一性は男女という性別だ。

アルファは、オーウェンのことだ。ほかの攻略対象も、もちろんアルファだ。アルファは秀でた性になり、ヒエラルキーの頂点だ。

ベータは、いわゆる一般の男女で、オメガは底辺に位置する性になる。さらにオメガは、男女問わずに孕むことが可能だ。とくに男のオメガは、アルファの子どもを産む確率が高いので、高位貴族が番《つがい》に欲することが多い。

アルファとオメガの間には、ベータとの間にはない特別な繋がりが生まれる。それが番《つがい》だ。番《つがい》になるには、オメガにのみある発情期に体を繋げ、オメガのうなじをアルファが噛めばいい。そのためにオメガはフェロモンを出し、己の意思にかかわらず、より優秀な遺伝子を得ようとアルファを誘惑するのだ。

「まさか僕がオメガだって……やっぱり僕は転生しているんだ……」

はあ、と小さく息を吐いた。


制服に着替えると、ダニエルに用意してもらった朝食をとった後、廊下に出た。ぐるりと周囲を見渡せば、広い屋敷内に嘆息する。

「……すごい。まるでお城みたいだ」

いくつ部屋があるのだろう。数えきれないほど扉が見えている。

「こんな広い家なのにな」

家の中でも暴れていて、手が付けられないリアム。

「そうでもしないと、誰からも見てもらえないと感じていたんだろうけど、家族なのに……家族だからか」

転生前の自分も同じような状況だったから、気持ちがわからなくもない。

「……暴れるより、離れることを選べばよかったのに」

自分の過去の経験から、リアムへの思いが漏れていく。

階段を下りると、玄関ロビーには既視感のある老齢の男性が立っていた。

「あなたはたしか……執事のセバスチャン？」

「はい、セバスチャンです。おはようございます、リアム様。お加減はいかがですか？」

淡々とした口調は、ゲームで見た姿のままだ。職務に忠実なセバスチャンらしい。

「ありがとうございます。ご心配をおかけしました。大丈夫です。行ってきます」

会釈をしながら伝えると、セバスチャンの眉は一瞬ぴくりと動いたが、「行ってらっしゃいませ」と決まり文句のような返答を口にしただけだった。


馬車に乗ることもはじめてだ。何かのアトラクションのようにも見える。

「すご……」

車とは違う乗り心地に息を吐く。

ヨーロッパ風の街並みに見えるが、よく見ると日本の風景にも見える気がする。

「ゲームのスチル、まんまだ……やっぱここはゲームの世界なんだ……」

自分が着ている制服も、ゲームの中で登場人物たちが着ていたものだ。

「階段から落ちたときに助けてくれたのは王太子だったよな、見間違いじゃなくて……」

もしかしたら勘違いかもしれないし、王太子に助けられた情報も間違いかもしれない。

「とりあえず学園に行ったら、何かの噂が流れてるかもしれないから、そのとき確かめよう。でももし王太子だったら、どうするかな……関わらないでおきたいところだけど。卒業まであと三か月ちょっとか」

主人公が王太子ルートに入っているなら、死亡エンドが目の前にあることになる。なんとか避けるためには、好感度を上げていくしかない。

「平民エンドなら、今までのような生活ができるかもしれないし。炊事洗濯、あとは住環境の確保。

無事学園を卒業できたら、なんの仕事をするかだよな。……児童支援員、なれるかな」

転生前からの夢である養護施設の児童支援員の仕事を、ゲームの世界でどう実現するか。窓の外の景色を眺めながら考える。

「大学があるなら行きたいけど、その辺も調べないとな。でも平民になったら、大学進学は難しそうだな」

転生前は、奨学金をもらって大学進学する道を選んだ。念願のひとり暮らしを始めたので、学業とバイトに忙しい毎日を送っていたが、夢を叶えるためだから充実していた。

「まずは勉強か。テストイベントもあるし、ここをしくじったらヤバそうだ。で、その三か月後には平民になっていると仮定すれば、すぐに働けるだけの体力も必要だな」

リアムの体を見つめながら、僕は苦笑した。

「走り込みすれば、体力が付くかな」

ガッツポーズをして腕の筋肉に触れていると、ゲームのオープニングスチルのような景色が窓に現れた。

「……すご……でっかい建物」

タイトルテロップがあればゲームの世界だと思えたが、そのようなことはない。やはり現実なのだと感じ、息を吐いた。

貴族は馬車で学園に通うようで、たくさんの学生たちが入れ替わりで馬車を降りていく。僕が乗っている侯爵家の馬車も列に並んで、降りる順番が来るのを待つ。

「あ、ここか」

御者が扉を開けたので、カバンを持つと僕は馬車から降りた。

「ありがとうございます。帰りもお願いできますか」

「え？　……ああ、はい。もちろんです」

御者の男は、僕の言葉に驚いているようだ。

「あっと、そうだ。少し図書館に寄りたいので、いつもより少し遅めに迎えに来てください」

「……図書館ですか？　リアム様が？　……はい、わかりました。五時頃で大丈夫でしょうか」

「はい、そのくらいで」

「承知しました。では」

御者と別れると、学園の門を目指して歩き出した。


「ここがそうなんだ」

デスティニーの世界なのだとあらためて感じ入っていると、門の先のほうにたくさんの人だかりができている様子が目に入る。なんだろうと思いながら進んでいくと、突如、鼻腔に香《かぐわ》しい香りが届いた。この匂いを知っていると思った瞬間、心臓の鼓動がドクンと大きく高鳴った。

「……え、何」

匂いの元を辿れば、階段から落ちたときに助けてくれた人がいる。ゲームのスチルで何度も見たから間違いない。

王太子オーウェンだ。

「体調はもういいのか」

透き通るような綺麗で低い声が耳に入り、腹の奥に響く。昨日見たときは一瞬で、これほどまでに美しい人だとは思わなかった。驚きのあまり、息をのむ。

艶やかな金色の髪は、柔らかそうで触れたくなる。すっとした目は切れ長で、意志の強さを表しているようだ。僕の背丈を頭ひとつ分は優に超えている。アルファとしての威厳も感じさせた。

ゲームでの王太子の紹介文に、頭脳明晰で容姿端麗だと書かれていたが、まったくもってその通りだと思う。

王太子オーウェン・エヴァンスは、リアムと同じ三年生だ。ゲームの主人公が王太子ルートに入れば、リアムが死亡エンドを辿る可能性がある唯一の攻略対象になる。

「どうした？　どこかケガでもしていたか」

「あ、いえ……」

呆けたように見つめてしまい、慌てて僕は首を振る。

「そうか。昨日は突然階段から落ちてきて驚いた。何があった？」

「何って……」

主人公があの場にいたから、てっきり話を聞いていたと思っていたが、違うのだろうか。

「自分の口で事実を話すのは、さすがの君でも難しいか」

どういう意味だろうと首を傾げる。

「ソラ・ターナーを突き落とそうとして失敗したと聞いているが」

隠しルートに出てくる主人公名は、シャルル・ターナーだ。それなのに主人公の名がソラ？　もし名前がソラなら……彼は転生者だ。主人公でゲームを進めるとき、その名前はすでにシャルルに設定されている。しかしユーザーの好きな名前に変更することができるので、この世界に転生する際にソラと変更したのだろう。そうなると——

「……おかしなことになっていないか？」

この世界は隠しルートだと思っていたが、主人公ルートになるのだろうか。それともソラは主人公として転生し、僕はリアムで転生し、それぞれがそれぞれのルートを歩んでいると考えられなくもない。

「どういう意味だろうか。おかしなことというのは何を指している？　君がソラを突き落とそうとしたことについて聞いている」

「は？　僕が？」

僕は、階段から落ちそうになっていた学生を助けただけだ。そばにソラがいたような気もするが、階段から落ちていく瞬間だ。視界の片隅に彼が映っただけだったので、よく覚えていない。

「ソラや、周りにいた者から聞いたが。違うのか」

じっと見つめられると、腹の奥が熱く疼く。これがオメガバースの世界でいうところの発情かもしれない。

けれども、それよりもオーウェンの誤解を解いておかなければと焦る。このままだと好感度が下がって、死亡エンドに直行するかもしれない。

「誤解です。誰かが階段から落ちそうだったから助けただけです。その反動で自分が落ちたから洒落にならないですけど」

事実を伝えたが、やはり悪役令息としての存在が確立しすぎているのだろう、オーウェンの眉間にしわが寄る。好感度が下がっているのであれば、本当にマズいことになる。

「そうなのか」

「今の言葉は本当です。……信じてもらえないのはわかっていますけど、事実は事実なので伝えておきます。では」

会釈をすると、僕は足を踏み出した。

朝食の後、従者のダニエルから飲むように渡された抑制剤という薬を飲んでいるが、それだけでは効果が薄いようだ。一刻も早く保健室に向かいたい。カバンに予備の抑制剤を入れているので、服用した後、落ち着くまで避難していたいのだ。

「どういうことだろうか。俺が聞いている話と違うようだ」

それなのにオーウェンは僕の後をついてくる。

「僕は僕の事実を言っただけです。信じないのは勝手ですが、事実は事実です」

「目撃者が多数いる中で、事実だと君が言うからには、何か証拠でもあるのか」

だから、その声が腹の奥に響くんです！　と言えたらいいのにと歯ぎしりする。

これがオメガバースという世界の特徴なのだろう。

オメガバースがこのゲームの中に組み込まれていることは理解していたが、こうして体験することになるとは思ってもみなかった。

オメガとアルファの不要な交わりを避けるために、僕が服用した抑制剤がある。

しかしオーウェン相手では、効果が薄いようだ。とにかくオーウェンから物理的な距離を置きたい。

「……証拠って、どうやって示せばいいんですか。やってないことを証明するのって難しいんですよ」

しかし、僕は足を止めて振り向いた。

「なるほど。君は証拠はないが、やっていないと言うんだな」

ゲームではいつも爽やかな笑顔のオーウェンだが、裏表がある人だろうと僕は感じている。

いろいろなエンドがあるが、何ひとつ悪役令息の言うことを信じず、笑顔でかわしていたように思えるのだ。

「その通りです。……昨日は助けてくれてありがとうございました。あの、僕もういいですか。保健室に行きたいので失礼します」

会釈をして立ち去ろうとしているのに、なぜかオーウェンは付いてくる。これ以上何かを言ったら、好感度がまったくない現状ではマイナスになってしまうかもしれない。

「保健室に行くのは、やはり昨日のことが原因なのか」

「違いますから。大丈夫です」

あなたの匂いがマズいんです、と言えたらいいが、そうなると意識していると告げるようなものだろう。この匂いは、アルファが出すフェロモンだ。恐らくオメガは、縁か何かがある相手の匂いを感じるのだろう。しかし今の僕には困ってしまうものだ。まだなんの対策も練っていないので、できるだけ今は、オーウェンとは関わりたくない。

「何様だよ、お前」

鋭い言葉は、オーウェンのそばにいた学生からのようだ。

足を止めて振り向いて顔を確認したいが、それどころではない。僕は二人を振り切るように、足早に歩いて行く。しかし道がわからない。

「……すみません、保健室ってどこですか？」

観念して足を止めると、僕はオーウェンに尋ねた。

「やはり受け止め方がマズかったのだろう、頭を打っているのかもしれないな。保健室がわからないとは……」

助け方がよくなかったから、僕が頭を打ったと責任を感じているのかもしれない。

「ほんとに頭は大丈夫です」

昨日の件に関して責任を感じる必要はないことを伝えると、オーウェンのそばにいる学生が鼻で笑った。

「演技だろう。オーウェンに構ってもらって喜んでんだろうさ。オーウェン、こんな奴、ほっとけ」

　ゲームのリアムならやりそうなことだと思うけれど、それでもキツい物言いだ。僕は、声の主の顔を見ておこうと振り向いた。

「アレン、その言い方はよくないな」

「だってそうだろうが。いつもオーウェンにすり寄ってきてみっともない。オーウェンの手を煩わせるわけにはいかねえし、しょうがねえから俺が連れてってやる。オーウェンは戻れよ」

「……では、あなたにお願いします。オーウェン様、ありがとうございました」

　オーウェンとアレンの二人の顔を見ないようにして、僕は頭を下げた。とにかくオーウェンから離れられればいいのだ。

「来い」

「痛っ！」

　急に引っ張られて思わず声が出た。

「アレン」

「わかってるって。そんなに強く掴んだつもりはねえよ。ほんとひ弱だな、お前は」

「歩けますから放してください」

「ならさっさと歩けよ」

　腕を掴まれたまま、先ほどよりも足早に歩かされる。アレンは一刻も早くオーウェンから僕を引き離したいのだろう。強がりではなく、願ったり叶ったりだと思いながらも、薄れていく甘い匂いに、うしろ髪を引かれるような思いだった。

「ほら、ここが保健室だ。二度と忘れるなよ」
「ありがとうございました」
「お前にしては神妙だな。何を企んでいる」
「……何も企んでいませんけど」

先ほど、オーウェンがこの青年のことをアレンと呼んでいた。そうなると、この青年も攻略対象だ。体格のいいアレンだから、完全に見下ろされている。オーウェンと背の高さは変わらないが、大柄な分、もっと大きく見える。赤い髪は、意志の強さを表しているようだ。アレンは平民だが剣の腕が抜群で、現在騎士候補として活躍している凄腕だ。力が強いことも納得がいく。

主人公がアレンのルートに入れば、王太子オーウェンよりは好感度が上がりやすい。何よりリアムの死亡エンドがない。その場合、リアムはたびたび騎士団の鍛錬所に赴いて、真剣に鍛錬しているアレンに構ってもらおうと邪魔ばかりして嫌われる。同じことをしても主人公はアレンにかわいがってもらえるから、嫉妬のあまり主人公に手を出してしまう。

最終的にはベル侯爵家の権力を使って、主人公とアレンの仲を引き裂くように、無理矢理アレンと婚約する。そのため、卒業パーティーで今までの行いを断罪され、婚約破棄されて平民に降格されるのだ。

善悪をはっきりさせたいアレンは、言動も厳しいところがある。それに今までのリアムであれば、たしかにオーウェンの気を引こうと演技でもなんでもしていただろうから、アレンの言わんとすることも頷ける。

「ふうん。まあ、そういうことにしといてやる。もう二度とオーウェンの手を煩わせるなよ」

アレンは吐き捨てるように言うと、さっさと元来た道を戻っていった。

「……まあ、こんなもんかな、リアムへの態度ってさ」

自分がしたわけではないのに、今までのリアムの言動が突きつけられる。このような状況で、死亡ルートを回避できるのだろうかと、いまだバクバクとうるさい心臓の鼓動を感じていた。

保健室に入ると、保健医に事情を話して常備している抑制剤を服用する。水をもらって錠剤を手にすると、飲み込んだ。

一時間ほど休ませてもらうと、先ほどのおかしな状態は治まり、呼吸も落ち着いてきた。ただ今までが今までだったようで、仮病ではないかと保険医にも疑われそうになったのは、少し胸が痛んだ。

もしこの世界が主人公ルートであれば、主人公は王太子オーウェンルートに入っているはずだ。そう考えればつじつまが合う。主人公が好きになった相手に、悪役令息リアムも惹かれるのだ。だからこそ主人公の邪魔をする。

この状態で、ゲームのシナリオから逃げることができるのだろうか。

教室に到着すると、扉を開けて入っていく。クラスメイトたちの視線を感じた瞬間、賑やかだった教室内が静寂に包まれる。そのとき、一際鋭い視線を感じた。

黒髪に黒目の青年と視線が絡むと、青年はくすっと嗤った。デスティニーの主人公だと、一瞬で理解する。

主人公は、明るく純粋な設定だ。田舎の男爵家で、王都には疎いからこそ、失敗してしまう。そのたびに好感度の高い攻略対象が現れて、主人公を助けるのだ。

また田舎の出身ゆえに、貴族社会にも疎い。しかし攻略対象には、そんな主人公の言動が新鮮に映り、惹かれていく。そこに悪役令息であるリアムが絡んでいくのだ。

もしここが隠しシナリオであれば、プレイヤーはリアムとしてゲームをする。その場合、主人公は設定通りのはず。しかし、設定とはどこか違うような違和感を覚えた。やはり先ほど感じたように、ソラという主人公は転生者なのだろう。そうであれば、ここは主人公ルートだと考えたほうがいい。

気まずい中、僕は空席に向かい、歩いて行く。一席空いた窓際の一番うしろに向かっていると、すれ違う学生から、ひそひそと声が聞こえてくる。

「侯爵家だからって、遅刻が許されるのはどうなんだよ」

「ふん、いつものことだろう。授業なんて聞いてやしないんだから」

「そうそう。いつも悪巧みばかり考えてるんだろうさ」

ゲーム通りのリアムの評判に苦笑いしてしまう。

「あ、ほら。また何か浮かんだみたいだぞ」

苦笑をそのように受け取られるなんてどれだけの言動をしてきたのだろう。ゲームの中のリアムを思い出しながら席に着く。横柄に振る舞っていたから、方々から嫌われているようだ。

「二限を始めるぞ。ああ、リアム。どうして遅れたんだ」

教師が入室すると、一限にいなかった僕に気付いて問うてきた。

「あ、すみません。保健室に行っていました」

立ちあがって答えると、教師はじっと僕を見つめてきた。

「……なるほど。次からは連絡をするように」

「はい、すみませんでした」

頭を下げて着席すると、クラスメイトたちは隣同士でひそひそと話を始めた。どうせ先ほどのような内容だろう。嫌な感じはするが、今までのリアムを思えば反論はできそうにない。ため息を吐いていると、「静かに。では授業を始める」との教師の言葉が聞こえてきて、慌てて教科書とノートをカバンから出した。

「リアムって、授業を聞いていなかったんだな」

思わず呟く。

午前の授業が終わり、昼休みに入った。

広げたノートを見れば、リアムはろくにノートを取っていなかったようで、書かれている文字も読み取ることが難しい。教科書も悪巧みのメモなどが書き込まれていて読みにくい。

「もうすぐテストだって言ってたし。これ、どうするんだ」

テストは一週間後らしい。今日の授業で進行状況とテスト範囲は把握できたが、勉強しようにもこのままでは難しい。どうしたものかと、机の上に広げた教科書とノートを見つめながら考えていたら、軽やかな声が聞こえてきた。

「次のテスト、楽しみだなあ」

声の聞こえるほうを見ると、ソラが笑っている。

「ソラは前回、いい感じだったから、今回は上位を狙えるんじゃないかな」

「そうだといいなあ」

にこにこと笑っているソラは攻略対象の婚約者になることを目指しているはずだ。

しかし疑問が湧く。この世界に転生した際、僕は誰かからの問いかけに、『はい』と返事をした。

隠しルートであれば、プレイヤーはリアムになってゲームを攻略するから、主人公の名前は決められている。しかし主人公がソラという名前であれば、ソラは自分で自分の名を選んだのだ。ほかに黒髪で黒目の登場人物はゲーム内にはいないので、ソラが主人公で間違いないだろう。やはりソラも、自分と同じ転生者である可能性が高い。

「それにしても今日は大人しかったですね、彼」

隣席に座っている学生たちが、僕のほうを見ながら話している声が聞こえる。

「爵位の低い先生たちの授業妨害して、引っかき回してばかりなのにな」

「どうせ侯爵様に頼んで、赤点回避するんだろうよ」

チラリとこちらを見ると慌てて視線を逸らし、学生たちは足早に教室から出て行く。今までのリアムのことを思えば間違っていないだろうが、なんだか納得ができなくて、僕はもやもやした気持ちを抱えたまま、教科書とノートを机にしまった。

人の流れに合わせて僕も食堂に向かう。到着したのは広い食堂で、ゲームのスチルで見た光景にそっくりだ。

「すご……」

学生たちは友人同士で来ているけれど、僕は一人だ。食堂に行こうと思って周囲を見渡したが、僕に直接話しかける学生はいないし、僕も誰に声をかければいいのかわからなかった。購買で食料を調達しようかと考えたが、せっかく転生したのだから、ゲームに出てくる場所を見てみたい。転生前の食生活を思えば、自由に好きなものを注文できる現状に手を合わせたくなる。

人の流れに沿って列に並ぶと、チラチラこちらを見ながら、学生たちが潜めた声で話をしている。恐らく僕のことだと思うので、居心地が悪い。早く自分の順番が来ますようにと願うのみだ。こんなときスマホがあれば時間を潰すことができるけれど、あいにくこの世界にスマホは存在しないのだろう。

「全然違うわ、ここ」

ゲームの世界は、転生前の日本のあれこれを組み込んでの設定だったと記憶しているが、日本とは全然違う。

「ひっ！」

「え？」

「あ、ああ、いいいえ、なななんでもっ！」

ただ思ったことを呟いただけだったのに、前に並んでいる学生が僕の言葉に酷く怯えている。

「……ひとり言なんだけど」

「あ、あああ、そ、そそ、そうですよね。あ、あはは」

「は、話しかけられたと思って驚いてしまって、すすすみませんっ！」

二人の学生は誤魔化すように、しどろもどろになりながら話を終わらせた。

ぐるりと周囲の様子を見渡すと、学生たちは僕と目が合うと一様に視線を逸らす。早く自分の注文する順番が来ますようにと、僕はあらためて心の中で手を合わせた。

窓際の一番奥の席が空いていたので、注文した料理をトレーで運ぶ。その途中にもやはり学生たちからの視線を感じる。

「今日は自分で運んでいるぞ。食堂のおばちゃんに食ってかかってないよな」

「それに並んで順番を待っていたし」

「そういえば昨日、階段から落ちたらしい」

「なるほど。そのとき頭を打ったんだよ、きっと。怖ええな」

ひそひそ話す声が聞こえるが、知らない振りをして着席する。

「こんなときスマホがあったらなあ」

音楽でも聞いて雑音をシャットアウトできるのにと思いながらも、目の前に置いた料理に手を付ける。

「いただきます」

ともあれせっかくの豪勢な料理だ。食堂では、自由に好きなものを注文できるシステムになっている。それに金のことを考えずに食べることができるのはありがたい。

「Aセットとか頼めることなかったし」

お子様ランチの学生版とでもいうのか、豪華な料理に舌鼓を打つ。今日は肉料理を中心にしたセットにしたので、明日は魚料理のセットにしてみたい。

「おいしかった。ごちそうさまでした」

食べ終わると、早々に立ちあがってトレーを返却する。食堂の出口に向かおうとしたとき、「平民なのに来るとか何様だよ」という声が耳に飛び込んできた。

僕に言ったのかと思ったが、今の自分は侯爵家になるから当てはまらない。ならば誰のことかと振り向けば、トレーを受け取っている学生に、大柄な学生たちが罵声を浴びせている。

「あの、すみません」

謝罪しているのは、先ほど平民だと言われた学生だ。茶色の髪の毛がふわふわと揺れている。

「謝ればいいってもんじゃないだろ。ここは貴族が利用するところなんだ」

「そんなこと言われなくてもわかるだろ」

「す、すみません。あっ」

ぺこぺこと頭を下げている平民の学生の肩を、貴族と思しき学生が強く押した。その衝撃で、平民の学生が持っていたトレーは派手な音を立てて落下した。

「あーあ、もったいないよな。平民なんだから集めて食べれば？」

「あはは。マジでウケる……って、うわっ。リアム様っ？」

僕は、トレーを拾おうとしゃがみ込んだ平民の学生の前に同じように座る。

「大丈夫？」

「あ、あの」

「食堂の人を呼んで、片付けてもらおう」

「あ、いえ。僕が自分で落としたので」

僕の存在に気付いた平民の学生は、ぎょっとしたように目を丸くする。

「言えてるー。平民なのに、身分不相応に食堂に来るからだろ。リアム様だって怒っているぞ」

先ほど、平民の学生の肩を押した学生を見据えながら、僕は立ちあがる。

「それっておかしくないですか」

「……え？」

嘲笑《あざわら》っていた学生たちは、僕の言葉に、しんと静まり返る。

「この食堂は、誰が利用してよくて誰がダメなのか、生徒手帳だったかな、記載されているはずなので確認しましょう。それにあなたがこの人の肩を押したから、トレーを落としたんでしょう。なら今の言い分はおかしいなって思うんですけど、どうでしょうか」

「……え、でも、リアム様も、平民が来るところじゃないって常日頃から言っていましたよね？」

「そ、そうですよ。平民は下賤な者だって」

ゲームのリアムは平民を好いていなかったと感じたが、まさか常日頃から公言していたとは。

「言った言葉は取り戻すことができません。今僕は、身に染みてそう感じています」

僕は再びしゃがみ込むと、床に落ちたままのトレーに手を伸ばす。

「どうしたんだ」

学生たちの間から低い声が聞こえてきた瞬間、腹の奥がぞわりと波打った。

「この騒ぎはどういうことだ」

オーウェンとアレンが現れると、海が割れるように人だかりが退いていく。その場に残されたのは、しゃがみ込んでいる平民の学生と僕だけだ。

「またお前か」

アレンの厳しい声に、ぐっと唇を噛みしめる。

平民の学生は、突然のオーウェンの登場に腰を抜かしたようだ。

「あ、あの、オーウェン殿下。これはその……そうなんです。リアム様が急に現れて、この学生に」

言葉尻を濁して、自分の所業をなかったことにしようとする意図を察し、僕は立ちあがる。

「その前に、あなたがしたことはどうなんでしょうか。見ていた皆さんが証言してくれると思いますけど」

肩を押した学生を見つめながら言い切り、僕はオーウェンやアレンにも視線を遣る。

「あらあら、これはどうしたのかしら」

人だかりになっている状況に、食堂の人たちが集まってきた。片付けを始めた彼らの動きを見て、僕はこの場を後にしようと歩き出した。この状況だけを見てリアムの言動を顧みれば、僕に非があると見なされる。それでも自分がしたことを後悔したくない。

「リアム」

背後から聞こえるオーウェンの言葉が聞こえていない振りをして、僕は足を進める。

「わあー、大丈夫ですか。これってリアム様がしたんですか。酷いー」

軽やかな声は、主人公のソラ・ターナーだろう。

もやもやと胸の中に燻《くすぶ》る思いを抱えながら、僕は歩き続けた。


「……さて、これはどうしようかな」

放課後になり、僕はため息を吐く。机の上に広げているのは、リアムがかつて使用していたノートと教科書だ。教科書は四隅に悪事についてのメモ書きをしたり、呪詛のような言葉を空白部分に書き連ねたりしているが、使用することはできそうだ。しかしできれば教科書も一新したい。

「このノートは使えないから新しく用意するとして。でも、教科書はこのままかなあ」

問題はノートの内容だ。恐らく今までの授業で、テストに出やすい部分の説明があったはず。しかしまともに授業を受けていなかったらしいリアムは、必要なことをメモしていないばかりか、書いている文字を読むことすら難しい。

「ソラはどうするの？」

「うん。今日はオーウェン様が僕に勉強を教えてくれるんだ」

軽やかな声は、同じクラスのソラだ。

視界の片隅に彼の姿を認め、直視しないように教科書とノートをしまう。

「相変わらずソラと殿下は仲がいいね」

「そんなことないよ。オーウェン様は僕だけじゃなくて、皆に優しいんだよ」

「そうかなあ。殿下はソラのことが好きなんだよ」

「ええーそう見える？」

ちらりとこちらを見たソラの姿が視界に入るが、反応しないことにする。ここでなんらかのアクションを起こせば、卒業パーティーで断罪される理由になってしまう。

「もうすぐ殿下の婚約者が決まるでしょ」

「そうそう。きっとソラだよ」

「そうかなあ。でも僕、男爵家だから」

もじもじした仕草は、ゲームの中では可憐に見えたから不思議なものだ。立場が違えば、これほど見たくないものになるなんて。

「大丈夫だよ。だってソラと殿下は運命の番《つがい》なんでしょ。殿下もそう言っていたんだよね？」

「でもオーウェン様は、人前じゃ恥ずかしいって」

「わあ、じゃあ、人前じゃないところじゃ」

「もう、恥ずかしいよ」

きゃあきゃあと楽しそうな様子で、ソラと二人の友人たちは教室を出て行った。

主人公でゲームをしていたとき、攻略対象に好かれている主人公に嫉妬したリアムは暴れて、彼にケガをさせてしまう。後に断罪の理由になることは覚えているし、今の自分には暴れる必要も感じられないから流したが、胸にもやもやする気持ちが残ってしまった。

「反論して攻略対象からの好感度が下がるより、いっか」

攻略対象たちからの、僕への今の好感度は恐らくゼロのままだろう。マイナスになったら死亡エンド真っ逆さまだ。

「……怖っ」

夢を叶えるためにも死ぬことは避けたい。そのためにもテストイベントを無事クリアしなければならないから必死だ。もしこのイベントで失敗すれば、全攻略対象からの好感度は一気に下がってしまう。

失敗すれば死亡エンド。

何をするにも、この言葉が脳裏から離れない。いっそ本当に攻略対象を避けて悪意はないですよとアピールして、悪役令息という役を降りたい。

どちらにしても勉強する必要はあるので、僕はため息を吐きながらも対策を練る。

学生たちに声をかけてノートを借りようか。そういえばアルファとオメガはクラスが分けられているはず。ここにいるのはみんなオメガなんだなと思い、教室内を見回した。

昼間の食堂で因縁を付けられていた平民の学生がいる。自分と目が合ったその学生は、少々視線を彷徨わせた後、頭を下げて教室を出て行った。一瞬、声をかけられるかと期待したので落胆は大きいが、視線を逸らされたわけではないのでよしとする。

「さて、図書館に行ってみるか」

何か手立てがあるかもしれない。カバンを持って立ちあがった。

テスト範囲の要点を知りたい。過去問がわかれば幸いだ。誰か貸してくれないだろうかと図書館を目指していたら、図書館に続く廊下で、攻略対象と思わしき人物と出会った。

記憶が正しければ、青い髪を結び、メガネを掛けたインテリキャラは、サミュエル・ムーアだ。将来、王太子オーウェンの側近になることを目標としている。

「……今日は生徒会室に行かないのか。なぜここに貴様がいる？」

主人公が王太子攻略ルートに入っているときのリアムは、オーウェンに毎日会いに行っていたことを思い出す。

「今日は行きませんけど」

今日だけでなく、これからも行くつもりはない。けれど、それを今伝えても反感を買うだけだから言わないでおく。この瞬間に、好感度がマイナスになったら——

「何を企んでいるんだ」

主人公としてプレイしているときには、主人公と一緒に勉強して共に高め合う同志のように感じていた。

しかしリアムとして出会うと、サミュエルの言動には棘を感じる。それも今までのリアムを思えば当然だろうけれど、やはりもやもやする気持ちが拭えない。

「何も企んでいませんけど」

「……本当か。貴様が図書館に用があるはずなどないだろう」

「ありますが。あ、そうだ。あの、すみませんがノートを貸してもらえないですか」

しかし、話しかけてもらえたことはありがたい。思い切ってノートを借りることができないか、ダメ元で聞いてみた。

「ノート？」

眉間にしわを寄せながら、訝しげにサミュエルは目を細める。王太子の側近候補だから、頭もいいはずだ。

「なぜわたしが貴様にノートを貸さねばならないのか」

「明日、お返ししますから」

「断る」

これだけはっきり断られると、思いのほかすっきりする。サミュエルにとっても、テスト前の大事な時期に、他者にノートを貸す理由もないだろう。

「ですよね。すみません」

「ノートを勉強に役立てるという保証もないからな。なくされてはたまらないし、ましてや何かの企みに使われても迷惑だ」

そう言い捨てると、サミュエルはそのまま歩き出した。生徒会室に行くのだろう。

「そういえば、生徒会室に主人公が行くって言ってたな」

今頃主人公のソラは、生徒会室でオーウェンと仲よくしているのだろう。教室でそのように言っていたことを思い出していると、「何をしている」という低い声と甘い匂いがした。

「……え？」

驚きのあまり、素っ頓狂な声が出てしまった。背後から聞こえた声に振り向くと、オーウェンが歩いて来る。隣にはアレンもいて、こちらを鋭い視線で見つめている。

「何をしている？」

アレンに、先ほどと同じように聞かれ、返答する。

「図書館に用事があって」

「用？　君が？」

サミュエルと同じようなオーウェンの言葉に苦笑してしまう。

どれだけ信用がないのだと、自分の境遇に笑えてくるが、それどころではない。

「授業のノートを借りたくて。過去問や、テストの要点がわかれば助かるんですけど」

「今まで真面目にノートを取っていなかったお前のせいだろう」

「まあ、そうなんですけど」

アレンの言葉にため息を吐く。今までのリアムは自分ではない状況だからどうしようもない。それでもイベントのクリアには命が懸かっている。

「オーウェンの婚約者候補になったからって、あくまでも候補だろ。まさか婚約者気取りで、オーウェンに貸してもらえるのが当然って思ってるならお門違いもいいところだ」

小馬鹿にしたようなアレンの言葉にカチンときたが、それよりも気になる言葉に質問をする。

「婚約者候補って？」

それにはオーウェンが口を開いた。

「俺の婚約者に名乗りを上げていた家には、昨日知らせているはずだが」

「だから今日は、今までの分を挽回しようと必死なんだろ。これ見よがしにオーウェンの周りをうろちょろしてさ」

アレンの言葉に疑問が再び湧く。

「……候補って？」

うろちょろした覚えはないし、婚約者候補になったという話も侯爵から聞かされていない。

「候補は候補だろ。ベル侯爵家は以前から名乗りを上げていたし、よほどお前がごねたんじゃないのか？　身のほどを知れよ」

「……それより、今は勉強したいので。もうすぐテストだし。すみません、ノートを貸してください」

反論したいことは山ほどあるが、今はノートを貸してもらうほうが先だ。サミュエルもそうだが、オーウェンも成績がいいはず。貸してもらえれば万々歳だ。

「すまないが、俺は君のことを信用できない。伯爵家以上の貴族の応募は、今回すべて承諾している。とくに君に対して何かあるわけではない」

なるほど、と頷いた。そこまで信頼されていないのに、大事なノートを貸してもらおうと思った自分が浅はかなのだ。

「……そうですよね、わかりました。あと、婚約者候補の話は、僕は父からまだ何も聞いていないので知りません」

僕の言葉に、オーウェンとアレンは顔を見合わせる。

知らないものを知らないと伝えるだけなら、好感度は下がらないだろう。

「知ってても知らなくても、侯爵家からの申し出なんだから、そこは間違えるなよ。まあ、お前がオーウェンの婚約者になるのは無理だろうけどな。選ばれるのは、ソラのようないい子だろうよ」

嘲るように言われ、こめかみがピクリと動く。

「……そうですか。わかりました。では失礼します」

アレンに返答すると、僕は図書館に向かった。

「無心だ無心」

今いろいろ考えると頭の中が混乱しそうで、ともかくテストに必要そうな参考書を借りることにする。図書館の受付の人にも訝しんで見られ、どこに行っても居心地が悪い。

「よし、後はノートを買いに行けばいっか」

購買部もあるが、平民になることを目指したいので街に出てみよう。

図書館を後にして昇降口に向かうと、オーウェンとソラが話をしている。そばにはアレンとサミュエルもいるので、彼らの視界に入らないようにそっと進んでいく。

「今帰りか」

それでも気になって顔を上げた瞬間、オーウェンと目が合ってしまった。

「……はい」

げ、と内心で呟きながら返答すると、ソラがオーウェンの腕に自身の腕を絡めた。

「オーウェン様……僕」

何やらソラは、小声でオーウェンに話しかけている。

「こんな時間まで貴様は何をしていたんだ」

サミュエルの語気が強く、まるで叱責されているようだ。

「教室でもリアム様は、怖くて……」

まるでか弱い子鹿のように、ソラはふるふると震えている。サミュエルはソラの肩に手を添えながら、「大丈夫、ソラはわたしたちが守るから」と励ましている。

「サミュエル……ありがとう。また手を上げられるのかと思うと、僕、怖くて……」

「もしまた手を出そうとするなら、俺も守ってやるから」

「アレンもありがとう」

ソラが三人に守られているように感じるのは気のせいではないだろう。

手を出すつもりはないけれど、以前のリアムなら突っかかっていたはずだ。物語の強制力があるのかわからないので、早々に立ち去りたい。

「リアム、君は」

「失礼します」

オーウェンの言葉を遮るように僕は頭を下げ、足早に昇降口を後にした。

そのまま馬車が待機している場所まで走って行く。転がるように馬車に乗り込むと、僕は「街まで出してください」と御者に伝える。

彼は、僕の迫力に圧倒されたのか、急いで御者台に戻って行った。

「好感度って、どうやって上げればいいんだよ……」

盛大にため息を吐くと、小さくなっていく校舎を見つめた。


「ノート、ノート」

ともかく新しいノートを購入して、要点をまとめていこうと思った。先ほど図書館で参考書を借りられたので、テストまでの一週間でできることをしていきたい。

「へえ、すごいなあ」

平民になったときのことを考えて少し街の様子も知っておこうと、辺りの様子を見渡す。

街では侯爵家や学園のようにはいかないはずだ。

しかし転生前は、この世界でいう平民だったからとくに違和感はない。逆に貴族の立場に縛られず、自由でいいのではないか。それに将来の夢は養護施設の職員だから、平民になることは夢への第一歩のようにも感じられる。

パン屋や喫茶店は今歩いている通りに並んでいるし、武器屋や武具の店はもう少し先のほうにあるのだろう。賑やかな街並みに、転生前のことを思い出す。

「文具屋さんってどこだろう」

はじめての街だから、あまり遠くに行っては迷子になってしまう。それでもノートは買っておきたい。きょろきょろと辺りを見渡していたら、甘い匂いが鼻腔をくすぐってきた。

嫌な予感がすると思いながら匂いの元を辿ると、オーウェンとアレンが歩いている。げ、と思いながら、姿を隠そうと思っている間に、「お前ー！」というアレンの大きな声が聞こえてきた。

「なんでここにお前がいるんだよ！」

急ぎ足でこちらに来たアレンに、「まさかオーウェンの後を追ってきたんじゃないだろうな」と疑われた。

「僕のほうが先に学園を出たんですけど」

「そうだな。アレン、今のはお前が悪い」

追いついたオーウェンは、アレンを窘めている。さすがは王太子だ。

正直なところ、オーウェンからの好感度はアレンやサミュエルと同じように低いだろう。しかしオーウェンは、こちらのふるまいについても、頭ごなしに非難することはないように感じる。そこは王太子として平等に対応しているのだと好感が持てる。そう思い、慌てて首を振った。

僕が攻略対象に好意を抱けば、まさにゲーム通りになってしまうかもしれない。

「どうしたんだ？」

オーウェンは微笑みを絶やすことなく聞いてきた。

「いえ、別に。なんでもないです。ノートを買いに来ただけで、他意はないです」

「そうやってオーウェンの気を引こうとしてるんだろ」

「アレン」

「はいはい、すみませんね、口が悪くて」

ぴゅーと口笛を吹くと、アレンは周囲に視線を遣った。

「……では、僕は文具屋に行きたいので失礼します」

僕はオーウェンとアレンに背を向けて歩き出した。

「あ、ここかな」

二人と別れて少し歩いた先に、文具屋が見えた。

ノートを買おうと店に向かっていると、「誰か捕まえてくれー！」というけたたましい声が耳に入ってきた。何事だと周囲を見渡せば、十歳くらいの少年が、こちらに向かって走ってくる。身なりは薄汚れてただの平民ではないようだし、胸にはパンを抱え、明らかに様子がおかしい。

僕は少年に向かって駆け出した。一刻も早く少年を止めたい。

「うわっ！　放せよ……っ！」

少年は力一杯暴れているが、僕も放さないように必死だった。

「助かった！　ありがとう。さあ、来い！　来るんだ！」

パン屋の店主だろう恰幅のいい男が、少年の腕を引っ張っている。

「おじさん、ちょっと落ち着いてください！」

慌てて僕は、パン屋の店主に声をかける。

「坊ちゃん、こいつを捕まえてくれたことには礼を言うが、こいつはこそ泥だ。おい、こら！　早く立て！」

「待ってください！　あ、そうだ。パンのお代を僕が払いますから！」

急いでポケットから財布を出すと、「いくらですか？」とパン屋の店主に尋ねた。

「まあ、こっちは金さえ払ってもらえれば。今回だけは見逃してやってもいい。ただし今回だけだぞ」

少年が盗んだパンの金を払うと、パン屋の店主は少年から手を離し、来た道を戻っていった。

「リアム、これはどういうことだ」

騒ぎを聞きつけたのだろう、オーウェンとアレンが走ってきた。

「ちっ！」

少年は舌打ちすると、急いで起き上がろうとする。

「あ、君、待って！」

慌てて立ち上がり、少年を引き留めようと声をかける。

「待て！　逃げるな！」

追いついたアレンが、駆け出そうとしていた少年に手を伸ばし、制止させた。

「助けてくれって言ってない！」

少年はアレンの手から逃れようともがく。

「お前！」

先ほどの状況を把握しているのだろう、アレンは鋭い声を出す。

「ひっ！」

思わずというように、少年は身を震わせた。髪はぼさぼさで服も薄汚れている。全身を見れば、お世辞にも身綺麗とは言えない。

パンを盗んだ状況からも、食うに困っての犯行だと容易に考えられる。

「待ってください」

アレンに声をかけ、少年に座るように促す。

アレンに首根っこを掴まれたまま、少年は渋々座った。

「君はパンを盗んだの？」

「……盗んでねえよ」

「あのパン屋さんが勘違いしていたのかな」

「……あいつら食うものあるじゃん。なら、少しくらいいいじゃん」

「そっか。お腹空いてたんだね」

状況を聞き出そうと、できるだけ少年が話しやすいようにしているのに、アレンが声を荒らげる。

「盗みは盗みだ！」

「アレン、待て」

オーウェンはアレンの肩に手を置くと、座っている少年の前に膝をつく。

「家は？」

「……」

「君は、売りものであるパンを盗んだ。間違いないな」

静かに告げられるオーウェンの言葉に、少年の肩が揺れた。

「しかし盗んだパンの金は、リアムが払った。この青年のことだ」

「……別に頼んでねえし。こいつが勝手に金出したんだろ。放せよ。俺が帰らないと！」

「そうか。待っている人がいるんだな。その人も一緒に、俺が保護しよう」

「……オーウェン様が？」

「後は俺に任せてくれ」

オーウェンは僕に告げた。彼はいつの間に集まっていたのか、護衛らしき屈強な男たちに指示を出し始めた。

「あの、この子はどうなるんですか」

捕縛されるのは本意でない。そのために少年を止めたわけではないので、僕は慌てる。

「大丈夫だ。この子は保護する。捕らえるわけじゃない」

護衛の一人に立たされた少年を見ると、オーウェンの言うように縄で縛られる様子は見られない。

「しかし盗みは盗みだ。なぜ盗んだのか事情を聞く。まあ、この子の身なりから、大方の流れは予測できるし、その後のこともこちらに任せておけ」

もどかしい気持ちを抱きながらも、護衛に連れられていく少年のうしろ姿を見送るしかなかった。集まっていた人たちは散っていく。

「リアム。君が見た状況を説明してもらおう」

あらためてオーウェンから事情を聞かれて、あらかたのところを説明する。

「……あのまま見逃したら、あの子のためにもよくないと思ったから」

罪は罪だが、まだ少年だ。食うに困っての犯行ならば、食うに困らない環境を提供することが必要だと思った。だから止めたのだ。

「なぜそう思った？」

いつもと違う、柔和な表情がオーウェンから消えている。ドキリとするものの、自分の考えは伝えておこう。

「生まれは選べない。あの子が今ある環境に生まれ育ったのは、あの子のせいじゃないと僕は思うんです。あのまま見逃せば、あの子はきっと、また同じことをする。でも止めることができたら」

「未来が開けるかもしれない」

「え？」

僕が思っていた内容と同じことを言うオーウェンの表情は、いつもと同じ柔和なものだった。

「お疲れ様。君はノートを買うんだろう？　もう買ったのか」

「……ああ、いえ。まだですけど」

「そうか。あの先にある文具屋に行くのか」

「あ、えっと、はい。行きますけど」

少年に付き添っていたアレンが戻ってくると、オーウェンは話を切り上げた。

少年が気になりながらも、オーウェンに後を任せてその場から立ち去った。

遅くなったことを御者に詫びると、馬車に乗り込んだ。

「濃い一日だったな……」

学園や街でのことを思い出し、ため息を吐く。

卒業後は、自由な平民になれればいいな。

「どっちにしても卒業したら家を出よう。まずこの街でお金を貯めながら、児童支援員みたいな仕事ができるとこを探そっかな」

そのためにも、もっと街に来よう。

「めっちゃ疲れた……」

あくびをすると、ぼんやり窓の外の景色を眺めた。

家の門に到着したとき、偶然ロイドと遭遇する。

「こんな時間まで夜遊びか」

ちっとも笑っていないロイドは、僕が遊び歩いていたと判断したようだ。

「図書館に寄って、ノートを買いに行ってました」

事実を伝えるが、ロイドはリアムの話を信じていないようだ。

兄であるロイド・ベルは、侯爵家の嫡男だ。王宮に勤めている父の後を継ごうとしていると、ゲームの設定には書かれていた。鋭い視線は、リアムに対してのロイドの思いの表れだろう。ゲーム的にも現状的にも、リアムに対しての好感度は低いと容易に察せられた。

僕の話を鼻で笑うと、ロイドは無言で歩き始めた。

彼の後をつけるようになってしまうが、向かう先が同じ屋敷なので仕方がない。僕も無言で歩いていると、玄関に到着した。

扉を開ければ、広い玄関ロビーがある。校舎と同様に吹き抜けになっていて豪華なアール階段があり、まるでお城のようだと思う。

玄関ロビーを進んだところで、ロイドが立ち止まって振り返った。そのまま僕をじっと見つめる。

「あの、何か？」

「……いや。頭を打っていると聞いたが、平気そうだな」

まさか心配されていたのかと思い、息をのむ。

「人騒がせだな。暴れる方法を変えただけか」

ロイドはそう言うと、僕に背を向けて歩き去った。

「……方法を変えたって」

好感度が低いとは思っていたが、言葉の意味を実感する。

「信用ないなあ、リアムは」

思わず笑いが込み上げてくる。

「旦那様がお待ちですよ」

ロイドと入れ替わるように執事のセバスチャンが出てきた。

「お帰りなさいませ、リアム様」

「ただいま。遅くなりました」

ぺこりと頭を下げると、セバスチャンも頷いた。

「旦那様が食堂でお待ちですから、急がれたほうがよろしいかと」

「旦那様ってことは侯爵様ですね」

「リアム様？」

「あ、そうか。リアムにとっては父さんになるから侯爵様って呼ぶのも変か。セバスチャンさん、了解です」

「……リアム様、やはり頭を打った影響が……。医者を」

「あ、大丈夫です。普通です普通。カバンを置いたらすぐに行きます」

「念のために医者に診ていただいたほうがよろしいかと」

「大丈夫です。頭は打ってないし、痛くもないです」

侯爵から何を言われるのか聞いておきたいし、食堂など、屋敷のことも把握する必要がある。

「ですが……」

ゲームで唯一中立のような立場を取っていたセバスチャンを思い出す。屋敷でも学園でも暴れていたリアムに対して、苦言を呈していた人物だ。ゲームでは、屋敷の使用人たちは、リアムに対して嫌悪感をあらわにしていた。そのような状況でも、淡々と職務に忠実だったセバスチャンなら信用できる気がする。

「大丈夫です、ほんとに。それより対策練らないとヤバいので」

「リアム様、対策とは？」

「あ、今は大丈夫です。でもそのうちお願いすることがあるかも」

にこりと微笑めば、セバスチャンは動きを止めた。

どうしたのだろうと思い、「セバスチャンさん？」と声をかければ、「……あ、いえ。これは失礼しました」と微笑みを返される。

「この屋敷においでになった頃を思い出しました」

「おいでになった？」

「リアム様は小さかったので覚えてらっしゃらないでしょうか。旦那様と一緒にいらしたときのことです。よいご縁だと旦那様もリアム様に期待なさっていました」

セバスチャンは懐かしそうに僕を見てくる。

ゲームの設定では、本当の侯爵家の次男は亡くなっていた。街で見かけた浮浪児であるリアムが、亡くなった次男によく似ていたため、侯爵が拾ってきたのだ。

「そっか、そういえばそうでしたね。……んー、ならそうですね、思春期が終わったんですよ」

ゲーム上でのリアムの苛烈な言動は、現状ではなかったことにできないだろう。転生してここにいる僕が、今までと違う言動を取る理由をそれとなく知らせておくほうがいい。

「思春期ですか」

「そんな感じかな。あ、行きます。侯爵様、じゃなかった……でも父さんって感じでもないから、侯爵様でいっか。侯爵様をお待たせしたら、また怒られるのかな」

「リアム様……」

セバスチャンには、いずれゆっくり話を聞いてもらいたいと思いながらも、僕は部屋へと急いだ。

「お待たせしました」

廊下に控えているセバスチャンに会釈をすると、僕は食堂に入っていく。

広い食堂には、ゲームのスチルに出ていたままの侯爵とロイドがすでに座っている。

「座りなさい」

ロイドの声は、先ほどと同じように鋭い。

「あ、はい。遅くなってすみません」

会釈して急ぎ足で歩いて行く。長いテーブルの上座には侯爵が座り、彼の斜め向かいの席にはロイドが座ってこちらをじっと見つめている。

「早く座りなさい」

再度促されたけれど、どこに座るべきかな。ゲームのスチルでは、ロイドの横に座っていたはず。

僕は頷くと、彼の横に向かった。自分で椅子を動かそうとすると、セバスチャンが来て椅子を引いてくれた。

「セバスチャンさん、ありがとうございます」

「……いえ、礼は不要ですよ」

「ですか？　了解です」

高級レストランでは、このようにもてなされるものだったっけ。礼を述べると、明らかに戸惑っているセバスチャンを垣間《かいま》見る。

「私に敬称も不要です」

セバスチャンは小さな声で言ってくるが、彼は老齢だから僕よりもはるかに年上だ。

「え、でも」

「不要ですので」

「あ、……はい」

現状の僕は侯爵家の次男だ。セバスチャンは執事だから、貴族社会である以上、上下関係を守る必要があるのだろう。

もだもだと考えていると、ひやりとした視線を感じた。

「リアム」

侯爵の鋭い声が飛び、思わず僕の背筋は伸びる。

「あ、はい」

「……また学園で暴れたそうだな。今回はオーウェン殿下にまで迷惑をかけたと聞く」

昨日、学園の階段から落ちたとき、僕は王太子に助けられたと聞いている。家まで送ってくれたのは、王太子の護衛で、家の者は護衛から様子を聞かされたのだという。

昨日、ロイドからもそのように聞いているので、事実と違うと僕は伝えたかった。

しかし二人の視線は鋭いままなので、事実を伝えても信じてもらえないだろう。

「……すみませんでした」

ひとまず頭を下げて謝っておく。

「殿下の婚約者候補になった」

「……え？」

聞き間違いであってほしいと願いながら顔を上げても、侯爵の表情は変わらない。

「ほかにも候補者がいる。今までのような振る舞いは慎み、大人しくしておきなさい」

「……あ、あの、それって、断ることはできないのですか」

僕の言葉にいち早く反応したのは、ロイドだ。

「お前のような者が断るなどと口にすることは許されない」

強い口調で叱責され、思わず肩が揺れる。

「いいか、リアム。お前はベル侯爵家の名を背負っているんだ。重々肝に銘じなさい」

そう言うと、侯爵は話は終わりだとばかりに立ち上がり、食堂から出て行った。

「……マズい」

「何がマズいんだ？」

「あ、い、いえ」

小さな声で漏らしただけの言葉だが、ロイドに聞こえていたようで慌ててしまった。

「マズいのはお前だ、リアム。この婚約の意味を理解しているのか」

厳しい言葉は、今までのリアムの言動を思えばわかるが、それでも構えてしまう。

「今のままでは、婚約者となるなど夢のまた夢だ。お前がこのベル侯爵家に拾われたのは、できるだけ高位の貴族との縁を繋ぐため。お前のような者がオーウェン殿下と婚約できる可能性があるなどと思ってもみなかったが。ともかくなんとしてもチャンスをものにしろ。いいな」

「あの」

僕の言葉など聞こえていないようにロイドは立ちあがると、そのまま行ってしまった。

「これって……王太子ルートに入ったのが確定なんじゃないのか」

僕は頭を抱えた。確定だと思うと気が重い。

「……なんとかしないと。やっぱり主人公は、王太子狙いってことだ。でないと王太子との婚約の話が出るわけない。ってか、これって隠しルートじゃないのか。自分で攻略対象を選べないって、どれだけ無理ゲーなんだよ。ほんとヤバい、これマジで詰んだ……」

はあああ……と盛大なため息を吐くと、現状打破できる可能性を考えた。

ひとりきりの食事を終えると、部屋に戻る。状況を整理しようと、ベッドの横に腰を下ろした。

「リアムは十歳頃だったかな。たしか侯爵に拾われてベル侯爵家に入った。侯爵は忙しいから、あまり家には帰らなくて、代わりに屋敷のことは主に兄のロイドが仕切っていた。執事のセバスチャンさんと一緒に」

右も左もわからない幼いリアムは、屋敷に引き取られてから、亡くなった侯爵家の次男の代わりを務められるように育てられる。

「かわいそうな子だよ、リアムは。あのまま浮浪児だったら、それはそれで不幸だったかもしれないけど、ベル侯爵家での扱いを考えるとどっちもどっちだよ。孤児院とかで保護されたほうがよかったんじゃないかな」

リアムは見目麗しい容姿に生まれながらも、貧困街出身だった。そのため兄だけでなく、使用人からも冷遇されていた。父である侯爵は忙しさにかこつけて、リアムを拾ってきたのに放置していたはずだ。

ふと昼間のことを思い出す。平民が嫌いだと言っていたリアムは、恐らく自分自身が嫌いだったのだろう。彼らを見ると自身の生い立ちを思い出し、苦しくなる。平民だからこそ、家族や周囲の人、それに攻略対象から愛されないのだと思い込んでいたのかもしれない。その考えを正してくれる人もいなかったなら、間違った方向に進んだリアムが悪役令息になったのも納得できる。

家族や周囲の人たちから得られずにいた無償の愛を、攻略対象に求める。自分を愛してほしいと相手に求めるばかりだったリアムは、主人公の入学を皮切りに破滅の道に突き進む。自分の恋の邪魔をする主人公を排除しようと卑劣な行為を重ねて、最後はバッドエンドだ。

対照的に主人公は攻略対象と次々に親しくなり、一番好感度が高い攻略対象と結ばれる。

「……ああー……やっぱ詰んでる」

窓から見えるのは粉雪で、今は冬だと認識する。

「階段から主人公を突き落とそうとしたイベントが昨日のことだとしたら、次のイベントはやっぱりテストだ。それが終わったら冬休みに入る。ってことは街イベがある。はあああ……よりによって……」

なぜリアムなのか。

どこまでも悪役令息リアムと自分の前世がリンクして歯ぎしりする。誕生日も同じで、境遇も自分に似ているリアムに同情した。だからこそハッピーエンドになるよう、攻略しようと思っていた。

「……逃げるか？」

自問した瞬間、部屋の扉がノックされた。

「入りますよ……って、何してるんですか？」

ベッドの横に座って膝を抱えて座り込んでいる僕に気付くと、ダニエルが唖然としている。

「ああ、ダニエルくんか。いや、マジで自分の境遇に頭抱えてる……」

「はあ？　えっと、なんか変ですけどリアム様……よっぽど打ち所が悪かったんでしょうねえ。自業自得とはいえ」

「打ってないし。っていうかダニエルくん、聞きたいことがあるんだけれど」

「なんですかね、人を呪う黒魔術なら協力しませんからね。黒魔術って、相手にバレたときの仕返しが恐ろしいみたいだし」

「しないし、そういうの」

「え、だって、先日は『黒魔術だっ！』って意気込んで書物買ってきたじゃないですか。ほら、そこにある」

ダニエルが指差しているのは、僕の机の上だ。立ちあがって見に行けば、年期を感じる黒い本が置かれている。よく見ると『古から伝わる黒魔術』と日本語でタイトルが書かれている。

「ひえ……ないわこれ。ダニエルくん、これ、処分したい。あ、でも処分の仕方次第じゃ呪われそうだから、セバスチャンさんに適切な処分方法を聞きたい」

「……ほんとどうなってるんですか、リアム様……」

「そんなこと僕が聞きたいよ。とにかく、この本は処分する」

「いや、ああ、まあ……そういうことなら、こっちで処分しておきますけど。ともかく、風呂の支度も済んでいるので、ちゃっちゃと入っちゃってくださいね」

「了解。あ、質問なんだけど」

「人を害する相談はお断りです」

「そういうんじゃないから。とにかく風呂に入ってくる」

「そうしてください」

夜も遅いので、これ以上ダニエルの時間を奪っても申しわけない。僕は早々に風呂に入ろうと、支度を始めた。

「ふあ……気持ちいい」

風呂は転生前の日本で使用していたものに似ている。しかし比べものにならないほどゴージャスだ。部屋に完備されていて、さすがは侯爵家だと嘆息する。

「風呂に入り放題だ」

少しでも楽しみを見つけておきたい。手足を伸ばしながら湯に浸かる。

「それにしても王太子ルート確定かぁ」

最悪、婚約者に決定しても婚約破棄ではなく、白紙に戻せるだけの好感度を上げたいところだ。

「とにかく手や足を出さない。悪口も言わないでおくのは当然として、後はどうすればいいんだろう」

好感度が低い今は、何をしても悪意があると受け取られるだろう。なんとか信用してもらえるように誠実に動こう。

「毅然とした態度でいれば、裏はないって感じられないかな。ってか、ほんと厄介だな」

四面楚歌という言葉を思い出しながら顔を洗う。

「それに主人公もソラって名前だったし。ソラは転生者だろうな。あー……頭痛くなってきた」

現状を整理したいが、考えることが山積みで再び頭を抱えてしまう。

「とにかくテストイベント、攻略しないと」

よし、と気合いを入れると、手早く体を洗った。

風呂から出ると、さっそく机に向かう。参考書を広げて、ノートを出す。

「一からノートをまとめていくしかないか」

テストまで、あと一週間だ。

「時間がないから、今回のテスト範囲をひとつずつ潰していくしかないか」

両頬を軽く叩いて再度気合いを入れた。

◇　◇　◇

昨夜は夜更かしして勉強していたため、危うく寝坊しかけてしまった。

朝食をとって不慣れな首輪を付ける。抑制剤も忘れずに服用しておく。

「よし」

気合いを入れると、カバンを持って馬車に乗り込んだ。

転生前は大学一年生だったこともあり、授業内容は復習をしているようだ。休み時間は外野の声が入らないよう、時間の許す限り、勉学にいそしむ。

ようやく放課後になると、馬車に乗って街に向かった。

「あの子、どうなったのかな」

昨日、盗みを働いた少年がどうなったのか、何か手がかりがあれば……

オーウェンに聞けば詳細がわかるだろう。けれど、どのように接すれば好感度が上がるのか、まだ対策を練れていないので、できれば今は距離を置きたい。

「リアム」

それなのになんの縁だろうか、オーウェンが現れた。

昨日の件はイベントではなかったし、今日も出会うようなイベントはないはずだ。

「あ、……こんにちは？」

動揺してしまって思わず挨拶すると、オーエンは一瞬止まった後、くつくつと笑い出した。

「え、あの……？」

「ああ、いや。笑ってすまない。君のそんな表情は初めて見た気がするから」

「え、っと」

どのような表情をしているのか、自分の顔が気になる。

自分の頬に手を当てていると、オーウェンは頷いた。

「君も昨日のことが気になって来たのだろう？」

「まあ、そうですけど。オーウェン様も？」

「この辺りの治安を確認しておこうと思ってな」

オーウェンはそう言うと、周囲を見渡した。

「この先の奥は、君も知っているように、貧困街と言われている」

「やっぱり。昨日の子、たぶん困っているんだと思うんです。あの子は大丈夫でしょうか」

僕の問いに、オーウェンはいつもの柔和な表情を浮かべる。

「孤児院で保護することになった。あの少年の弟も一緒だ」

「弟がいた？　なら、ほんとに困っていたんだろうな。ありがとうございます」

孤児院で保護されたのなら安心だと思った。

「なぜ君が礼を言う？」

僕が礼を言ったことがオーウェンには不思議に感じられたようだ。

「僕も孤児院で保護されたらいいなって思っていたので。そのようにしてもらえてありがたいなって思ったから」

オーウェンは頷くと、路地を指差した。

「ここは街の中心部だが、路地裏は薄暗くて治安が悪い。王家もなんとか対策を講じているが、現状はなかなか進んでいない」

孤児院で保護できるのは、親や世話してくれる者がいない子どものみになる。

そのため、家族で貧困に陥っている場合の保護は難しいようだ。親から離れて孤児院に住みたいと望む者たちは少ないと聞く。

「子どもが犯罪に手を染めても、親が悪事を働くより罪は軽い。まあ、ほかにもいろいろ要因はあるんだが」

「一見、街にはなんの問題もなさそうですけど、一歩外れたらそういうことがあるんですね。昨日の子、反省してくれているといいんですけど」

「そうだな」

「あの子のような子どもたちが、そういうのを気にしないで暮らせる場所になるといいな」

「まさか君がそんな風に考えているとは思っていなかった。謝罪する」

突然オーウェンに頭を下げられ、リアムは慌てた。

「え、ちょっと。そういうの困ります」

街中に王太子が一人でいるとは誰も思わないだろうが、王族が軽々しく頭を下げるものではない。

誰かに見られでもしたら大変なことになると焦ったが、顔を上げたオーウェンは、またくつくつと笑っている。

「ぜひ協力してくれ」

「……笑いましたね。まあ、僕にできることはしますけど、っていうか、たいしたことはできないですけど」

「期待している。あ、そうだ。ここで会ったのも縁だろうから」

そう言うとオーウェンは、持っていたカバンからノートを出して、こちらに差し出した。

「これって」

「過去の授業のノートだ。今回のテスト範囲だけになるが、ないよりマシだろう」

信頼されていないから、貸してもらえないはずのノートが差し出されている。

困惑するものの、素直に受け取ることにする。

「ありがとうございます。大事に使います。あ、悪いことには使いませんから」

受け取ったノートをカバンにしまいながら伝える。

「ああ、そうしてくれ」

「……そうします」

オーウェンはまだ笑っていて、どうにも収まりが悪い。顔を伏せてもごもごと返答した。

「君はこれからどうするんだ」

街にはゲームに出ていた市民図書館がある。そこで貸してもらったノートを写したい。もし時間があれば、この世界での職業も調べておきたいと思う。

「僕は」

図書館に、と言いかけたとき、「オーウェン様だ！」という楽しげな声が聞こえてきた。

「わあ、すごい偶然だ。オーウェン様、ここで何しているんですか」

チラリと僕のほうを見たソラの目は笑っていない。僕がオーウェンのそばにいることに苛立っているようだった。しかしそれは一瞬で、すぐにソラは和やかな笑顔を浮かべてオーウェンの腕に絡みついた。

「ああ、少し用があってな」

「なんの用だったんですか」

「それより、ソラこそ何をしに来たんだ？」

「僕のことを気にしてくれて嬉しいです」

またソラにチラリと見られる。

「オーウェンは街に来ていたんだな。忙しいのにわざわざ時間を割いて来るのは、よほど大事な用だったんだろうな」

ソラと一緒に現れたサミュエルは、僕はいないかのように、こちらをチラリとも見ない。ソラと対照的なサミュエルの行動に、微妙な心境になる。

明らかに三人を前にした今の僕は場違いだった。それにサミュエルの今の言葉は、僕に対しての嫌味だろう。

ゲームの中のサミュエルは、王宮で重役を担っている父の手伝いをしたがっていた。しかし父は優秀な兄を頼りにしているから、サミュエルは自分を不甲斐なく感じている。だからこそ、父の役に立てるよう必死に勉強しているのに、自分に媚びてばかりいるリアムの行動が許せないのだ。真面目に勉強せず、自分の周りをうろちょろして邪魔ばかりするリアムが、彼は疎ましいのだ。

もうすぐ行われるテストイベントではリアムがカンニング事件を起こす。カンニングがバレた後もしらを切って認めようとしないリアムを、サミュエルは許せない。それだけでなく、リアムは侯爵家の力でカンニング事件自体をもみ消そうとする。サミュエルは、そんなリアムを心底軽蔑する。

しかし主人公がサミュエルルートに入ったときには、リアムは侯爵家の権力を笠に着て無理矢理婚約するのだ。サミュエルは伯爵家なので、侯爵家の力に抗うことができなかった。しかし卒業パーティーのときにリアムを断罪して、婚約を破棄させるのだ。

「サミュエル、僕もそう思う。オーウェン様は忙しいのに、きっと」

また、チラリとソラに見られた。このまま黙っていれば好感度に変化はないはずだ。

しかし何かを言えば、きっとサミュエルは反論してくるだろう。それにソラも、今のように僕を怒らせようとするはず。

「僕はこれで失礼します」

退散すべきだと思い、頭を上げる。

けれどソラはなぜか驚いたように、慌てて言葉を募る。

「ええー、オーウェン様の大事な時間を使っておいて、そういうのは酷いよ」

「ソラ、その言い方は」

「いいえ、オーウェン様は優しいから、僕が代わりに言ってあげます！」

どのような正義感か知らないけれど、ソラの言い分が理解できない。

「すみませんが、ちょっとあなたの言っていることがわかりません。必要であればオーウェン様はご自分で僕に伝えると思いますけど」

「ご、ごめんなさい。僕はただ……」

僕の言葉を聞くと、ソラはぽろぽろと涙を零し始めた。

「貴様は血も涙もないな。このように怯えるソラに、酷い言葉を淡々と浴びせてくる」

サミュエルはソラの肩を抱くと安心させるように微笑んだ。

好感度が低いから、この状況は仕方がない。しかし同時になんの茶番を見せられているのかと、脳内が冷えていく。

「ソラ、サミュエル。今のは言いすぎではないか」

オーウェンは、ソラとサミュエルをたしなめると、僕のほうを見た。

「失礼します」

寸劇は劇場でやってくれ。内心で呟きながら頭を下げる。

万が一にも、ソラとサミュエルに図書館でまた出会ったら最悪だ。そう思うと図書館に向かう気になれず、家に帰ろうと馬車を目指す。

「リアム」

背後からオーウェンの声が聞こえ、思わず足を止めた。

「勉強を、頑張るのか」

「……できることはしますけど」

振り向きたくないが、その思いと裏腹に振り向きながらオーウェンに答える。

「そうか」

ふっ、と笑みを浮かべると、オーウェンはソラとサミュエルに声をかけた。オーウェンが二人になんと言ったのか離れているので聞こえなかったが、ソラはオーウェンに微笑んだ。その後、ソラはオーウェンの腕に絡んだまま、サミュエルの腕にも自身の腕を絡めた。一瞬だけ、ソラはチラリと振り返って鋭い視線を僕に向けてきた。やはりソラは転生者だと、本能が告げる。

「……テストイベ、クリアしよう」

両手を握りしめながら、誰にともなくそう誓った。


屋敷に帰ると、ゲームではいつも帰りが遅い侯爵が帰宅していた。

セバスチャンに急いで食堂に行くよう言われ、慌てて支度をする。

食堂にはすでに侯爵とロイドが座っていた。

「遅くなってすみません。図書館に」

「言いわけはいいから座りなさい」

最後まで言う前に、侯爵に促される。

「もうすぐテストなので勉強したくて」

椅子に座りながら伝えるが、ロイドは鼻で笑った。

「お前が？　もっとマシな言いわけをしろ」

相変わらず信用されていない。わかっているが、気持ちはふさぐ。

「リアム」

「……はい」

「殿下の婚約候補についてだが、とくに問題がないようだから話を進める」

侯爵はこの現状を、本当になんの問題もないと感じているのだろうか。

「すみませんが、僕には荷が重いと思います。どうか侯爵様から断っていただけませんか」

しかし侯爵はじっと僕を見つめるだけで、何も言わない。

「今までの僕の言動は、そうですね。たしかによくなかったと反省しています。これからは心を入れ替えて、しっかり学生生活を送りたいと思っています。ですが、それだけで殿下の婚約者になれるとは思いません」

王太子の婚約者は、いずれ王太子妃になるのだ。ゲームの中では婚約して番《つがい》になればエンドになる。しかし現実はその先もあるはずだ。そのような重役に自分がなれるはずはないし、正直なところなりたいとも思わない。

「あの、侯爵様。どうぞお断りをしてください」

頭を下げたが、侯爵は何も言わなかった。

そのまま黙々と食事を済ませると、侯爵は席を立った。ロイドも立ちあがると、じっと僕を見つめてくる。

「あの、何か？」

「よほど頭の打ち所が悪かったんだな。お前がそんなことを言うとは思わなかった」

どのような意味として受け取ればいいのかわからないまま、僕は立ち去るロイドのうしろ姿を見つめるしかなかった。

部屋に戻ると、どっと疲れが押し寄せてきた。

ベッドに寝転がると、部屋に来たダニエルに怒られる。

「あーもう、また着替えもせずにベッドに寝転んでますね！　いけません。さあ、風呂に行ってください！」

「あー……ダニエルくんか。聞きたいことがあるんだけど」

「先に風呂をすませてくださいよ」

「聞いたら入るから」

「しょうがないですね。いいですよ、なんですか？」

ため息交じりに、ダニエルは返事をする。

「ダニエルくんから見た、僕の現状って、どんな感じ？」

「……リアム様は、表面上はベル侯爵家の優秀なオメガです。だから、王太子様の婚約者候補になれたんですよ。光栄に思わないと。破滅間近のリアム様に、候補といえど、婚約する可能性を与えてくださったんですから感謝すべきです。この縁を逃したら、たぶん、いや絶対に、もう婚約の話なんかこないですからね」

ぶつぶつ言いながらも、しっかり説明してくれるダニエルはいい人なのだろう。

「そっか、ありがとう。で、僕が殿下の婚約者になる可能性は？」

「侯爵家のうしろ盾もあるオメガなんですから、本当ならリアム様で婚約者は決まっていたと思いますよ。でも普段の素行が悪すぎて、決定できなかったんじゃないですか」

「なら、このまま候補から僕が消える可能性は？」

「はあ？　何言ってんですか。そうなると旦那様が激怒しますよ。恐ろしいこと言わないでくださいよ。念願の王家と縁が結べる可能性があるんですから、何がなんでもリアム様を婚約者に決定させるはずです。今までもリアム様の悪事を旦那様がもみ消そうとしてたでしょう？」

「え、でも」

「でも、じゃないですよ！　わかってますか！　そのためにリアム様は拾われたんですから、恩を仇で返すようなことはやめてくださいね、ほんとに。婚約者になれなかったら、リアム様に価値なんてないんですからね」

「なるほど。じゃあ、卒業後は平民コースだな」

やはり目標は、平民になって夢を叶えることでいいようだ。

独りごちていると、ダニエルは寝転んでいる僕を覗き込んできた。

「また平民に戻りたいんですか」

「うーん、ちょっと違うかな」

起き上がると、ベッドに座る。

「どういうことですか？」

「うん、僕には夢があるんだ。それを叶えることは、このままでは難しいってこと。だから勉強する。ダニエルくん、協力してほしいんだけど」

じっとダニエルを見つめると、馬鹿馬鹿しいとばかりにダニエルは笑った。

「嫌ですよ。今までどれだけリアム様に迷惑掛けられたか。リアム様付きの従者がどれだけ変わったと思っているんですか。僕だって生活がかかっていなかったら、リアム様の従者なんてとっくに辞めてますよ。これ以上、迷惑掛けないでください。僕は仕事以外はしませんから」

そう言うとダニエルは、部屋を出て行った。

「だよねえ。仕方がないか」

今までが今までだったので、ダニエルに信用されなくても仕方がない。

ただ、どうしようもなく虚しくなるのは気のせいだろうか。

「……風呂入ろ」

ため息を吐くと立ち上がり、クローゼットに向かう。そして支度をすると、風呂場へ向かった。

「さて、勉強しようかな」

オーウェンに借りたノートを写したい。

カバンを持って机に向かうと、今朝はあった黒魔術の本がない。

気合いを入れると、勉強を始めた。

「よし」

いろいろ言いながらも、しっかり仕事をしてくれる彼に感謝する。

ダニエルが適切に処分してくれたのだろう。リアムに対して思うところはあるだろうに、口では

「いい人だな」

◇　◇　◇

翌朝は、いつもより早く家を出て学園の図書館に向かう。

「さすがにこの時間は誰もいないか」

司書のみの図書館は清々しい。外野の声も聞こえないので、集中できそうだ。さっそく教科書とノートを広げると、僕は勉強を始めた。

しばらくして、誰かからの鋭い視線を感じた。

「……なんですか？」

サミュエル・ムーアが、珍獣でも見つけたように僕を見ている。

「……なぜ貴様がここにいる」

「なぜって、図書館で勉強したらいけませんか」

好感度が低いにしても、サミュエルはなぜいつも突っかかってくるのだろうか。

サミュエルは納得していないようだが、僕が広げている教科書やノートを見て息を吐いた。

「……今さら勉強しても、どうにもならないと思うが」

たしかに今までのリアムが勉強を始めても、そんなにすぐに結果は出ないだろう。

「今はテストがあるから勉強していますが、勉強した結果は次に繋がりますよ。そうしていくうちに知識は自分のものになる。違いますか」

転生前に経験したことだ。奨学金をもらえるように受験勉強に励んだことは、こうして勉強をするコツとして自分の中に残っている。学んだことは忘れず、復習しながらテストに活かそうとしているのだ。それを他人にどうこう言われたくない。

「……結果が楽しみだな」

そう言うとサミュエルは、なぜか僕の前の席に座った。

驚いた顔をした僕に、サミュエルは片眉を上げた。

「なんだ？」

「……いえ、別に」

気まずいが、なぜこの席で勉強することにしたのか、理由を問いただして好感度が下がりでもしたら大変だ。気にしないように意識して、勉強の続きを始めた。

始業のチャイムが鳴る前にサミュエルより一足先に退室して、生徒会室に向かう。もし主人公に会ったら困るので、様子を窺いながら進んでいくと幸いにも出会わずに到着する。

「ああ、君か」

生徒会室から出てきたオーウェンに挨拶すると、借りていたノートを渡した。

「ありがとうございました。とっても見やすくてわかりやすかったです。助かりました」

王太子は字も美しいのかと、昨夜は驚いたのだ。綺麗にまとめてあり、要点もわかりやすかったことを伝えると、オーウェンは頷いた。

「役に立てたのならよかったが、一晩でまとめることができたのか」

「目を通して、必要なところを写させてもらいました。参考書も借りているので、たぶんなんとかなるかと思います」

「そうか」

「あ、悪巧みとかしてないです」

受け取ったノートを、パラパラと開いて見ているオーウェンに、僕は慌てた。

「いや、違うよ。一晩で済むほど、俺は簡潔にまとめていたのかなって」

オーウェンは、くつくつと笑っている。

「……見やすかったですよ、ほんとに。一晩あれば要点は押さえられましたから」

「徹夜か」

「頑張るときが今なんですよ、僕」

テストイベントでカンニングしたと疑われたら、即バッドエンドで死んでしまうかもしれない。実力でテストを受けた結果だと証明できるくらいの勉強はしておきたい。

「そうか」

オーウェンはノートをカバンにしまうと、教室に向かっていった。

◇　◇　◇

あっという間に一週間が過ぎ、いよいよテスト当日になった。できることはやってきたが、追い込みをしておきたいので、今日も早めに家を出る。

「早いな」

昇降口でオーウェンに出会う。ゲームの中でのリアムは、こんな早く登校していなかったので、ここでオーウェンに会うシーンはもちろんない。思いがけずに出会って僕は驚いた。

「あ、おはようございます。ノートのおかげで勉強が捗りました」

「そうか。それはよかった。頑張れ」

「ありがとうございます。頑張ります」

オーウェンと挨拶を交わしていたら、サミュエルも登校してきた。

「……早いな」

オーウェンと同じ言葉をかけられて苦笑すると、「笑えるんだな」と言われる。

「笑えますよ」

「いつもしかめっ面をしていたから、笑えないのかと思っていた」

笑みを浮かべながら言われ、冗談か本気かわからないサミュエルの言葉に困惑する。

「笑えるならいつも笑っていますけど、笑えない状況なので、って、そういうの言わせないでください よ」

「自分の状況を、よく把握しているな」

サミュエルの毒舌には慣れないが、ここで反論して好感度が下がったら最悪だ。あはは、と誤魔化すように笑って、僕は退散した。

数日後、テストの結果が廊下に張り出された。

生徒たちが結果を見ようと廊下に集まってくる。

「順位上がった！」

「え、俺下がってる……」

自分の順位はどこだろうと、順位のなかば辺りを探す。そこに主人公の名前を見つけた。ゲームでは、このとき主人公は必死に勉強して高順位だったはず。どうしたのかと不思議に思うが、今は自分の順位を確かめたい。テスト自体は、自分なりによくできたと思っているので、なかばから上に順位を辿っていく。そのうち生徒たちの中から、驚きと困惑の声が聞こえ始めた。

「あ、よかった」

三位のところにリアムの名前が記載されていて、ホッとする。

一位はオーウェンで、二位はサミュエルだ。

「……これってカンニングじゃないのか」

そのとき、疑惑を含んだような声が耳に入ってきた。

「本当だ。いつもは下位に名前があるのに、いきなり順位が上がるとか、おかしいよな」

今まで平均点を下回る結果だったから、今回の三位という順位がおかしいと思われたのだ。ここは頑張らずに、普通にテストを受けていたほうがよかったのだろうか。

しかし平民になるという夢に向かっている現状では、手を抜くことはできない。少しでも勉強して、未来への可能性を開いておきたい。僕は弁解しようと口を開いた。

「リアム」

そこにオーウェンとサミュエルが現れた。

「オーウェン様、今回も一位ですね。さすがです」

「サミュエル様も、二位とは好調ですね」

僕のことなど忘れたかのように、生徒たちは口々にオーウェンとサミュエルを絶賛し始める。

「三位、おめでとう」

オーウェンの言葉にどう反応すればいいのか困惑する。

先ほど、生徒たちにカンニングを疑われたことは聞こえていたはずなのにそれには触れないのか。

わずかに首を傾げる。

「真剣にテスト勉強に取り組んでいたから、結果が出てよかったな」

皆に説明するかのようなオーウェンの言葉に困惑するものの、素直に礼を述べておく。

「ありがとうございます。ただ、カンニングしたのではないかと思われたようで不本意ですが」

僕の言葉に、先ほどカンニングを疑っていた生徒たちが言いわけめいたことを言い始める。

「日頃の行いが、こういうときに出るんだ。これを機に慎むべきだ」

サミュエルに言われ、たしかにそうだと苦笑する。

「まあ、この頃はよく図書館に通っていたし、真面目に勉強していたことは認めるが」

毒舌家のサミュエルなので、褒められたと受け取ってもよさそうだ。

「努力の成果が出たのだろう」

オーウェンからも褒められたようだ。

「……そんなに褒められると逆に気まずいですけど、でもありがとうございます」

礼を述べて教室に戻ろうと歩き出した。

このままここにいては、外野の声が耳に入る。皆には、オーウェンやサミュエルの言葉で、今回のテストはリアムが勉強して挑んだのだと伝わったかもしれない。しかしそれでも今までの言動を思えば、素直にそうですかとならない人たちもいるだろう。

廊下の角を曲がると、ソラがいた。突然の出現に驚きを隠せない。

「いい気にならないほうがいいよ」

和やかに言われ、眉をひそめた。ソラの鋭い言葉と笑顔が一致しない。

「僕とオーウェンは運命の番《つがい》なんだから、邪魔しないでくれる？　今まで通りに動いてもらわないと困るんだよね。わかるよね、僕の言っていることの意味。あ、でもしょせんこれはゲームなんだから、最終的にリアムが断罪される未来は変わらないと思うけど」

やはりソラは転生者で間違いないと確信したとき、ふっ、とソラは笑った。

「今まで通り悪役に徹してくれるんなら、死亡エンドは考え直してもいいけどなあ。あーでも、ゲームで見たリアムの最期のスチル、生で見られる機会は逃したくないし。どうしようかなあ」

心から楽しみにしているようなソラの笑みに、ぞわりとした悪寒が走る。ソラは王太子狙いだと実感すると共に、リアムの死亡エンドを望んでいるのだ。

「あーソラ、ここにいたんだ、って、うわっ！」

「また絡まれているの？　やめてください、ソラに突っかかるの！」

ソラの友人の二人の学生が現れた瞬間、ソラは突然怯え始めた。

「怖かった。来てくれてありがとう」

二人の友人に感謝を伝えているソラと、一瞬目が合う。

怯えた振りをしているのに、にっと笑ったソラが、ゲームの主人公の姿と思えない。

「ソラが何をしたっていうんですか。嫌がらせばかりしないで、いい加減諦めてください！」

「たった一回テストでいい点を取ったからって、そういうのは覆らないんですよ！」

一方的にまくし立てられると、背後から「何を揉めているんだ」というサミュエルの声が聞こえてきた。

「あ、サミュエル様！　それにオーウェン様も。よかった。またソラがリアム様に罵倒されて」

「今回のテスト、ソラは体調が悪かったんです。それなのに、リアム様はソラを嘲笑《あざわら》うんです。酷いです」

今までのリアムの言動が酷かったのはゲームの流れ上、仕方がない。それにしても、あまりに酷い言いがかりだと思う。

しかしここにはオーウェンとサミュエルがいる。好感度が下がれば死亡エンドにまっしぐらだという思いが消えずにもどかしい。いっそ激しく反論して、潔白を証明したい。

すう、と息を吸い込み、僕は目を閉じながら両手を握りしめる。

「君たちの声は大きくて、歩いて来る間にも聞こえてきたが、リアムの声は聞こえなかった」

オーウェンの言葉に目を開ける。

「たった一回でも、わたしの次に点を取ったことは認めよう」

サミュエルの言葉に耳を疑う。

「さすがに今回のテストの結果を疑うほど馬鹿じゃない」

「で、でも罵倒されたのは事実で……」

もごもごとソラの友人が口ごもりながら反論すると、サミュエルはソラの元に向かう。

「だが結果で他人を罵倒するのは見過ごせないな。どうなんだ」

厳しい声だが、聞く耳を持ってくれたサミュエルの変化に驚いてしまう。

「何か誤解が生じているのかもしれないな。リアム、先ほどから黙っているが、君の言い分を聞かせてもらいたい」

じっと見つめられ、僕は首を振った。

「罵倒する理由もないし、そもそも僕は何も言っていない。僕が廊下を歩くことが怖いなら、どこを歩いたらいいんですかね。失礼します」

オーウェンとサミュエルには、僕が罵倒していないと、少しでもいいから信じてもらえていると願いたい。今、この瞬間に死んでいないので、好感度は下がっていないはずだ。だとすれば、多少なりとも信じてもらえているのだろう。それなのに余計な言動をすれば、わずかな好感度が下がってしまうかもしれない。

ソラの横を通りすぎる瞬間、泣き真似でもしているかのように俯いているソラに「ハーレム狙いとか？　媚びててウケる」と囁かれた。

思わず立ち止まって反論しようとしたが、僕は教室まで足を止めなかった。


「……あーもう、なんでこうなるかな」

家に戻ると、玄関に向かいながら、僕はぼやいた。

何をしても理解されないのは、酷く疲れる。

ため息を吐きながら玄関ロビーに向かうと、セバスチャンと何やら話しているロイドと遭遇する。

「今日は早いんだな」

「テストが終わったので、今日はゆっくりしようかなって」

「結果は？」

「え？」

「結果だ。二度も言わせるな」

まさか結果を聞かれるとは思っていなかったので驚いてしまう。

慌ててカバンから答案用紙とテスト結果が書かれている紙を出す。

「……意外だな」

「今回は真面目に勉強したので」

「遅くまで起きているとダニエルから報告を受けていたが、本当だったようだな」

「まあ、僕にも夢がありますから。そのために今回は頑張りました」

「夢だと？　殿下の婚約者になることではなく、か？」

「そうです。あ、安心してください。卒業したら家は出ますから」

「……どういうことだ？」

「ロイド様は、僕がベル侯爵家にいることが許せないんですよね。僕も分不相応だと思っているので、元に戻るだけかなって思うんですけど」

「……今まで世話になっておいてか」

「恐らく僕が殿下の婚約者に決定することはないです。ロイド様もわかっていますよね。でもできれば、殿下や侯爵様、それにロイド様に、これ以上恨まれないように引き際はわきまえておきたいのです。そのために、今後は言動を慎もうと思っています」

「それで、すべてをなかったことにするというのか」

厳しい言葉に怯みそうになるが、僕は息を吸い込んだ。

「僕は、あなたの亡くなった弟ではありません。代わりになるように育てられていましたが、無理だってロイド様にもわかっていますよね。侯爵様だってわかっているはず。僕は平民です。それも貧民街にいた孤児。そんな僕が、見た目が似ているという理由だけで、なにも説明されずにここへ連れて来られた。読み書きもできなかった僕は、亡くなった侯爵家の次男になるように言いつけられ、必死に勉強した。でも誰も僕を、僕として認めていない。どんなに努力しても認めてもらえなかったら、見てもらえるようにほかの方法を探すと思いませんか」

ゲームの設定に書かれていたリアムの境遇を思い出す。さらっと記載されていただけだったが、現実としてこの世界で生きてみれば、転生前の自分の境遇とリンクして感情が込み上げてくる。

「まあ、取った方法はよくなかったと今では反省しています。でもあの頃の僕にできることは少なかった、本当に。それでも必死に頑張っていたけれど、そうですね。認めてもらおう、ここにいる自分を見てもらおうとするんじゃなく、求めるのをやめればよかったんです。それでも侯爵家にとって必要な駒なら、駒なりに動きますけど。ロイド様の言う世話になった恩は返す必要がありますからね。ただ不要なら、今後は極力迷惑をかけないようにしますので、僕のことはいないものとして」

「もういい」

「ロイド様」

「出かける」

ロイドは僕の言葉を遮ると、足早に出て行った。

「怒らせたかな」

しかし後悔はしていない。

「リアム様……さすがに今のは少し言いすぎでは」

言いにくそうにセバスチャンは、僕に声をかけてきた。

「そうですね。でも今までこういうことは伝えていなかったと思うんですけど」

「……ですが」

「殿下の婚約者候補になったから、言動を慎もうと思っているわけじゃないです。僕は僕の夢のために、これからは生きていきたいんですよ」

「……リアム様」

「今日は夕食、いらないです」

「……ですが、では軽食を運びましょう」

「んー、でも」

「運びます」

「了解です」

ともかく今すぐ休みたい。僕は重い足を引きずるように階段を上っていった。

第二章　帰りたいと思える場所

何をしても認めてもらえない時間は、水の中で溺れているようだ。もがけばもがくほど沈んでいき、触れても掴むことができない日差しを焦がれるだけ。

転生前の自分が台所に佇んでいる。ここに並べられていた食事は、自分のためのものはない。何もないテーブルを見つめて、暗がりの中で冷蔵庫をあさる。そのまま口にできるものを選んで振り向けば、いつから見ていたのか、義兄がいる。

『まるで泥棒猫だな』

冷ややかな言葉に反して和やかな表情は、優越感からだろう。手にした食材を置けば、今夜の食事にはありつけない。

気付けば家族だと紹介された家に住んでいた。父は滅多に家に帰らないが、家には義兄と家政婦がいた。義兄や家政婦が言うには、父には二人の女性がいた。一人は父の妻で、義兄の今は亡き母に当たる人だ。もう一人が自分の母で、いわゆる浮気相手だと聞かされた。婚外子なのに引き取られて養ってもらっている現状に感謝しろと義兄は言うが、育てられているとも思えない。住む場所を与えられただけでも満足すべきなのか。

この家に引き取られる前は、母と二人での貧しい生活だった。欲しくもなかったのに生まれたから、お前を育てなければならなかったと母は言い、見向きもされなかった幼い日々の記憶。それでも物心つくまで生きられたのだから、少しは情けを掛けられていたのだろう。

そんな母が動かなくなり、知らない人たちがアパートに来た日、どこかに連れていかれた。そこで過ごしたわずかな日々は、モノクロ映画のような幼い頃の日々の中で、唯一色づいていたように思う。この世に温かな食事があることを、そこで初めて知った。その場所が保護施設だったと知るのは、もう少し大きくなってからだ。

あのまま保護施設で過ごすことができれば、違った人生を歩んでいたのかもしれない。誰かに助けを求めれば、あの場所に戻れたのだろうか。

迎えの人が来たと聞かされ、父だと紹介された人の後に付いて向かった先は、少なくとも僕にとって安らげる場ではなかった。それでもここが家だと言われれば住むしかなく、欲しいものがなければお願いして与えてもらうしかない。

帰りたいと思う場所は、どこだと言えばいいのだろう。

だからこのように現実的ではないゲームの世界のような環境を与えられたのか。

誰か、どこか、どうして、なぜ。

答えをもらえることはなく、毎日繰り返し浮かぶ言葉を考えるだけの時間。そんな自分のこの手の中には、何が残っているのだろう。

「……寝てたんだ」

夢現《ゆめうつつ》で伸ばした手が宙に見え、空しさが残る。掴んだはずの光はしょせん実態はなく、何事もなかったように消えていく。

寝ぼけ眼を擦っていたら、部屋の扉がノックされた。

「リアム様、食事をお持ちしました」

セバスチャンの声に、僕はのろのろと起き上がった。

◇　◇　◇

翌朝は、早めに起きて厨房に向かった。

「困ります」

はっきりと言われ、僕は苦笑した。

「使わせてもらうだけなので」

「もし何かあったときに、責任取るのはこっちのほうなんですからね」

料理人は頑なに頷いてくれず、困ってしまった。

一緒に来てくれたセバスチャンも、僕に厨房を使用させるように説明してくれるが、料理人は首を振るだけだ。

この世界の厨房は使用したことがないので、今後のために使っておきたい。今日は弁当を持参して登校したかったので、昨夜のうちにセバスチャンに頼んでおいたのだが、使うのは難しそうだ。

「何をしている」

ロイドが厳しい表情でやって来た。

騒ぎになってしまったと頭を抱える。

セバスチャンが状況を説明すると、ロイドは黙ってしまった。

「……なぜ料理をしたいんだ」

貴族の息子は基本的に料理はしないものだと言われた。

しかし僕は平民になることを目標にしている。

「なんでも経験しておきたいんです。僕の知らないことが多いから」

当たり障りのないように説明するが、やはり要領を得ないのだろう。

しかしロイドは、僕をじっと見つめた後、「父には私から説明しておくから、リアムに使用させて構わない」と料理人に言った。

驚いて思わずセバスチャンを見ると、同じように彼も驚いていた。僕と目が合ったセバスチャンは、すっと表情を戻して頷いた。

慌ててダニエルも来た。僕の一挙手一投足に細心の注意を払うように見ていたが、無事に弁当を作ることができ、ホッと胸を撫で下ろす。

「まさか本当に料理ができるとか信じられない……」

唖然としているダニエルに苦笑しながら、僕は屋敷を後にした。

この世界の住環境は、日本の状況をゲーム設定に組み込んでいるようだ。これなら炊事だけでなく、洗濯や住む環境もなんとかなりそうだ。

「ロイドが協力的だと思わなかったな」

まさかロイドが料理人を説得してくれるとは思っていなかった。

「まあ、よかったのかな」

深く考えればドツボにはまりそうなので、今は考えないようにしておく。

とりあえず弁当の中身が崩れないように、カバンを胸に抱くように持った。

学園の昇降口に到着すると、ゲームの設定を思い出す。ソラがこのまま王太子ルートを進めば、間違いなく僕が死亡エンドを迎える確率は高くなる。バッドエンド回避のために好感度を上げようと思うものの、どうやって上げればいいのかわからない。

「テストが終わって、何があったっけ」

ゲーム内容を思い出そうと考えながら下駄箱から廊下に進んだとき、「痛っ」と言う声が聞こえたと同時に、突然誰かがぶつかってきた。その拍子に僕は尻餅をついてしまう。

「わあ、ソラ！　大丈夫？」

「どうしたの、何があったの？」

「……リアム様が突然ぶつかってきて……」

ソラだ。考え事をしていたため、周囲をよく見ていなかった。後悔しても遅い。ソラのショーが始まったと唇を噛みしめる。

彼の友人たちは、口々にソラへの労りと、僕へのひそひそ話を始めている。周囲にいた学生たちはまたリアムが何かしでかしたのだろうと、好奇の目を向けている。

「またお前か！」

アレンの大声が聞こえ、僕はハッとした。オーウェンとアレンが登校してきたのだ。

ゲームでは、リアムが主人公の足を引っかけて転ばせるシーンだったっけ。そこに王太子が現れ、アレンが今の状況を説明するのだ。

「突然リアム様が僕を……」

僕のようにソラも座り込んだまま、彼は状況を説明する。ゲームだと主人公のそばにいたアレンが状況を説明するはずなのに、アレンはオーウェンと登校してきた。僕の記憶が違っているのかと首を捻るが、どちらにしろ状況は最悪だ。どうせ弁解しても信じてもらえないと思って口を噤んでいると、オーウェンが目の前に来て膝をついた。

「大丈夫か？」

「……え？　あの、はい」

オーウェンが差し出している手を凝視しながら返答するが、この手を取るべきか迷いが生じる。しかし彼が差し出した手は、動けない僕の手を取ってきた。オーウェンに支えられるように立ちあがる。ソラは友人たちに支えられて立ちあがったが、俯いたまま震えている。

「オーウェン様！　アレン様！　聞いてくださいっ！」

「リアム様が、何もしてないソラを、突然突き飛ばしたんです！」

どんどん悪いほうに話が進んでいくのは、悪役令息としての縛りか何かなのだろうか。

「この状況を見ていた者はいないのか」

オーウェンの問いかけに、周囲は、しんと静まり返った。

「あ、あの……」

蚊の鳴くような声が耳に入り、声が聞こえたほうを見る。

僕の背後から少し離れた場所で、この前食堂で遭遇した平民の学生が怯えた様子で立っていた。

「ネオは見ていたのか？」

オーウェンの問いに、ネオと呼ばれた学生は、視線を彷徨《さまよ》わせながら返答する。

「その……リアム様は悪気があったように見えなかったです」

「そのときの状況を説明できるか」

「は、はい。リアム様の後に僕も登校してきて、……すみませんけど、距離を置きながら歩いていて、リアム様が行ったら僕も行こうとしてて見てました。靴箱を曲がったリアム様が、突然尻餅をついたからびっくりして見に行ったら」

「そうか。ありがとう」

「い、いえ。リアム様、カバンを両手で抱えていたので、手は出なかったはずだなって、思いました……ので、たぶん見間違いじゃないのかなって……思います……」

もごもごと言いにくそうにしながら言い終えると、ネオは一歩下がった。

「あーなんて言うか、ソラの勘違いじゃねえのか」

アレンの言葉に、ソラの友人たちは「それは違います」と必死に言い募る。

「っていうか、こいつがぶつかった状況を見てたのは、ネオだけじゃねえの」

ソラの友人たちは、ぶつかった後の様子しか見ていなかったようだ。それなのにあの言い方なのだ。ひと言くらい言っても差し支えないだろう。

僕はソラの友人たちを見つめた。その途端にソラの友人たちは一様に怯えた様子を見せる。

「……もういいです」

その態度に呆れてしまい、言葉が消えた。

僕は振り返ると、ネオがいるほうに歩いて行く。ネオは状況を察するようにまた一歩後退した。

それほど僕が怖いのに、この状況で事実を伝えてくれたのだ。

「ありがとう。助かりました」

少し離れたところで礼を伝えると、僕は教室に向かって歩いて行った。

教室に入ると、次第に先ほどの話が広がり、こちらを見ながらひそひそと噂話をされる。

居心地の悪い一日だったが、ネオと彼のそばにいる生徒の眼差しは、同情しているように感じられた。


放課後は、授業が終わると同時に教室を出た。あまり気持ちのいい空間ではなかったので、胃がシクシクしてきた。街に出て気分転換したい。

馬車に乗ると、盛大なため息を吐いた。

「好感度上げる前に死にそう……」

何をしてもあしざまに受け取られて辟易する。ゲームよりリアルな分、厄介だ。ゲームならリセットすれば最初から始められるが、この世界には恐らくリセットはない。

死ねばそこで終わるだろう。

ならばなんのためにこの世界に転生したのか。

「……やっぱり夢かな」

両頬をぺちぺちと叩いてみるが、痛みを感じて息を吐いた。

「喉渇いたな」

自動販売機でジュースでも買って飲みたいところだ。

街に出ると、冬にしては暖かい。

「自販機ってあるのかな。さすがにないか」

きょろきょろと周囲の様子を窺うと、近くに喫茶店が見えた。

「テスト頑張ったし、ご褒美に行ってみようかな」

喫茶店は老舗のような年季を感じる造りになっている。

「いらっしゃい」

「冷たいもの、ありますか？」

「ございますよ」

メニューを見せてもらうと、転生前の日本で見たような飲みものが記載されている。

「グレープフルーツジュース、お願いします」

「ほかにご注文はございませんか」

「はい、大丈夫です」

「わかりました」

店主は老齢だ。長年この店で働いてきたのかな。

ジュースが運ばれると、喉を潤す。

「おいしい」

果汁がたくさん入っているのか瑞々しい。一気に飲み干し、支払いを済ませて店主に礼を言う。

店を出ると、甲高い声が耳に入ってきた。

「――だから、僕は楽しみなんだあ。……あ」

げ、と思わず頭を下げるが見つかったようだ。

これもゲームの強制力かと歯ぎしりするが、僕にはどうしようもない。

「ここで何してるんだ」

アレンの大声も聞こえ、回れ右をしたくなった。

「アレン」

アレンを窘めるようなオーウェンの声が聞こえ、そっと視線を遣るとオーウェンも来ているようだ。ソラのそばにはアレンとサミュエルがいて、まるで攻略対象を両手に花状態だと空笑いしてしまいそうになる。

オーウェンは、彼らの一歩前を歩いていて、僕と目が合うとゲームスチルでよく見た柔和な表情を浮かべた。

「リアム、少しいいだろうか」

王太子に否と言える状況でもないので、僕は頷く。

「なんでしょうか」

「今朝のことだが」

そのとき、オーウェンの言葉を遮るように、勢いよくソラがオーウェンの前に躍り出た。

「……あの、今朝のことなんですけど」

もじもじしているソラに目を細めてしまう。表裏を見ているので、ソラの言動は寸劇を見せられているように感じてならない。無表情になるのは見逃してほしい。こんなことで攻略対象の好感度が下がるとは思えないが、下がるかもしれない恐怖もある。しかし笑うことはできそうにない。

「今朝のことはソラの勘違いだったようだ。謝っているから許してやれ」

まるで許すことが当然だと思えるようなアレンの物言いに、思わず眉間にしわが寄る。

「僕が悪かったから、許してもらえなくても仕方ないですよね……いいよ、アレン。僕が悪いんだから……オーウェン様もそう思うでしょ」

振り向くと、ソラはオーウェンの腕に絡みつこうとした。

しかしオーウェンが、一歩足を踏み出したので、ソラの手は行く先を失った。

「そうだね」

「オーウェン様？」

ソラの意見に同意するなら、なぜ彼の手をかわしたのかわからず、僕の眉間のしわは深まっていく。

「許す許さないは、俺たちが決めることでなく、ましてや誰かに強要されることではない。そう思わないか、ソラ、アレン」

さすがは王族だ。いくら僕への好感度が低かろうが、今回のことに対して平等にジャッジしようとしているのだ。

「……まあ、そうだな。で、どうなんだ？」

強要するのはよくないと今オーウェンが言ったばかりなのに、アレンはこういう人なのだと呆れてしまう。

「……わかりました」

どちらの意味でも受け取れるような返答をすると、「わかってくれてよかったです」とソラは嬉しそうに笑った。

「……ほんと疲れる」

結局ソラはサミュエルに宥められ、名残惜しそうに行ってしまった。先にこちらのほうが立ち去りたかったのに、タイミングを失ってしまったのだ。おかげで、オーウェンも一緒に行こうと誘うソラを見なければならなかった。

ソラの姿が視界に入らないように視線を逸らしていたけれど、その姿は容易に想像できてため息が出る。

「なぜ反論しなかったんだ？」

オーウェンは静かに尋ねてきた。

今朝と今のことだろうが、それよりもなぜ彼がソラと一緒に行かなかったのか、気になる。

「この状況で僕が反論しても意味ないと思いますけど。それよりオーウェン様は行かなくてよかったんですか。あの人たち、もう行ってますけど」

「俺は別に、彼らと一緒に行動しているわけではないけどね」

にこりと微笑むオーウェンは、背中に太陽を背負っているのではないかと思えるほど眩しくて、目を逸らしてしまいそうになる。

「……そうなんですか」

まあ別に僕には関係ないですけど、と口に出さずに内心で呟く。

「アレンとはよく一緒にいるが」

アレンは騎士団の鍛錬所に向かうらしく、ソラとサミュエルに同行せずに去って行ったのも気になる。主人公ルートでは、彼のそばには必ずと言っていいほど攻略対象たちがいた。

ソラは王太子を攻略しようとしているのだから、オーウェンが一緒にいないのはおかしいのではないだろうか。

サミュエルに関してはゲーム通りなのかとも思うけれど、最近はその言葉から棘が抜けているように感じる。アレンに関しては、よくわからない。悪行を重ねているリアムを嫌っているだけだと考えたほうがいいのだろうか。

ともかく、オーウェンは何か理由があってそのように言っているのかどうか。

「そうなんですか、っていうか……」

なぜ僕にそんなことを言うのか、首を傾げる。

「婚約者になるかもしれない人に誤解されたくはないからね」

また微笑まれ、眩しさに目を閉じる。

「すみませんけど、オーウェン様って眩しすぎますね」

目を擦ってからオーウェンを見上げると、素っ頓狂な表情をしている。僕と目が合ったオーウェンは、ふっと笑った。

「それで君は何をしているんだ？」

「……街の見学です。この先に行ってみようかなって思うんですけど、一人だと危ないですかね」

いろいろな物語に出てくる貧困街では、何かしらの事件が起こっていたように思う。ゲームのリアムの言動は苛烈だが、侯爵家の権力が及ばない場所では圧倒的に非力だった。

「そうだな、一人ではやめておいたほうが無難だろう。それにしても、なぜ君はこの先に行こうと思ったんだ」

オーウェンは僕が指差した路地を見つめている。

僕は、平民になったら孤児院で働きたいと思っている。転生前の養護施設のようなものだろうから。実家を出たら、この街に住むことになるだろう。その前に治安について調べておきたい。それにゲームのリアムは、元々この先に住んでいた。転生前の自分とリアムの生い立ちは、どうにも重なることが多くて気になってしまう。その辺がリアムに転生した理由かな……

「気になっているってのが理由になるのかな。先日のことだけじゃなく、なんて言うんだろう。そういうの、知っておくほうがいいなって」

「この先の街を知りたい、行きたいと思うのは興味本位には見えないな。何か理由があるのか」

「んーどうだろう。ただ、僕はオーウェン様が考えているような、たいそうなことは思っていないですよ」

あくまでも自分の将来のためだけなので、自己満足に近い気がする。

「君とこのように話すことがなかったから新鮮だな」

「まあ、そうですね。正直なところ、今自分が王太子殿下と話しているんだって思ったら、緊張してきますけど」

「緊張？　君が？」

「そりゃあ緊張しますよ」

生死が関わっているのだから尚更だ。

しかしオーウェンには、僕の内心などわからないだろうから、笑って誤魔化しておく。

「何が君を変えたのだろうな。今までの君は、そうだな、追い詰められた猛獣のようだった」

「猛獣ですか？　それは酷いな。でもまあ、当たらずとも遠からずかな」

苦笑すると、オーウェンも笑った。

「この先の奥に行くのであれば、しっかりした護衛と一緒がいい。今日はやめておいたほうがいいだろう。俺も今日は用があるから」

「ええと……そうですね。じゃあ僕は行きますね。オーウェン様も気をつけて」

「ありがとう。君も」

「はい、気をつけます」

立ち去るオーウェンのうしろ姿を見つめながら気さくな王太子だと思い、慌てて首を振る。関わるつもりはなかったのに、何気に関わっているような状況に頭を抱えたくなってしまった。

「……でも好感度は下がってない。死んでないからこれはたしかだ。……上がってる？　と思いたいけど、どうなんだろう」

ぶつぶつ呟きながら、街中に向かって歩き始めた。

◇◇◇

今週末は雪がちらついている。転生した日以降、快晴が続いていたので、曇り空に頭痛がする。セバスチャンに頭痛薬をもらって服用すると、徐々に痛みは治まってきた。

「体調が悪いと聞いたが」

朝食のために食堂に向かっていると、廊下でロイドに遭遇した。

「あ、でも薬を飲んだので、もう大丈夫です」

まさか心配されているとは思えず、どうしたのかと不思議に感じる。

「人騒がせだな。……いや、違うか」

「騒がせてすみません」

ロイドの態度に違和感を覚えるが、何がそうさせるのかはっきりわからず、首を捻る。

「……いや、父さんが待っている」

「侯爵様から、何か話があるんですかね」

どのような話だろうと思いながらも、大方の予想は付く。

「……お前はいつから」

「はい？」

「ああ、いや。いい」

何かを聞きたそうにしているが、よくわからない。

そのままロイドは先に食堂に入って行った。

「なんだったのかな」

独りごちていると、様子を見ていたセバスチャンが近づいてきた。

「昨夜、ロイド様から相談を受けました」

「相談？」

「はい。リアム様のことです。いつからリアム様は、自分たちを侯爵様やロイド様と呼ぶようになったのかと聞かれました」

「あー……で、なんて？」

「はい。頭を打って早退された日からだと答えましたら、そのまま黙ってしまわれて。恐らくリアム様に言われた言葉がショックだったようです」

「ショック？　なんで？　ロイド様って僕が嫌いなんでしょ。なら別に僕にどう思われても関係ないんじゃないのかな」

「ご自分の今までのことを反省なさっているようですよ」

「ごめんなさい、ほんとに意味がわかりません。だって侯爵様がロイド様に断りなく僕を拾ってきたから、怒っているんでしょ。亡くなった弟によく似た僕を見るのが嫌で、それでも我慢していたはずだけど……」

ゲームの設定と違うのだろうか。

「一度ゆっくりお二人で話されたほうがよろしいかと思いますが、ロイド様もリアム様も頑固なので、難しいでしょうか」

「頑固って……」

「そういうところは、お二人ともよく似てらっしゃいますよ」

「……そういうの、いいよ」

「そうですか」

話を切り上げると、僕も食堂に向かった。ただ、セバスチャンの話が頭から離れなかった。

今日は休日なので、王宮勤めで普段は忙しい侯爵も休めるようだ。今までよりも機嫌がよく、何かいいことでもあったのだろうかと思うほどだ。

「リアム、このまま慎んで行動しなさい」

「……はい？」

「王からも色よい言葉を頂戴しているから、先行きは明るそうだ」

やはり婚約候補についてのことだったかと息を吐いていると、「先日のテストでも、よく頑張っていた」とロイドが言うから驚いてしまった。

「そうなのか」

「学年で三位だったそうです」

「ふむ。いいだろう。その調子だ。お前はやればできると信じていた。殿下の婚約者になるにふさわしいのは、やはりベル侯爵家の者で間違いないだろう」

念願の王家との縁が繋がりそうなのだから、機嫌がいいのは頷ける。しかし悪役令息という自分の立ち位置を考えれば、期待されても困ってしまう。

違うと言おうとして口を開きかけたとき、ロイドに「何も言うな」と制される。

「でも」

「いいから」

潜めた声で言われ、口を噤むしかなかった。

「セバスチャン。寄付はどうなっている？」

侯爵が、扉に控えていたセバスチャンを呼んだ。

「はい。先日、ロイド様と一緒に訪問して寄付してまいりました」

「そうか。慈善事業とはいえ、毎月欠かすことなく行っているんだから王家にも印象がいいだろう」

ベル侯爵家として何を行っているのか気になる。

「ロイド様、あの、慈善事業って？」

潜めた声でロイドに尋ねれば、呆れたように返答される。

「我がベル侯爵家が援助している孤児院だ」

「へえ、そっか。あの、僕もそこに行っていいですか？」

「お前が？　なぜ？」

「興味があって」

「……まあいいだろう」

「あ。悪巧みとか考えてないですから」

「……わかった。父さん、リアムが孤児院を訪問したいそうです」

素直に信じられると、それはそれで落ち着かなくなる。

しかしロイドは侯爵に僕の考えを伝えてくれた。侯爵は、孤児院訪問は王家に印象がいいとの判断で、許可を出してきた。

双方からあっさり許可されたせいで、出発するまで本当かどうか考えてしまった。

早速孤児院に向けて出発する。

馬車に乗ると、車窓からの景色を眺める。ちらちらと降る粉雪は、転生した日に見た様子と似ている気がする。

「たしか冬休み明けにイベントがあった気がする」

どこかわからないが、孤児院訪問のイベントがあったはずだ。しかしリアムでストーリーを進める際に、このイベントまでクリアしたことがない。主人公ルートでプレイしたときの情報で考えながら、対策を練る。

「んーたしか街で、孤児院への寄付をお願いするんだよな。なら、冬休みが終わってから、イベントのことは考えればいっか。それまでの間に、街や孤児院の情報収集と好感度アップの対策を練っておこう。ほとんど好感度は上がってないだろうし。あー……ほんと詰むわ。きっつ……」

再び頭が痛くなりそうなので、一旦考えることをやめる。

「孤児院ってたぶん養護施設に似てるだろうから、できたらそこに就職したいなあ」

侯爵家で援助している孤児院であれば、出入りしても怪しまれないだろう。そこで孤児院について学ばせてもらおう。その孤児院に就職できればいいが、平民エンドになれば、侯爵家との縁がある孤児院だと難しいだろう。

「そういうのも調べとかないと」

やらなければならないことが山積みで、重たいため息ばかりが出て行く。

途中、孤児院で暮らしている子どもたちへの土産を買おうと街に寄る。菓子店はどこにあるのかと街を見渡していたら、赤い髪で大柄な青年と目が合った。

「お前ー！」

アレンだ。またかとげんなりする。彼は足早にこちらにやって来た。怒っているようだ。

「ってかお前、貴族の息子だろ。しかもオメガだろうに、なんで一人で街に出ているんだ！　まさかまた性懲りもなく揉めごとを起こそうとしているんじゃないのか」

「……そんなこと企んでませんけど」

ため息を吐きながら答えるが、アレンはまったく納得していないようだ。

「それに学園でも姑息なことばっかしてるだろ。オーウェンの婚約者になりたいがために、点数稼いでるんじゃねえのか」

平民ルートを目指しているとは言えない。しかしこのままではアレンは納得しないだろうから、さらに追い打ちを掛けられそうだ。

「……努力は無駄ではないと思いますけど」

好感度が下がることは恐ろしいが、このままでも下がりそうだ。意を決して反論する。

「はあ？　無駄だろ。今までが今までだから、どう足掻いてもお前がクズだという評価は変わらねえだろ」

なぜここまで言われなければならないのか。両手に力を込め、目を細める。

「今までのことは反省しています。では反省した上で、現状を打破しようとすることも無駄になるんですかね」

「そういうことは言ってねえだろ」

「僕にとっては同じです。では逆に、あなたに質問です。あなたが夢に向かって努力していることも、将来夢が叶わなければ無駄になるんですか？」

「そういう」

「そういう問題です。僕には僕の夢がある。だからこそなんとかしようと足掻いているんです。それをあなたにどうこう判断されたくない。判断できるのは、努力している僕だけなんですよ」

やった結果はすべて自分に返ってくる。それは身に染みて実感しているのだ。

「……お前」

「婚約者候補に選ばれた？　僕は候補から外してほしいと侯爵に願い出ました。だからそのうち候補から外れるでしょう。それでも頑張ることはやめません。たとえあなたに否定され続けても、僕の人生の責任は僕にしかないんですから。あなたもそうでしょう？　だから」

「ストップ。わかった。悪かった。謝るから……悪かったって今思った。だからその目をやめろ」

じと……と見ているこの目のことだろう。はいそうですか、とやめられればわけないが、今までのアレンへの感情も溢れ出し、やめられそうにない。

「あー……だから、その……申しわけなかった。人の夢を馬鹿にするつもりはなかったんだ」

「……そうですか。僕にも今までのことがあるから、仕方ないってわかってます。もういいです」

アレンを攻略するつもりは毛頭ないので、好感度が下がりさえしなければそれでいい。

しかし彼はなんとも言えない表情を浮かべている。

「……俺は平民だから、オーウェンの近衛騎士になれるかわかんねえんだ。でもやるって決めてるから、ダメだと言われても目指すつもりだ。それを否定されても納得できねえしな」

主人公でプレイしたときのエンドロールには、アレンは必ず騎士の姿でオーウェンのそばにいた。

「大丈夫ですよ。あなたは夢を叶えることができますから」

「……そうか？」

「努力は実を結びます」

僕の夢が実を結ぶかはどうか不透明だけど、それでも諦めれば死亡エンドだ。対策を練っていこうとあらためて思う。

「よし！　そういうことなら、俺が協力しよう！」

「……――は？」

なぜ今のやりとりでそのような流れになるのか、わからず困惑する。

「そういえばお前、こんなところで何をしているんだ」

「ええと……この近くにある孤児院に行こうと思ってて、お土産を買いたいなって」

「そうか。なら案内しよう。菓子でも買っていくのか」

「買いますけど、いいです、自分で行けますから」

「遠慮するなって。ほら」

「あー……そういうんじゃないですけど、あーもう、わかりましたから手を放してください」

いきなり手を掴まれ、その手から逃れようとしたがびくともしない。

「そうか、孤児院になあ」

やけに嬉しそうなアレンに、僕は目を細める。

「あそこには友達がいるんだ。っていうかお前、貴族なのに孤児院に行くんだな」

「んーそうですね、社会勉強になるのかな。どういう仕事をしているのか知りたいなって。子どもたちにも会いたいし」

「へえ。勉強ねえ。この頃やけに勉強してるし」

「ええ、まあ。できることはしておかないと」

命の危険があるので、とは内心に留めておく。

「悪かったな」

「へ？」

「ああ、いや、今までのこと」

バツが悪そうに頭を掻いているアレンに、大型犬がしゅんとうなだれている姿が重なり、思わず笑ってしまう。

「いやいや、もういいですよ、ほんとに。僕もそう思われることをしてきたんでおあいこです」

過去のあれこれをこれ以上言い合っても仕方がない。

「すぐにカッとなるから、俺も夢に向かって直さないとな」

「そうです。お互い気をつけましょう」

自分の言動はいろいろ返ってきますから、とも内心に留めておきながら、僕は頷いた。

「そういや、孤児院までどうやって行くつもりだ」

「馬車で行きますけど」

「なら近道を教えてやる」

「ええと、……はい、ではお願いします」

アレンと行動を共にするなど考えてもみなかったことなので、苦笑いしてしまった。

お勧めだと案内されたのは、安くておいしい菓子がたくさんある店だった。いろいろな菓子を購入し、アレンに道案内されながら馬車で移動する。

「なぜアレンが一緒にいるんだ？」

孤児院に到着すると、門の前にいたのはオーウェンだった。

街でのことをかいつまんで説明している間に、アレンは馬車から降りて孤児院に住んでいるという友達のところに行ってしまった。

「そうだったんだな。いや、アレンと一緒だったから驚いたのだが」

「……僕も驚いていますよ。っていうか、ここにオーウェン様がいることにも驚いていますけど」

「ここは王家が管理している孤児院だから、俺がいることは不思議ではないだろう」

「ああ、そういう……」

だからこそ侯爵も、快く送り出してくれたのだと理解した。

「……あの、一人で行けますけど」

門をくぐって孤児院に向かう道を進んでいるが、なぜかオーウェンも僕の横に並んで歩いている。気のせいだと思いたいが、どう考えても一緒に歩いているようにしか思えない。気になりすぎて聞いてみると「そうか」と気軽な返事が戻ってくる。

「着いたぞ」

もだもだしている間に到着していた。オーウェンはドアノックを掴む。

「……ああ、っと、……着きましたね」

門をくぐったときから既視感を覚えていたが、ここはゲームのスチルで見た孤児院ではないだろうか。建物的にもそっくりで驚いてしまう。

「お待ちしていました、オーウェン様」

扉が開き、中から老齢の男性が出てきた。この男性は院長のはずだ。彼はオーウェンに声をかけると、彼の横にいる僕に気付いた。

「オーウェン様、こちらの方は」

「ああ、リアムだ。ベル侯爵家の」

「リアムです。初めまして」

「彼はこの孤児院の院長だ」

オーウェンに紹介され、会釈をする。やはりイベントがあった孤児院で間違いない。思ってもみなかったが、下調べができそうだ。

「アデールです。ベル侯爵家のリアム様ですね。いつも寄付をしていただいていて感謝しています。立ち話もなんですし、さあ中へどうぞ」

アデールに案内されたのは院長室で、まずは孤児院の説明を聞く。オーウェンも同席しているので、この状況の意味がわからない。

「子どもたちに会って行かれますか」

「はい。ぜひ」

「子どもたちはお客様が大好きなので、喜ぶと思います」

にこにこと人のよさそうな表情から、アデールは子どもが好きなのだと感じられる。

「ここの子どもたちは幸せですね」

「そうでしょうか。子どもたちがそう思っているといいんですけどね」

アデールと話す姿をオーウェンに見られていて落ち着かないが、彼はこの場から離れそうにない。

「わーおきゃくさまだ！」

「ほんとだー！　おきゃくさまー！」

廊下で出会った子どもたちが、歓迎の声を上げている。

「こんにちは。お邪魔していいですか」

子どもたちが走ってくると、僕はしゃがんで子どもたちに尋ねた。

「いいよー」

「なにしてあそぶー？」

「そうだ。これ、お土産なんですけど、子どもたちにあげてもいいですか」

立ちあがると、院長のアデールに尋ねる。

「もちろんです。ありがとうございます」

「わーありがとーございますー」

「ありがとー！　おかしかなあ」

嬉しそうな子どもたちの声に、なんだか胸の中のもやもやが晴れていくように感じた。

図書館で本を読んだり、かくれんぼをしたりして遊んでいると、アデールに昼食に誘われる。なぜか、いまだ一緒に行動しているオーウェンも共に誘われたので、辞退すべきか考える。

「行かないのか」

「ええと……」

どう断ろうかと考えていると、「たべようよー」と子どもたちに誘われる。

「おいしいよ！」

「きょうはオムライスだって！」

「そ、そうだね。おいしそう」

子どもたちの嬉しそうな顔を見ていたら、断れなくなった。子どもたちに手を引かれていると、オーウェンに微笑ましそうに見られていると気付き、落ち着かない。

「……なんですか」

「いや」

「……言いたいことあるなら言ってもいいですよ。似合わないって思っているんでしょうけど」

「いや、珍しいなと思って。どちらが本当の君なんだろうって思うくらいにはね」

「……どうなんでしょうね」

オーウェンと言葉を交わしていると、「なんのはなしー？」と子どもたちに聞かれ、返答に困ってしまった。

もしやと思っていたが、食堂では予想通りにオーウェンの隣の席に案内される。離れた場所にはアレンがいて、友達と思しき人物とお喋りを楽しんでいるようだ。

「楽しそうですね」

「気になるのか」

オーウェンに言われた言葉の意味がわからず、首を捻る。

「ただ視界に入っただけですけど」

「そうか。いや、一緒に来ていたから」

「まあ、僕もびっくりしましたけど」

しかしオーウェンは、一瞬僕の答えが腑に落ちないような表情を見せた。

「それだけか」

「それだけですけど、ほかに理由が必要ですか」

「いや、そういうことではないが」

オーウェンにしては歯切れの悪い言葉だと思う。

「ああ、大丈夫ですよ。アレンさんの好きな人はオーウェン様でしょうから。間違っても僕に好意を抱くなんてことはないですよ」

「……そういうことではなく」

「違いました？　ああ、なら……しゅ、……じゃなくソラさんかな、その人のことが好きでしょうから、これも変わりませんよ。割り込もうとかそういうのは、まったく、ちっとも考えていないので安心してください」

「……君は、おもしろい方向に物事を考えるんだな」

危うく主人公と言いかけて、咄嗟に誤魔化したが大丈夫だっただろうか。

オーウェンは僕の言葉に苦笑する。

「違いましたか？　アレンさんとは、そうですね。夢を追う仲間とまでいかないだろうけど、お互い夢に向かって頑張ろうって言った仲です」

あくまでも無害だと主張してみたが、オーウェンは額に手を当て苦笑している。

「違いました？」

「階段から落ちた日に君は頭を打って、だから言動が変わったという声も聞こえてくる。しかし俺が受け止めたときには、頭を打った様子はなかったから大丈夫だと思っていたが」

「打ってないですよ。普通です、普通」

ガッツポーズをして見せると、ふっ、とオーウェンは笑った。

王子様スマイルとは、これほどまでの破壊力なのか。眩しさに目がくらみそうだ。

「ほんっと眩しいですね！　さすが王太子様だ」

思わず脳内の声が漏れると、「頭を打ったわけではないようだが、君は本当に変わったな」とオーウェンは再度笑った。

食事が済むと、施設内の案内を頼もうと周囲を見渡した。

「どうした」

「ああ、いや、ここの案内を頼もうと思って、誰かいないかなって」

「そうか。なら行くか」

「へ？」

なぜか当然のように、オーウェンが立ちあがって歩き出す。

拒否して好感度が下がるより、案内をお願いしよう。

それにオーウェンのそばにいると、甘くて爽やかな匂いが香ってきて落ち着くのだ。これもオメガバースの世界ならではのことだろうと納得しながら、説明を受ける。

「君が孤児院を訪問するとは思っていなかった。てっきり王宮のほうに来るかと思っていた」

「まさか。身のほどをわきまえただけです。もう行きませんから大丈夫ですよ」

ゲームでのリアムは、王宮に住んでいるオーウェンにアポなしで会いに行っていたのだ。さすがに同じことをしようとは思わないし、今の自分にそうする理由はない。

安心してもらおうと言ったのに、オーウェンは困ったように笑っている。

「どうかしましたか」

「ああっ！」

そのとき、廊下の向こう側からネオが叫んだ。

「なななんでここに……！」

ひい！　と聞こえてきそうな声に、さすがに苦笑いが出た。

「ネオは孤児院に住んでいるんだ。俺やアレンとも顔見知りだ。ただ俺の立場的に、今みたいに緊張されることがある」

「ああ、そういう」

ネオの態度は、僕が来たからではないと知り、ホッとする。

「先日の少年もここに住んでいるぞ」

「あの子も？　よかった。会えますかね」

「聞いてみよう」

そばを通った修道士にオーウェンが声をかけた。

ぶすっとふてくされているのは、街で盗みを働いた少年だ。隣りに座っているのが弟だろう。会う前に、僕と会ってもいいか修道士に確認してもらったところ、拒否されなかったので食堂で会うことになった。

「元気そうで安心したよ」

しかし話しかけてもふてくされたままなので、無理強いしたのではないかと心配になった。

「会えてよかった。オーウェン様、もう大丈夫です」

「そうか。ジャンとユスもいいか」

「……あのときはすみませんでした！」

ぷいっとよそを向いて、ジャンが謝ってきた。

彼の弟のユスは七歳くらいで、じっと僕を見つめている。

「いいよ。また来るから、よろしくね」

一度きりの訪問にするつもりはないので、今後も顔を合わせることがあるだろう。

ジャンは無言で頷いていたが、ユスは僕とジャンの顔を見比べるようにキョロキョロしていた。

孤児院では、修道士たちが主に子どもたちの世話をしていた。孤児院で働くためには、修道士になる必要があるのだと頭を抱える。転生前の日本では、とくに信仰しているものはなかったので、神に仕える気持ちや行為がどのようなものかわからない。

「……困った」

洗濯物が乾いたので、子どもたちと一緒に取り込みながら僕は呟く。

そばにいた修道士に、それとなく孤児院で働くにはどうすればいいのか聞いてみたら、修道士になるのが一番早いと言われたのだ。

子どもたちは洗濯物を抱えて走り回っている。修道士は追いかけっこのように子どもたちを追っていて楽しそうだ。

「どうした、ぼんやりして」

オーウェンに声をかけられ、慌てて取り込んだ洗濯物を籠に入れる。

「んー、やっぱ働くって大変ですね」

大きく伸びをしながら言うと、「まあ、そうだな」と気軽に返答される。

「調理場や洗濯場も見ていたが、君は熱心だな」

「そうですかね。やっぱ知っておかないと」

「手際もいいし、家の手伝いでもしているのか」

オーウェンも洗濯物を取り込んでいて、王太子もこんなことをするのだと驚いた。

「知っていることと実践することって違いますから。今からしておけば、幾分マシでしょうからね」

籠を持とうと手を伸ばすと、オーウェンが先に手にしたので目を見開いた。

オーウェンと並んで施設内に戻ることになったが、子どもたちもそばにいるので別におかしくはないだろう。誰にともなく言いわけを考える。

「君は一体、何をするつもりなんだ」

さも不思議そうに聞かれ、どう返答しようか考える。

「夢があるんですよね、僕」

「夢か」

「はい。賑やかな毎日がいいなって。ここって、そういうのが感じられますね。もちろん皆、抱えているものはあるし、夜に泣いている子もいると思うんですけど、そのとき一緒に泣けたらいいなって思うんです。……って何言ってんだろう、僕」

あわあわと誤魔化すが、オーウェンはいつもの柔和な表情を浮かべている。

「君は平民や貴族という身分に囚われないんだな」

「どうなんだろう。そうですね、学園って平等を謳っているでしょう。でも実際は貴族が偉くて平民は下っていう流れが暗黙の了解的にあるっていうか。でも平民でも能力があれば貴族並みに優遇されているし、将来、爵位をもらえる可能性や逆に剥奪される可能性もある。ただ生きていくのは大変だなあって。それは平民貴族関係なくて、そういうのを大事にしていけたらいいなって思うんですよね」

「なるほどね」

「王族は王族で大変なんでしょうけど、平民は平民で大変なんですよね」

「平民のような口ぶりだな」

「似たようなものですよ」

「侯爵令息なのにか」

「……そうですね」

リアムが拾われ子だと、オーウェンは知らないのだろうか。戸籍の管轄は王家になるので、婚約候補者の出自を知らないはずはないが、あえて言わないのかもしれない。ならば自分から話題にする必要はない。

「だからあのとき、ジャンを助けたのか？」

「そうですね。ここで保護してもらえたら、もう盗みを働く必要はないって思うんですよ。そういうのを支えられる仕事ができたらなって思ってます」

「侯爵令息である君が、平民の、それも貧困街に住む子どもを助けるとは思わなかった。あのときは驚いたが、今は納得したよ」

「ジャンとユスは、ここにはもう慣れてきたのでしょうか」

「報告でもずっと、先ほどのようにふてくされているらしいが、悪さはしていないようだ」

談話室に到着したので、入室して洗濯物が入った籠を置く。

「そうですか。まあそんなに時間が経っていないから、これからかな。温かくておいしいものをお腹いっぱい食べて、ふかふかのベッドで眠っていれば元気になる。楽しみだな」

視線を感じて見上げれば、スチルで見たような爽やかな笑顔のオーウェンに見つめられている。

ドキリとして思わず目を伏せたとき、「パーティーだって！」という嬉しそうな子どもの声が飛び込んできた。振り向けば、修道士から話を聞いた子どもたちが歓声を上げている。

「クリスマスパーティー？」

「そうだよ！　にかいねたらパーティーだって！」

七歳くらいの男の子が、興奮した様子で教えてくれた。

「そっかあ。楽しみだね」

ここでのクリスマスパーティーは、どのようなことをするのだろうか。

「おにいちゃんもくる？」

ドキドキしているのだろう、頬を赤らめた少女が誘いに来た。

主人公でゲームをしていたときのリアムは、侯爵家でクリスマスパーティーをしようと計画したが、失敗したはず。リアムとして計画しても、現状ではゲームのようにお粗末な結果になるだろう。好感度が下がるようなイベントをわざわざ起こして、死ぬエンドを招く必要はない。

僕は膝をついて少女に返答する。

「お兄ちゃんも来ていいの？」

「いいよお」

そわそわと待ちきれない様子で僕の返事を聞くと、机に戻ってサンタへの手紙を書き始めた。

「君は孤児院のパーティーに参加するのか」

「そうしようかなって。あ、そっか。王宮でもパーティーがあるんですかね」

「二十五日になるな。このパーティーは二十四日だから問題ない」

「ですか。あーでも、王宮のパーティーは僕が参加しなくてもいいですよね。でもここは僕にもできることがありそうだから、ここのパーティーに参加します」

だから僕のことは気にせず、オーウェンは王宮のパーティーを楽しんでほしいと暗にほのめかす。

孤児院のパーティーは王宮のパーティーの前日になるので、王太子という立場上、準備があるから参加は難しいだろう。

「両日参加は可能だ」

しかしオーウェンは孤児院のパーティーにも参加するようだ。

「無理しなくても……」

参加するのが当然のように、オーウェンは頷いた。

「調整すれば顔くらい出せるさ。だから君も両日」

「わー！　オーウェンさまも、くるって！」

オーウェンの言葉を聞いた子どもが、ほかの子どもたちにも伝えている。

「人気者ですね」

「まあ、いつも顔を出しているからな」

子どもは素直だ。この場に嘘偽りはないのだろうと、楽しげな子どもたちを見つめた。

帰る前にクリスマスパーティーを手伝いたいと、院長に申し出る。院長は快く受け入れてくれて、ホッとする。今まで孤児院に来たことがないので、リアムの悪評は届いていないのかもしれない。

帰ろうと玄関ロビーに向かうと、ネオが姿を現した。

「あの、さっきは失礼な態度ですみませんでした。驚いてしまって……」

ごにょごにょと小さな声で説明され、頬が緩む。

「いや、僕も突然来たから」

僕の言葉に、ネオは明らかにホッとしたような表情を浮かべた。

ネオに別れを告げ、オーウェンと一緒に馬車に向かって歩いて行く。

「明日は終業式だな」

「そうですね。僕はその後に、ここに来ようと思います。パーティーを手伝いたいし」

「俺も時間ができたら来よう」

「無理せず、忙しいでしょうから」

「君も」

「ですね」

オーウェンと別れて馬車に乗り込んだ。別れる直前、ふわっと彼の匂いが強く香った。

「アルファか……」

流れる車窓を見つめながら、馬車の中で呟く。脳裏にはオーウェンの姿が浮かんでいる。

「僕はオメガ。っていうか、オメガって何？」

自分の存在を考える。

「そっか、僕ってまだ発情期の来ていないオメガだ。なら、欠陥があるのかな。んー、っていうか、まだ成長途中って感じかな。そう考えると、まだまだ伸び代があるオメガってことか」

いいように考え、苦笑する。

「いつも首輪を付けて過ごすんだよな、オメガって。あ、でも、エンドロールで見た主人公は、付けていなかったよな。リアムは？」

最後のシーンでのリアムはスチルに姿が出ていなかったので、発情期が来ていたのかどうかわからない。

「リアムルートの情報……んー、思い出せない……」

悪役令息で進めた場合のエンドロールシーンを知らないのでもどかしい。

「でも、隠しシナリオは、悪役令息と攻略対象がくっつくエンドがあるはずだから、番《つがい》になる可能性があるって考えられないかな。ってことは、僕は誰かの子を妊娠するんだよね。え、待って……僕が妊娠？　……アルファと番《つがい》になって？　……オーウェン様ってアルファ……んー、ないない。ないから」

思わず浮かんだオーウェンとの未来に、慌てて首を振る。

「この状況でオーウェン様と僕ってことはないから……」

ふうと息を吐いて、今しがた考えたことを頭の中から追い出そうと、もう一度首を振る。

けれど、オーウェンからいつも香っている匂いを思い出し、脳内でもだえる。

「……ちょっと休憩して帰ろうかな」

頭が痛くなりそうだったので、気分転換をしよう。

御者に街に向かうように頼むと、快諾してくれた。

孤児院から街まではそう遠くないため、すぐに到着する。

先日飲んだジュースの味を思い出しながら歩いて行くと、喫茶店の前で店主が蹲っている。通りは人気がないが、すぐ先に黒髪の青年が歩いていた。

「イベントじゃないし、いっか」

聞こえてきたソラの声に耳を疑った。しかし聞こえた言葉の通り、ソラは喫茶店のほうへ進まずに角を曲がった。

「イベントとかじゃないだろ」

慌てて僕は店主に駆け寄った。

「大丈夫ですか」

「あいたた……腰を捻ってしまったようです」

「あ、なら無理に動かさないほうがいっか。そうだ。人を呼んできますね！」

「すみませんねえ」

「いいえ」

向かいの店は服屋のようだ。まだ店の中は明るいので、誰かいるだろう。

「すみません。この辺にお医者さんはいませんか。病院とか」

「どうしたんですか」

事情を説明すると、店員は驚きながらも医者を呼んでくれた。


「いやあ、本当に助かりました。年甲斐もなく無理をしてしまいました」

喫茶店の上が店主の家だと聞き、服屋の店員と一緒に喫茶店の店主を中に運ぶ。店主がベッドに横になった頃には医者が駆けつけて来て、診察を受けることになった。今日は奥さんが出かけていて、まだ帰っていないと聞く。

「なら、僕、まだ時間があるので、奥さんが戻るまでいますよ。店を閉める手伝いくらいならできますから」

「いいんですか？　助かりますけど、悪いですねえ」

「いいえ。じゃあ、下に降りてますから。あ、貴重品は大丈夫ですか」

ストーリーの流れ上、あらぬ疑いを掛けられてはと予防線を張ると、店主は笑った。

「いてて」

「大丈夫ですか」

「笑い声が腰にきただけですよ。大丈夫、なくなって困るようなものはないですから」

「そうですか。では片付けてきますね」

服屋の店員も一緒に手伝ってくれたので、思いのほか早く店じまいが終わる。

「坊ちゃん、貴族ですよね」

別れ際に、服屋の店員から声をかけられた。

「はい、まあ一応」

「仕立てのいい服ですからね」

「そうですね」

いい服を着せてもらって、お腹を空かせることのない毎日を送っている。先日ロイドに言われた、世話になっているという言葉が思い出された。

「貴族の坊ちゃんなのに、手際がよくて驚きました」

「ああ、まあ、ありがとうございます」

「じゃあ俺は戻りますけど、じいさんに無理するなって伝えておいてください。何かあったら声かけろよって」

「了解です」

服屋の店員と入れ替わるように、喫茶店の店主の奥さんが帰ってきた。

喫茶店の中を不備がないことを確認してもらうと、僕は帰ろうと挨拶した。

「日も暮れてきたのに、遅くまでありがとう。明日、あらためてお礼をしたいので来てくれますか」

「お礼なら大丈夫ですよ」

「いや、ぜひとも来てほしいんです」

店主に頼まれ、明日の予定を考える。

「なら、明日は終業式なので、終わってからでもいいですか」

「午後には動けるようになっていると思うので、それで大丈夫です」

明日は午後から孤児院に行くつもりなので、その前に寄ろうと思い、喫茶店を後にした。

侯爵家に戻った頃には、すっかり日が暮れていた。出迎えてくれたセバスチャンに遅くなった理由を伝える。夕食は軽食にして、部屋に運んでもらうことにした。

「あー……ほんっと疲れた」

内容の濃い毎日に、頭がパンクしそうになっている。

「っていうかリアムは、ほんと体力がないな。これじゃマズいだろ。体力作りしないと」

平民として生きていくからには、このままではいけないとあらためて思う。

「……でも今日は寝よう」

食事を済ませて風呂に入る。ベッドに入った瞬間、糸が切れたように熟睡してしまった。

◇　◇　◇

今日は終業式だ。

教室に入ると、ひそひそとした声が聞こえてくる。ちらちらと視線も感じているので、見られているのだろう。席に着くと、クラスメイトたちの声が耳に入ってきた。

この王立学園は、街の中心部にあり、生徒数も多い。各学年十クラスほどになり、アルファは一、二組。ベータは三から九組で、オメガは十組になる。

オーウェンやアレンやサミュエルはアルファなので一組だが、僕はオメガなので十組だ。ソラやネオと同じクラスになる。もちろん今朝も、ソラは元気に登校している。

「オーウェン様の婚約者って、そろそろ決まるんでしょ」

「誰なんだろうね。同年代だって考えたら、うちのクラスになるね」

「それならソラで決まりでしょ。ね、ソラ。だってソラはオーウェン様と運命を感じ合ってるって言ってるもんね」

話を振られたソラは恥ずかしそうに、それでも若干大きな声で喋りだした。

「そんな……まだ決まってないし。でも僕、男爵家だから」

「運命の番《つがい》だよ！　爵位とか関係ないよ」

「そうかなあ」

「そうそう」

十人くらいの生徒たちが、ソラを中心に話が盛り上がっている。耳に入る声に嫌気が差していたが、どうも様子がおかしい。

「男爵令息が、王太子の婚約者になることはないだろうにね」

「よほど強い運命の絆があればわからなくもないけど、ソラとオーウェン様の間に絆があるように見える？　今のところ、オーウェン様は誰にでも平等に接してるから、ソラは勘違いしてるんじゃないかな」

「オーウェン様に絡んでも、さりげなく腕を離されてるし。もし本当に運命の番同士《つがい》なら、オーウェン様からも抱き寄せたり会いに来たりするもんじゃないか？」

「そういうのは一度も見たことないな。それで運命だって言ってるのはおかしい。絡みに行くのは、いつもソラからだ。オーウェン様、表情に出さないけど絶対迷惑してる」

「オーウェン様の行動を把握しているみたいに現れるの、なんか怖いよな。まるでストーカーみたいだ、っていうのは言いすぎかもしれないけど」

「相手は王太子だよ。畏れ多いとか思わないのかな」

ソラの周りから距離を置いているクラスメイトたちが視界に入った。いつもは余裕がなくて周囲を見ていなかったし、自分の悪評が耳に付いてばかりだったので、気付いていなかったのかもしれない。どうやら全員が全員、ソラの味方ではないようだ。

ここがゲームの世界だとすると、主人公補正が働いているに違いない。

現状の攻略対象からの僕の好感度は、上がっていてもわずかだろう。主人公であるソラの攻略対象からの好感度は、春から上げていると考えれば、今の僕よりもずっと上のはず。しかし現状でこういう言葉が聞こえるということは、ソラの攻略はうまくいっていないのだろうか。

今まで聞こえてこなかったソラへの言葉に目を細める。聞こえてこなかったのではなく、聞く姿勢が自分になかったのかもしれない。

あえてソラを視界に入れないようにしていたから、オーウェンの腕に絡んでいたときは見ていても、オーウェンがソラの腕を離している瞬間を見ていなかった。

それにソラからオーウェンと運命の繋がりがあると聞いても、オーウェン自身から聞いたことはない。オーウェンからソラへの好意を耳にしたこともない。ソラが絡んでも、オーウェンはあっさりとした対応をしていたのだと、今ならそう見えなくもないが、どうなのだろうか。

「オーウェン様の婚約者はたぶんイリック侯爵家のローガン様か、ノヴァイン伯爵家のオリバー様じゃないか」

「うん、爵位的にはベル侯爵家のリアム様もだね」

僕の名前が聞こえ、目を伏せる。

貴族の間では、王太子オーウェンの婚約者候補に名乗り出られるのは、伯爵家以上だという情報が回っているのだろう。客観的な自分の立ち位置を知らされたようで、頭が痛くなる。マズいと内心で叫ぶ。現状のままで婚約者になったら、死亡ルートが確定してしまう。

「今までだったら、リアム様はたぶんないと思ってたんだけど、最近は人が変わったように落ち着かれたから、ありなんじゃないかな」

「たしかに。あー、どうなるのか。わかんないなあ。でも同学年って決まったわけじゃないしさ」

「まあでも、間違っても男爵家が選ばれることはないよ。オーウェン様とソラに運命の繋がりがあるようには見えないしさ」

「言えてる」

各攻略対象の好感度を考えてみても、現状では僕は誰とも縁が結ばれていないだろう。

オーウェンとはほんの少しだが交流した際に、もしかしたら好感度が上がっているかもしれない。

アレンとは、先日街で出会って以降、少しは好感度が上がったかもしれない。

サミュエルとはテストのときに、わずかだが上がっていると信じたい。

「だからどうなんだ……あ、でも、主人公の攻略がうまくいってないとしたら、主人公は王太子と友人エンドか……ってことは死亡エンドはないかも……あーダメだ、願望が入りすぎてる……ほんとわかんない」

いっそ数値として好感度が見えればいいのにと、僕は机に突っ伏した。


放課後になると馬車へ急いだ。誰にも遭遇することなく街に出ると、雪の舞う空気を胸いっぱいに吸い込む。

「さて、気を取り直して喫茶店に行こうかな」

昨夜、約束した喫茶店に向かうことにする。

「こんにちは」

「やあ、よく来てくれました」

どうぞ、と店内に案内される。

「腰の具合、大丈夫ですか」

立って歩いている店主の様子を窺うと、「ゆっくりなら大丈夫になりました」と微笑んでいる。

「ならいいですけど。無理はしないほうがいいですよ」

「そうですね。ありがとうございます」

店主は奥さんと二人で喫茶店を経営しているそうだ。

「うちのお勧めのケーキです。飲みものは何がいいですか」

雪のように真っ白な生クリームケーキが目の前に置かれた。

「わあ、ありがとうございます！　お言葉に甘えていただきます。グレープフルーツジュースがいいです。先日飲んだとき、とってもおいしかったので」

「そうですか。嬉しいですね。果汁たっぷりですよ」

店主はさっそく奥さんに伝えると、用意してくれた。

ケーキは転生前に食べようと思っていたのに食べられなかったから、なんだか感慨深い。

味わって食べていると、店主は嬉しそうに微笑んでいる。

「お客さんはおいしそうに食べてくれますね」

「おいしいですよ。とっても。また食べに来たいです」

「ありがたいですね。でも、もう店じまいしようと思っているんですよ」

店主は少し寂しそうに笑った。

「え、どうしてですか。こんなにおいしいのに」

「店も古くなったし、客足も遠のいていてね。常連さんたちに支えてもらっているけど、そろそろ頃合いかなと思っているんですよ。体もガタが来たようですしね」

「そんな……」

お気に入りの店ができたと喜んでいたのに、残念な知らせに肩を落とす。

「そんなに悲しんでいただいてありがたいですねえ。あ、そうだ。クッキーを焼いたので、よかったらどうぞ」

そう言うと、店主は奥さんに声をかけた。奥さんは頷いた後、クッキーを用意してくれた。

「あ、このクッキーって」

「野菜を練り込んでいるんですよ。ヘルシーで食べやすいと人気なんです」

手のひらより一回りほど小さいクッキーは色鮮やかだ。

「これはにんじんですか？」

「正解です」

「こっちは……カボチャですかね？」

「そうです」

カボチャのクッキーは、口に入れるとほろりとして溶けていくようだ。にんじんのクッキーは、しっかりした味なのに甘みが感じられる。

「あの、このクッキー、ほかにもありますか。買いますのでできたらたくさん欲しいです」

「ええ、そりゃあ構いませんけど。そんなにたくさんのクッキーをどうするんですか」

「今から孤児院に行くつもりで、子どもたちにあげたいんです。とってもおいしいから。きっと喜ぶと思うんです」

クッキーを受け取った子どもたちが、嬉しそうに頬張る様子が目に浮かぶ。

「そういうことなら」

話を聞いていた奥さんも店主と同じように微笑んだ。

店を後にすると、急いで孤児院に向かう。

到着すると、院長のアデールに話をして、子どもたちにクッキーを渡していく。

「おいしい」

「もっとたべるー」

野菜が入っていると伝えずに渡したが、子どもたちにも人気のようだ。

「中にはね、にんじんとカボチャが入っているんだよ」

「おやさいー？」

「やさい、きらいー」

やはりこの世界の子どもたちも、野菜が苦手な子が多いようだ。

「でもこのクッキーはおいしいよ」

子どもたちの声が微笑ましい。

「よかった。また持ってくるね。あ、そうだ。クッキー、皆で作れないかな」

名案だとばかりに、アデールに聞いてみる。

「そうですね。明日はクリスマスパーティーなので、ケーキを焼こうと思っているんです。そこに子どもたち自身の手作りクッキーがあると、大喜びしそうですね」

「はい！　その辺の準備、僕に任せてもらえますか」

「助かりますが、リアム様はいいんですか」

「はい。もちろんです」

明日の段取りを話し合い、喫茶店に戻ることにした。

スマホがあればすぐに連絡できるが、この世界に電話はない。この辺の設定も詰めていてほしかったと、僕は苦笑した。

喫茶店に戻ると、さっそく店主に相談する。

「うちは構いませんけど。クリスマスだからって、いつもより人が増えるわけでもないんでね。なんなら明日は店を休んで、子どもたちに作り方を教えてあげてもいいなあ」

「え、マジ、じゃない。本当ですか！」

「ええ、こちらこそ楽しみな提案ですよ。子どももいなくて、夫婦二人で店をやっていたので、子どもがいたら孫のようなものですよ」

「やった！　ぜひぜひお願いします！　あ、僕、院長先生に話してきますね。戻る前に材料を買っておきたいな」

「仕入れの店には連絡しておきますよ」

「助かります！」

馬車に乗って孤児院に戻る。

「忙しいな。でも嬉しい忙しさだ。最近きっついことばっかだったから、こういうの、楽しいな」

自分でもわかるほどに浮かれていて、しかしこういうときに落とし穴があるのだと、なんとか気を引き締めようとした。


喫茶店の店主と奥さんに相談して材料を買いに行く。

「薄力粉に卵、牛乳に野菜。あとは……」

必要な材料をメモして、食料品を扱っている店を目指す。店主が各店に先に連絡を入れてくれたので、スムーズに材料を購入することができた。

「リアムは小遣い貯めててえらいな」

毎月の小遣いを貯めていたようで驚いたが、金はたくさん与えられていたのだと思う。それがなぜか悲しくて、それでも貯めるほど貰えていたことにホッとする矛盾を感じる。

「おかげで材料も買えたし、ノートも。それにジャンを助けることもできた」

ありがとう、と心の中でリアムに礼を言う。

ふと、リアムの心はどうなっているのだろうと思った。

「僕がここにいるってことは、入れ替わってたりして……ってまさかね」

確かめることはできないのに、気になりだしたら止まらない。

「んーでも、……きっとそう」

もしかしたら転生前の日本でトラックに跳ねられて死んだ自分のように、この世界のリアムは階段から落ちて亡くなっているのかもしれない。

確かめられないけど、もしそうなら日本のあの場所で、僕はトラックに跳ねられずに助かったのだろうか。

「……きっとそう」

自由を望んでいたのであれば、きっと今頃、リアムは四苦八苦しながらも充実した毎日を送っているだろう。そう思えば魂の入れ替わりなんだと感じる。

なぜそうなったのか定かではないが、今はそうだと思いたかった。

侯爵家に帰る前に、材料を届けに三度《みたび》孤児院に向かう。喫茶店の店主がヘルプに来てくれると伝えると、アデールは喜んでいた。

「明日が楽しみ」

早々にベッドに入ると、クッキーの作り方をシミュレーションしながら眠りについた。

◇　◇　◇

侯爵やロイドは、孤児院で行われるクリスマスパーティーに参加することを許可してくれた。

昨夜セバスチャンに相談したが、その後、彼からロイドに事情を説明してくれたそうだ。話を聞いたロイドが、侯爵に口添えしてくれたのだとセバスチャンから聞く。

困惑したが、協力してくれるのならありがたいことだ。

早朝だが、今日はやることが山積みなので一刻も早く出かけたい。朝食もそこそこに出発しようと玄関ロビーに向かうと、待ち構えていたようにロイドが立っていた。

「これを」

僕の姿を認めると、ロイドはいくつかの大きな箱を指差した。

「なんですか、これ」

綺麗な包装紙に包まれた箱は、プレゼントのように見える。

「……持って行け」

ぶっきらぼうな言い方に戸惑うが、持って行けと言うなら孤児院へ、ということだろう。

「孤児院に持って行けばいいですか？」

「……ああ」

そう頷くとロイドは、王宮に出かけていった。

王宮でもクリスマスパーティーが行われるので、宮仕えの侯爵とロイドは忙しいようだ。

「あ、しまった。僕は王宮のパーティーには参加しないって伝えてなかった」

帰ってからでもいいかと思い直す。

ロイドから預かったプレゼントはダニエルに手伝ってもらいながら馬車に運び、すぐに出発した。

喫茶店の店主を迎えに行くと、そこには数人の街の人たちが待っていた。皆老齢で、子どもたちにとっては祖父母の年齢に当たるだろう。

「話をしたら、手伝ってくれるって言うからね」

街の人たちは、店主や奥さんから孤児院のクリスマスパーティーのことを聞いて手伝おうと考えてくれたらしい。

「街の子どもたちのために一肌脱ごうと、皆張り切っていますよ」

新鮮な野菜や果物もあり、なんだか頬が緩んでいく。

それぞれ頃合いに出発すると聞き、先に行くことにした。

そしてケーキもクッキーも無事に焼くことができ、孤児院には甘い匂いが漂っている。

ロイドから預かった箱の中には、子どもたちへのプレゼントが入っていた。マフラーや手袋、靴下にハンカチにぬいぐるみなどがあり、子どもたちが好きなものを選んでいた。

「このようなプレゼントまでいただいて」

喜んでもらえてよかったと思っていると、オーウェンが足早にやって来た。忙しい中、時間を作って来たのだろう。普段から彼は孤児院に通っているから、子どもたちは大喜びだ。

「オーウェンさまからもプレゼントだー！　ありがとー」

「オーウェンさま、サンタさんにもらったー！　みてみて！」

子どもたちは今日の喜びを、堪えきれないように伝えている。

その様子を見ているだけで胸が一杯になった。

「リアム、君にも」

「へ？」

オーウェンに差し出された小さな包みを見て、固まってしまった。

「メリークリスマス」

「あの……はい。メリークリスマス……あの、じゃあ僕からも」

包みを受け取ると、子どもたちと一緒に作ったクッキーを差し出した。もしかしたら来るかもしれないと思ってオーウェンの分を残しておいたのだ。

「ありがとう」

「子どもたちと一緒に作ったんです。形はその、アレですけど、おいしいですよ。あ、変なものは入れてませんから」

悪巧みだと思われたらたまったものではない。

しかしオーウェンは一瞬固まった後、噴き出すように笑った。


「あー楽しかった！」

夕暮れ前には解散することになり、馬車へ向かっていた。

街の人たちに今日のことについて感謝の言葉を伝えると、こういうイベントは楽しいから、またしようと言ってもらえた。

「リアムはこういうのが好きなんだな。とても楽しそうだった」

「そうです！　なかなか縁がなかったんですけど、こういうのをやりたかったので満足ですよ。またしたいなあ。街の人たちも手伝ってくれて嬉しかったし」

思いがけず街の人たちや孤児院の人たちと仲よくなれて、縁ができた。平民になったときに知り合いがいると思うと心強い。

「明日のことだが」

急にオーウェンの声音が変わり、ドキリとした。

「明日？」

「ああ。王宮でもパーティーがあるんだが、リアムも参加しないか」

「ああ……でも」

「用があるのか」

「そういうんじゃ、ないですけど」

そもそも王家主催のパーティーに参加しない、できない場合は、それ相応の理由が必要なはず。

「用がないなら参加しても問題ないだろう」

「ですね……ただ僕は今までのことがあるから、正直なところ、参加しづらいなって」

「気にする必要はない。今のリアムを見れば、思い直す人たちも出てくるはずだ」

「……ですかね。迷惑じゃないなら、参加しようかな」

今から準備しても間に合うのかわからないが、参加する方向で話を進めようと思う。

「会場で会おう」

「……はい」

今は正式な婚約者を決定していないから、オーウェンは誰もエスコートせず、一人で参加するらしい。王太子なので一挙手一投足を見られているはずだ。現状ではそれがベストなのだろう。

馬車に乗ると、なぜかオーウェンに見送られた。

王太子に見送ってもらえるなど、なかなかないだろうと思った瞬間、「あれ？」と気付いてしまった。

「ソラって王太子狙いだよね？　このパーティーで、主人公は攻略対象にエスコートされていなかったっけ？」

主人公ルートでは、好感度が上がっていれば、クリスマスパーティーで一番好感度が高い攻略対象にエスコートされる。

そのスチルは美しく、記憶に残っている。だからこそ不思議だ。

「当日に状況が変わるのかな」

リアムとしてはこの地点までクリアできていないので、よくわからないのが残念だ。

「……まあ、いっか。明日になればわかるし」

ふと手にしていた包みが視界に入る。

包みの中には万年筆が入っていた。

「開けてみよう」

「綺麗だな」

手に取っていろいろな角度から眺めてみる。光沢のある万年筆は軽く、すぐに手に馴染んだ。さぞ書き心地もいいだろう。

「よかったね」

ここにいるのがリアムなら、飛び上がって喜んだだろう。

「大丈夫だよ。僕は僕で幸せになるから、君は君で幸せになってね」

窓に映るリアムの姿に伝えると、そっと目を閉じた。


侯爵家に戻ると、セバスチャンにロイドが帰っているか聞いてみる。

「今日は少しお帰りが遅いようです」

「そっか。今日のお礼を言いたかったのにな。子どもたち、めっちゃ……じゃなく、とっても喜んでてね、って、あ、お帰りなさい」

そのとき、帰宅したロイドが玄関ロビーに姿を見せた。

「あ、ああ。今帰った」

「プレゼント、ありがとうございました！　サンタさんからのカードを入れてくれたから、サンタさんからのプレゼントだって、子どもたちがはしゃいじゃって！」

サンタへの手紙を書いていた子どもは、「サンタさんはわたしのてがみをよんでくれた！」と踊っていたことを思い出す。

「……いや。喜んでくれたのならよかった」

「粋な計らいで、さすがだなって思いました。ありがとうございます」

「……こんなことでお前は喜ぶんだな」

「え？」

「いや、なんでもない」

「ロイド様、その言い方では、ロイド様のお気持ちは伝わりませんよ」

無言のロイドにため息を吐くと、セバスチャンは僕に微笑んだ。

「リアム様、覚えていますか？　小さかった頃、リアム様がサンタクロースに手紙を書いていらっしゃったこと」

「おい、セバスチャン！」

慌ててセバスチャンを止めようとしているが、彼はロイドの言葉に首を振る。

「もういいではないですか、ロイド様」

「……しかし」

「なんですか。気になりますけど」

「リアム様は手紙にサンタクロースの絵を描かれていて、様子を見ていたロイド様は笑っていましたんですが、ずっと後悔されていたんですよね、ロイド様」

「……馬鹿にしたつもりはなかったが、私が笑ったことでお前は手紙を破ってしまった」

「ああ、そういう」

その出来事はゲームに出てきていないので知らなかったが、ロイドとリアムの関係が悪くなった一因なのだろう。

「あのときのロイド様は悪かったと反省して、サンタクロースからの手紙を添えたプレゼントを用意されたんですが、渡せないままでしたね」

「そうだったんですね。気付かなくてすみませんでした」

「リアムが謝ることではない。ああ、違うな……お前は私の弟だ。そう思っているのに、お前が来た日のことを忘れられずにこだわっていただけなんだ」

目を伏せているのは謝罪のつもりなのだろう。

「素敵なクリスマスプレゼントです。ありがとうございます。あの、そのプレゼントは、もうないのですか」

「ありますよね、ロイド様。渡すことも捨てることもできずに、ずっとしまわれていましたから」

「どこまで知っているんだ……」

「何も知りませんよ」

そう言うとセバスチャンは笑った。

そういうつもりではなかったということが重なり、今さらどう接すればいいのかわからなかったと、ロイドは言った。

ひとつ歯車が狂えば、次のひとつの歯車も狂っていく。それが連鎖して、二人の間には、気付いたときには大きな壁があったのだという。

互いにそのような関係だと割り切っていたつもりだったが、あの日、僕の言葉を聞き、思い出したそうだ。

「リアム、プレゼントだよ。サンタさんからだって。素敵なサンタさんだね」

ロイドがあの日に渡せなかったプレゼントは手袋だった。侯爵家に来たばかりのリアムの手はあかぎれだらけだったのだろう。そこには、その手を温かく包めるようにとのロイドの願いが込められていた。

「あったかいね」

この手袋は今の僕の手には小さすぎるが、手袋を両手で包み込めば温かい。

「明日のパーティーの準備もしてくれてたし、ロイドってツンデレなのかな」

ロイドが番《つがい》にだけデレる姿を想像して、思わず笑ってしまった。

「明日のパーティー、エスコートもしてくれるって言ってたけど、付き合っている人がいるって知ったら断るしかないよね」

現在、ロイドには付き合っている人がいるのだと教えてもらい、明日のエスコートは自分から断った。

パーティーでは基本的に、誰かにエスコートしてもらって参加するそうだ。一人で参加すれば、誰からもエスコートしてもらえなかったと受け取られるかもしれない。しかし現状のリアムは悪評だらけなので、今さら悪評がひとつふたつ増えても変わらないだろう。

「オーウェン様も一人で参加するって言ってたし、いいんじゃないのかな。ふあ……眠い。寝よう」

明日も頑張らねばと気合いを入れると、手袋を枕元に置いて、目を閉じた。

◇　◇　◇

王宮でクリスマスパーティーが行われる今日は、ダニエルから早々に起こされた。ドアがノックされた音で目覚めた僕は、寝ぼけ眼を擦りながら返事をする。

「ほんっと、リアム様は変わりましたね。僕が来た瞬間に起きるなんて。最近は目覚めがいいから、本当にどうされたんですか」

入室したダニエルは、カーテンを開けると振り向いた。

「何か企んでるのかなって思うのは変わらないですけど、でもまあ、いいんじゃないですかね」

今まで一番リアムの身近にいたダニエルだからこそ、まだ半信半疑なのだろう。それでも半分は信じてもいいと思ってくれているのだ。自然と頬が緩む。

「ありがとう、ダニエルくん。いろいろ助けてくれて嬉しいよ」

ベッドから出ると大きく伸びをする。

「素直に感謝されるとか、ほんっとびっくりですけどね。ああ、だからか、今日は雪が降ってますよ。馬車での移動や足元には十分気をつけてくださいね。何かあったら僕が侯爵様に叱られるんですから」

ダニエルがプリプリしながら言う。笑いながら窓を見ると、彼が言うように雪が降っている。

「ホワイトクリスマスだね」

「ドリーマーなこと言ってないで、さあ覚悟してくださいね」

じわじわと近づいてくるダニエルの目は、怪しく光っているようだ。

「……え、何？」

一歩後退すると、さらにゆっくりと近づいてくる。

「磨きますからね」

「どういう……っていうか怖いからダニエルくん」

「王宮でのパーティーなんだから、リアム様を極上の状態に仕上げますよ。旦那様から厳命されているのでね！」

なるほどと頷いた。これが物語でよく見かける、『磨かれる』ことなのだ。

「ストップ、ダニエルくん！　風呂はいい。風呂でごしごし磨き上げるのは自分でする。その分、ほかのは頑張るから勘弁して！」

僕は日本生まれの日本育ちだ。誰かに体を触れられる行為には慣れていない。親兄弟とも一緒に風呂に入った記憶もないので、想像しただけで鳥肌が立つ。

「でも」

「そこは譲らない」

互いに見つめ合うが、僕はダニエルから目を逸らさない。

「……わかりました。そこは譲りましょう。でも衣装や髪はしっかり仕上げさせてもらいますからね！」

「ありがとう、ダニエルくん！　うん、その辺は耐えるよ。でもほどほどで」

「ほどほどとかないですから！」

「あ、うん……」

なんとか譲歩してもらい、僕は窓の外を見遣った。今までの粉雪とは違って、雪の粒が大きい気がした。

数時間も支度に時間を要するとは驚きだった。

「……終わった？」

パーティーに行く前から疲れてしまったが、ダニエルやほかの従者たちは満足そうだ。

「現状での最高の仕上がりです！　黙って大人しくしていれば、最高のオメガですよ！」

鏡に映る姿はたしかに美しい。光沢のある黒いスーツは、光を浴びると髪のように少し紫がかっていて、色素の薄い肌が透き通るように美しく見える。髪も丁寧にブラッシングされ、艶めいて輝く。

「すご……さすがはダニエルくんと皆だな」

「ええ、ええ。いつも今日みたいに素直に支度をさせていただけたらいいんですけどね。さあ、行きますよ！」

全身を鏡に映しながら見ていたら、そんなことをしている場合ではないとばかりに急かされた。

馬車に乗って出発する。

「今日は積もるかなあ」

雪はやむ気配はなく、このまま降り続ければ今夜は積もるかもしれない。

「積もりますかねえ」

今日はダニエルが王宮に付き添ってくれることになっている。誰かと一緒に馬車に乗る機会が今まであまりなかったので、友人と一緒に出かけているような気持ちになる。

「目立ちますよー」

「え、何、その顔。悪いことを考えている人みたい……」

「何言っているんですか！　ベル侯爵家のご子息なんですよ！　目立たないと意味ないし、目立つように着飾りましたから、目立っていいんです！」

謎の気合いが入っているように見えるダニエルに苦笑するが、僕は目立ちたいとはまったくもって思わない。

「……会場では、隅っこにいよう」

ダニエルに聞こえないように、ひっそりと呟きながら車窓を見ていた。

大粒の雪が舞う中、馬車は順調に進んでいる。

「え？　あ、待って、止まって！」

慌てて僕は御者の男に叫んだ。

「リアム様！　突然どうしたんですか」

僕の声が聞こえたのだろう、馬車が止まる。僕は急いで扉を開けて外に出た。

「うぅ……」

「大丈夫ですか！」

王宮に向かう道の脇で、一人の女性が蹲っている。慌てて駈け寄ると、女性から呻き声が聞こえてきた。女性のそばには泣いている幼子がいる。

「……う、生まれそうで……」

「生まれる？　あ、え？　あ、赤ちゃんですか？」

「うう……」

「あの、あなたのかかりつけの産科はどこですか！」

「うう……引っ越してきたばかりで、まだ……でも、産まれるにはまだ早いから、うっ、まだ大丈夫かと。……でも急にお腹が痛くなって……ううっ」

「……ああ、そういう……大丈夫です！　どうにかしますから！　ダニエルくん！　医者、お医者さん！　あ、産科の先生ってどこにいるの！」

「産科？　産科って……ああっ！」

馬車を飛び出した僕を追って出てきたダニエルは状況を把握したのか、御者の元に駆けていく。

大粒の雪はやむ気配がなく、路面に降り積もっていくようだ。

ダニエルと一緒に女性を馬車に誘導し、産科医のいる病院に向かう。

「大丈夫だからね」

泣いている幼子を抱きしめながら、僕は何度も女性と幼子を励ます。

「ダニエルくん、まだかかりそう？」

「今日は休院が多いでしょうが、街には当番医がいるはずなんです。ともかく病院に行ってみないと……って、大丈夫ですよ！　ひとまず侯爵家かかりつけ医のところに向かってます！」

「かかりつけ医って産科なの？　っていうか、まずそこは開いているの？」

「あ、……で、でもわからないですけど、たぶん開いていると思いますってガートさんが言ってて。行けば医者同士だから何か知っているかと……そもそも僕も産科医とか知りませんし！」

先ほどダニエルが、ガートという御者に確認した際、ひとまず侯爵家のかかりつけ医の元に行こうと提案されたようだ。ほかに思いつく案もないので、ともかく向かうことにする。

「あーしまったな。調べておけばよかった。ともかく行こう。ダニエルくん、御者さんに、ゆっくり急いでもらえるように頼んで！」

「ゆっくり急ぐって……と、とりあえず伝えます！」

「大丈夫ですからね。今から病院に向かいますから。もう少し頑張ってください！」

女性を励ますと、ベル侯爵家のかかりつけ医の元を目指す。

「運がよかったですよ、本当に」

陣痛が始まっていると聞かされたのは、三十分ほど経過してからだ。

「よく支えてくださいました。もう大丈夫ですよ、安心して産みましょう」

ベル侯爵家のかかりつけ医は産科医でもあったようだ。今日は夜に行われるパーティーに参加する予定だったが、参加せずに対応してくれる。

ホッと胸を撫で下ろしながら幼子を抱っこしていると、幼子は母親と離れたことで再び泣き出してしまった。

「大丈夫、大丈夫。お母さんは赤ちゃんを産むんだよ」

「うわーん！　ままー！」

「僕は何歳かな」

「うう……ひっく……さんさい……」

「そっか、三歳か。まだ小さいのに、ママが赤ちゃんを産むまで待っていられるのはすごいね」

「ちいさくないー！　僕はおにいちゃんになるんだ」

「そうだね、小さくないね。お兄ちゃんになるんだもんね。赤ちゃんが産まれるまで、お兄ちゃんと一緒に待てるかな」

「……まてる」

「んーえらい！　よし、ママと赤ちゃんが頑張っているから、もうちょっと待っていようね」

「……うん」

　よしよしと頭を撫でると、幼子の顔に流れている涙を拭う。

「リアム様、ジュースを買ってきました」

「ダニエルくん、気が利くね。ありがとう。ねえ、僕の名前は？」

「……ダン」

「ダンくん、このかっこよくて優しいお兄ちゃんのダニエルくんが買ってくれたジュース、飲まない？　はい」

　ダニエルが差し出したジュースを受け取ると、ダンはにっこり笑ってジュースを口にする。

「……リアム様、褒めても何も出ませんからね」

「ジュースが出てきた」

「はいはい。ではリアム様もどうぞ」

「ほんと気が利くね。ありがとう」

ダニエルも待合室の椅子に座って、三人並んでジュースを飲む。

「無事に生まれるといいね」

「ですねえ。パーティー、始まってますかね」

「たぶんねえ」

三時間ほど経過したときに、元気な産声が聞こえてきた。

知らせを聞いて駆けつけた父親と産科医らに後を任せて、僕は一旦王宮に向かった。

午後に行われるパーティーはもう終わっているだろうが、オーウェンと会場で会おうと約束していた。

「……でも、やっぱ、会えないか」

王宮のパーティー会場は、夜会の準備に入っていた。

ため息を吐きながら会場の入り口を後にしようとしたとき、「リアム」という聞き慣れた低い声と甘い匂いが香ってきた。

「オーウェン様」

王太子も走るんだなと、呆けたようにオーウェンを見つめる。

「何かあったのか」

僕の目の前に来ると、オーウェンはそう尋ねてきた。

途中で産気づいた女性を病院まで連れて行っていたことを伝えると、「そうか」とオーウェンは安堵したように息を吐いた。

「知らせも来ないから、事故にでも遭っていなければいいと思っていた」

「すみません。連絡するのが難しくて。あ、そっか。御者の人に伝言を頼めばよかったんだ」

「いや、それどころではなかっただろう。無事でよかった」

「ご心配をおかけしてすみません。それにせっかく誘ってもらったのに間に合わなくて」

「いや、……会えてよかった」

「あ、の……あ、……そ、そうですね、よかったです」

急にオーウェンの周囲に流れる空気が変わったように感じ、僕は慌てる。

「会場は夜会の準備に入っているが、控えの間なら大丈夫だ」

「え？　あ、……ああ、控えの間ですね、って、何を控えるんですか」

自分でも何を言っているのかわからないほど、もしかして誘われているのかと思って慌てる。

「君は本当に思いも寄らないことを言う」

オーウェンは、くつくつと笑った。

案内された控えの間には、料理や菓子が用意されていた。

僕が来ると思っていたのだろう、オーウェンの指示のようだ。その心遣いが嬉しくて、お言葉に甘えることにする。

僕が来ていないことを心配していたロイドもやって来て、無事を喜んでくれたのでむず痒い。そこでロイドより年上の男性を紹介されたので驚いた。そのうち彼と婚約するのかと思うと、紹介してもらえたことが嬉しい。

「パーティーは遅れましたけど、よかったですね」

「せっかくダニエルくんたちが整えてくれた髪や衣装が乱れてしまって、申しわけないな」

「いいですよ、また整えますから」

「あー……そういうのは、できれば避けたいんだけど」

「無理ですよ。リアム様は着飾れば綺麗なんですから、もっと磨かないと」

「磨くのはちょっと……」

「善処しますけどね」

「ダニエルくん、ありがとうね」

「なんですか、ほんと人が変わったようでびっくりですよ。僕に礼を言うとか、やっぱり頭を打っているんです」

「打ってないから」

王宮からの帰りの馬車の中で、満腹になった腹をさすりながら僕は笑った。

いつの間にか雪はやみ、日が沈んでいく様子は美しかった。

◇　◇　◇

冬休みに入ったといっても、僕には気が抜けない毎日だ。起床後に洗面所に向かい、リアムの姿と向き合うのが冬休みの日課になっている。自分はリアムなのだと自覚するためだ。

「好感度上げる対策を練らないと！」

隠しシナリオであるリアムのルートをクリアしていないからこそ、主人公ルートでクリアしたときのことを思い出そうとする。

「あー……無理。正直、よく覚えてないわ……」

質問がテロップに現れると、選択肢の中からひとつを選びシーンが進む。主人公ルートは深く考えなくてもクリアしていたから、誰でも気軽に楽しめるようになっていたのだろう。だからこそ、どのようなイベントで好感度がどれだけ上がったのか、正直なところ、よく覚えていない。

対してリアムの隠しルートは、選択を間違えた瞬間に死亡するバッドエンドだったので、それ以前の問題だ。

「ああぁ……ってか、もう、こうなったら勘でいくしかないか。主人公ルートのイベントで、リアムの好感度が上がる保証もないし……参考程度にしておいたほうが無難だな」

ため息を吐くと、気を取り直して対策を練る。

「ともかく余計なことを言わずに慎んで……あ、でもアレンのときって反論したけど死んでないから、黙っておくだけじゃダメなんだろうな」

ソラが王太子オーウェンの攻略を狙っているなら、当面の対策はオーウェンについてだ。

「……好感度、上がってる気はするんだけど、どうなんだろう。攻略対象三人のうち、一番遭遇しているし……っていうか、ゲームのシーンで遭遇していないときにもオーウェンと会ってる気がする。どうしてだろう……」

まるで互いに引き寄せ合うように、と考えて、僕は首を振った。

「ないないない！　それはない！　だって相手は王太子だよ。皆に平等に接するってクラスの人たちが話していたし。……うん、きっとそう。僕だけに丁寧に接しているわけじゃない」

もしかして好感度が上がって好意的になっているかもしれない。その瞬間、自分の考えを否定する。

「好きとか、……アルファとオメガだからとか、……そういうの考えている場合じゃない」

転生前はとくに誰かに好意を抱かなかった。だから自分は誰かにそういう感情を抱けない人間だと思っている。それに、アルファとオメガだから惹かれ合っているとも考えたくはない。

「好きになっても、縁があっても、どうせ……」

誰にも顧みられなかった転生前の自分とリアムの生い立ちがリンクする。

「別に、誰かから好かれたいとも思わないし、……思えないよね。縁だって、よくわかんないし……うん、そうだよ、僕は夢に向かって生きていくんだ。その未来だけで十分……」

自分に言い聞かせるように呟くと、僕は洗面所を後にした。

冬休みは、学園や街の図書館に入り浸る日々を送っている。少しでもこの世界の情報を集めておきたい。街にも出かけていき、孤児院にも顔を出す毎日だ。

「今日は孤児院に行こうかな」

クリスマスパーティーを楽しんでからずっと、孤児院ではクッキー作りが流行っているようだ。街の人たちも気軽に手伝いに来て、賑わっている。

「昨日、試作品も作ったから、皆に食べてもらいたいな」

昨夜は、孤児院の子どもたちと街の人たちに食べてもらおうと思って、果物系のクッキーを作ったのだ。転生前は自炊をしていたので料理は慣れているが、お菓子作りはしたことがなかった。この世界に来てはじめてチャレンジするようになったので、作り方のコツを得ておきたい。

「さて、行こうかな。……今日もいるんだろうか」

どういうわけかわからないが、たびたびオーウェンと遭遇するから驚いている。まるで何かの縁で結ばれているようだ。そのたびに否定するが、ふとしたときにそう感じてしまう。

「ないない。さあ、行こう」

ダニエルに手伝ってもらいながらクッキーを箱に詰めていき、僕は早々に出発した。

今日は孤児院で冬休みの家庭科の宿題をしよう。自分より少し年下の子どもたちと一緒に、宿題の刺繍に取りかかる。

「ここはどうするの？」

「んーたぶん、こっちかな」

学校の授業以外では、裁縫や刺繍もこの世界に来てはじめてするので四苦八苦している。授業で習ったところを思い出しながら、子どもたちと一緒に進める。

「リアム様は、何を刺しているんですか」

聞かれて手元を見たら、絶句した。

「オレンジ色だから、オレンジですか」

「丸いですね」

「果物とか、リアム様ってかわいいものがお好きなんですね」

違うと言えず、笑って誤魔化す。刺すときに浮かんだイメージは、オレンジ色で丸いものだ。まさに僕にとってのオーウェンのイメージ。言われて気付いた手元の刺繍に笑うしかない。

「そ、そうだよ」

「何がそうなんだ」

「わっ！」

突然現れたオーウェンに、僕は驚いてしまった。

オーウェンは思いがけず姿を現すことが多くて、心臓が持たない。バクバクとうるさい心臓の鼓動を感じながら、そっと背後に刺繍を隠そうとして指摘される。

「それは何をイメージしているんだ？」

「……ええと、その……」

本人を目の前にして、あなたのイメージは眩しい光の太陽です、とは言えずに口ごもる。まさか自分をイメージしたものがただのオレンジ色の丸だと、オーウェンは思わないだろう。

「リアム様は果物がお好きなようで、オレンジを刺繍されているようです」

一緒に刺繍をしていた子どもの一人が答えると、僕の口から「あはは……」と乾いた笑いが出た。

宿題の刺繍は別のものをあらためて刺そう。今刺しているものは家で仕上げよう。

「糸が足りないな」

街の手芸店に寄って帰ろうと思っていると、「俺も街に出るから一緒に行くか」とオーウェンに誘われる。

「へ？」

「行き先が同じだろう」

それはそうだが、どう返答すべきか悩む自分に驚いた。好感度が上がるかもと言いわけのように考え、「……そうですね」と答えてしまっていた。

この甘い匂いのせいだと、内心で理由付けしている自分のことも不思議だった。

王家の馬車の乗り心地には驚きを隠せない。侯爵家の馬車も素晴らしいと思っていたのに、世の中には上には上があるのだと実感する。ついはしゃいでしまい、オーウェンから微笑ましく見られているような視線を感じて落ち着かなかった。

すぐに街に到着し、なぜか残念に思っている自分に気付いて、僕は脳内で頭を抱える。

「どうした？」

「あ、いえ。自分の気持ちがわからなくて混乱しています」

「どういうことだろうか」

「そのままです。あ、大丈夫です。頭は打っていないので」

笑わせるつもりはないのに、なぜか今の言葉でオーウェンは笑った。

「ええと……あの、ただ、僕は何をしているんだろうなって、思って」

「刺繍糸を買いに来たのだろう」

「その通りです。ただそれだけです。そう、刺繍糸を買うだけ」

ぶつぶつと自分に言い聞かせるように呟いていたら、オーウェンは再び口角を上げた。

そのときゲームの強制力なのか、黒髪の青年が少し先の通りを横切った。そばには青い髪の青年がいるので、恐らくサミュエルと一緒なのだろう。

思わず「げ」と声を漏らしてしまい、オーウェンに「どうした」と聞かれた。

「ああ、いや、なんでもないです、……けど」

「けど？」

「ああ、っと……その……」

この状況の危機感は、オーウェンには関係ない。極力ソラには会いたくないと、どのように説明すべきか考えあぐねていたら、「オーウェン様」と言う声が聞こえた。

「街で会えるなんて光栄です」

「お一人ですか」

学園の生徒だろう、二人の青年が足早に近づいてくる。

なんとなく気まずくなり、僕は一歩後退した。オーウェンは青年たちに話しかけられている。ここで別れて手芸店に向かおう。

「あ」

手芸店はどこだろうと周囲を見渡しているとき、花屋から一人の女の子が走ってきて転んだ。その弾みで胸に抱えていた花を落としてしまった。慌てて花を拾おうとしている少女の周囲には誰もいなくて、僕は一緒に拾おうと歩き出した。

しかし、少女が座り込んでいる場所より少し先の道から馬車が勢いよく走ってきた。考えるより先に僕は駆け出していた。

「リアム！」

背後から聞こえるオーウェンの声に答える前に、僕は少女を抱きかかえようとした。しかし少女は馬車に気付かず、花を拾いたいようで身じろいだ。

すぐそこまで馬車が迫っている。僕は少女の体を覆うよう抱きしめた。強く目を閉じ、来るだろう衝撃に構えた瞬間、体が宙に浮く。何が起こっているのかわからないまま、勢いよく転がった。馬車に跳ねられて転がったのかなんなのかわからないが、痛みがなくて不思議に思って目を開けると、少女と自分がいた場所を馬車が走り抜けていった。

「リアム！」

名前を呼ばれた瞬間、オーウェンに助けられたのだと気付いた。

力強い腕で抱きしめられ、若干苦しいほどだ。

「え……あ、そうだ、大丈夫？」

僕の胸には抱きしめた少女がいる。オーウェンの腕の中でもがくと、彼は力を緩めた。驚きのあまり声を出すことすら忘れている少女の全身を、すぐさま確認する。

「……ふえ」

何が起きたのか理解できずにいる少女に、「飛び出したら危ないんだよ」と諭す。騒ぎになったのだろう、花屋から子どもの保護者らしき男性が走ってきた。ありがとうと感謝されたが、どこか宙に浮いたような心境だ。

「リアム……」

耳元に聞こえる低い声は、オーウェンのものだ。いつも以上に甘い匂いが濃く鼻腔に香っているので、彼に接近しているのかもしれない。

いや、接近どころか抱きしめられているのではないだろうか。だろうかではなく、抱きしめられているから、信じられないのだ。

「あ、あの……？」

「……間に合ってよかった」

「あの、……はい。助けてもらったようで、その、ありがとうございます。突然飛び出したら危ないですよね。でもオーウェン様は王太子だから、僕のような者を庇う必要なんてないんですよ」

なぜ抱きしめられているのか、現状に混乱して勝手に言葉が出てしまう。

「……そんなことを言うな」

「え、でも、事実ですし」

「そんな事実はない」

「え、あの、……そう、ですかね」

脳内のどこかが麻痺したように、ふわふわした心境だ。夢ではないかと思うほど、現実味がない。

「……間に合ってよかった」

「ああ、あの、はい……はい」

何度も「間に合ってよかった」と繰り返すオーウェンは、しばらくの間、僕から離れなかった。

街中でスピードを上げて馬車を走らせていた者については、少し離れた場所にいたオーウェンの護衛たちが調査することになった。また花屋から出てきた親子に関しても、同じように彼らが対応している。ただ街中で、しかも公衆の面前でオーウェンに抱きしめられたままの状況がよくわからない。

「あの、オーウェン様。少し離れたほうが」

「……ああ、そうだな」

しかしオーウェンは動かない。

どうしたものかと肩をすくめていると、気を取り直したように彼が離れた。あれほど離れたほうがいいと思っていたのに、なぜか開いた距離がもどかしい。

「すまなかったな。驚かせてしまったか」

しばらく抱きしめられていたが、オーウェンに支えられながら立ちあがる。

「い、いえ。こちらこそ……」

「昔のことだが……」

オーウェンに手を引かれながら、道を歩いて行く。少し先の噴水がある場所に向かっているようだ。

「友人がいたが、亡くなってしまってな」

言いかけて止まっていたオーウェンの口が、噴水の前に到着すると開いた。

噴水が見えるベンチに腰を下ろしながら、彼の言葉を聞く。オーウェンは幼い頃から、孤児院によく出入りしていたのだという。そこで仲のいい友人ができたそうだ。

「彼は孤児だという理由で難癖を付けられたことがあって、あるとき彼は街の人に払いのけられてしまった。その弾みで、通りかかっていた馬車にはねられて亡くなってしまったんだ」

彼が払いのけられる前に、どうして止められなかったのか。

馬車の前に彼が飛び出したとき、なぜ伸ばした手が彼に届かなかったのか。

今でも夢に見るのだと、オーウェンは、ひと言ひと言を噛みしめるように伝えてくる。

「あのときの再現のように思えて心底冷えた……」

だから何度も間に合ってよかった、と言っていたのだと理解した。

「助けてくださってありがとうございます。僕は生きてますよ。オーウェン様に助けていただいたから、ケガもなく無事です。きっとその子も、オーウェン様に『よくやった』って言っていると思います」

自分ならそう思うだろうことを伝えると、オーウェンは眉を下げて頷いた。

もしゲームの隠しルートで、このシーンまで進んでいたら、リアムはどうしていただろう。今後プレイはできないだろうから、せめて主人公ルートでの内容を思い出そうとする。

ふと、リアムが、本来主人公がするはずのイベントをクリアしていたら、どのようになるのだろうかと思った。そう考えたとき、転生した瞬間に階段から落ちるイベントがあったことを思い出した。そのイベントも、本来であればリアムが主人公を突き落とし、王太子オーウェンに助けられてクリアするはずだった。それを代わりに僕がクリアしたと考えれば、この先のヒントになるのではないか。

「オーウェン様、僕、もしかしたら未来を変える何かを掴んだ気がします」

詳細は話せないが、今気付いたことをなぜかすごくオーウェンに話したい。そんな自分に驚きながらも、伝えたくてたまらない。

「リアムは俺の未来を開いたよ」

オーウェンは今まで以上にすっきりとした笑顔を浮かべている。眩しくて、今しがた考えていたことが、すっぽりと抜け落ちた。

「マジ、じゃない。ほんとですか。お役に立ててよかったです」

にこりと微笑めば、「ありがとう」とオーウェンに頭を撫でられた。

孤児院には、路地裏から助けられた子どもたちが主に暮らしているらしい。だからこそ、根底である路地裏の貧困街をなんとかしたいのだとオーウェンは考えているそうだ。

「無力だなあって思います」

「それは俺も同じだよ」

「そうですか？」

「ああ。もう十年も通って対策を練っているのだが、なかなか改善しないんだ」

「あー……そうですか。ちょっと僕も調べてみますね。っていうか、どうだろう。家族で保護って難しいんですかね」

「施しだけでは、与えられることが当たり前だと思ってしまうことがある。実際、以前そのような政策をした時代もあったようだが、結果はあまり……」

「そうなんですね。奥が深いです……考えてみます」

「ありがとう」

「い、いえ……あまり役には立てないですよ、たぶん」

「リアムの気持ちが嬉しいんだ」

「そ、そうですか、あの、……ちょっと近い気がします。眩しいので少し離れてもらえますか」

徐々に距離を詰められている気がして、僕は若干のけぞり気味になってしまった。

その後、街に来た目的の刺繍糸を無事購入して、侯爵家に帰ると告げた。今日はオーウェンの馬車で送ってもらうことになり、落ち着かない。

ケガはないかと心配されたが、オーウェンに抱き込まれて転がったのだろう、傷ひとつ見られない。何度も大丈夫だと伝えたのに、彼は心配性だった。

それでもオーウェンは、もしケガをしているようであれば、すぐ王宮に連絡するように、と言うので苦笑してしまう。逆に、自分たちを庇ったオーウェンのほうがケガをしているのではないかと心配すると、大丈夫だと微笑まれる。その笑顔に安心したので、これ以上、聞くことはやめておいた。

街から出発し、窓の外に視線を遣ると、黒髪の青年が歩いている姿が見えた。ゲームの強制力か何か知らないが、ソラとも縁があるのは困ったものだ。

流れる視界の中で、ソラはどこかの店に入っていった。

リアムに関わることでなければいいなと願う。

サミュエルは一緒ではないのだろうか。それともそばにいたのに見えなかっただけなのか。アレンはそばにいないのか――

「考えごとか？」

「あ、大丈夫です。ちょっと整理したいことがあって」

「そうか。頭をぶつけたわけでもなさそうだが……」

「もちろんですよ。オーウェン様に助けてもらって、ケガでもしていたら大事ですよ」

ガッツポーズをすると、オーウェンは微笑んで小さく頷いた。

侯爵家に戻ると、オーウェンがロイドに事情を説明していた。

クリスマスパーティー以降、なぜかオーウェンとロイドは気軽に話をするようになっていた。これはゲームには描かれていないので、ゲーム通りに進んでいない部分もあるのだろう。

だとすれば、何が原因でそうなっているのか調べる必要がありそうだ。

ここにバッドエンド回避のための糸口があるかもしれない。

「では、また明日」

「はい、また明日」

明日は始業式だ。オーウェンを見送りながら、再び始まる学園生活のことを考えた。

第三章　好感度の行方

いよいよ始業式だ。

好感度アップの対策について考えたものの、実際どう動けばいいのかは勘が頼りになりそうだ。

「どうしたものかな」

うんうん唸りながら登校していると、遠巻きに学生たちから見られているような視線を感じた。

また悪巧みを考えていると見られてはたまらないと思い、僕は咳払いをしてなんでもないように歩き出した。

「――から、僕はとっても驚いたんだ！」

教室に入る前に甲高い声が聞こえ、またソラだと辟易する。

ソラの視界に入らないように、前からではなく、うしろの入り口から入室しよう。そっと教室に入って様子を窺うと、いつものように十人ほどのクラスメイトに、ソラは囲まれている。

「昨日、孤児院に行ったんだけど、かわいそうな子どもばかりで……すごく貧しい環境で、僕、とても悲しくなったんだ。何か僕たちにもできることがあるはずだよね！」

「そうなんだ……あ、でもできることって……」

「うん！　だから僕、街に張り紙をしてきたんだ！　募金を呼びかけてかわいそうな孤児院に寄付するべきだって！」

主人公ルートでこなすイベントだと僕はすぐに気付いた。時期的にも合っているように思う。

「貴族はもちろんだけど、市民も募金するべきだよ」

胸を張りながらそう言うソラは、主人公補正だろうか、輝いて見える。

たしかに言わんとすることは理解できるが、言い方が気になるのは考えすぎだろうか。

「あ、ああ、そうだね」

「そうだよ！　ナナリーは伯爵家だからもちろんしているよね」

突然名指しされたナナリーは、一瞬止まった後、気まずそうに笑う。

「う、うん。もちろんだよ」

「よかったあ！　クリスは？」

「あ、俺は、……ああ、そうだよな。ソラの言う通りだ」

「そうだよね！　貴族は寄付するのが当然だもんね」

よかったあ、と何度もソラは言っている。

こっそり入室したはずなのに、ソラは振り向くと僕のほうに視線を向けてきた。満足そうなソラの表情は、彼の気持ちをそのまま語っている。

ゲームのイベントでは、質問に対して表示される答えを選択肢から選ぶ。しかし現実として生きていれば、選択した答えの行動が露骨なものに感じる。

孤児院イベントでの質問は、『街で見かけた孤児院に募金をしますか？』だ。する、を選択した場合、どのように募金をするのか、選択することができる。

一、街で寄付を募る。
二、学園で寄付を募る。
三、親に寄付してもらう。
四、攻略対象に寄付してもらう。

たしかこのような選択肢だったはずだが、もしかしたらソラは、一と二を同時進行しているのではないか。三と四に関しては現段階ではわからないが、もしかするとすでにしているか、これからするつもりなのかもしれない。

ともかくイベントは開始されたのだ。けれども、いつもソラの周囲にいるクラスメイトたちの様子が少し違って見える。いつものようにソラと一緒に盛り上がっている者もいるが、戸惑いを隠せない者もいる。

主人公補正が働けば、皆賛同するはずだ。しかしソラが一と二を同時に進行しようとしているからか、ゲームの中の華々しい主人公の活躍のように受け取れそうになかった。

教室内は、朝からなんだかギスギスした雰囲気だった。

「今日は噴水でも見ながらご飯にしよう」

弁当を持参しているので、中庭で昼食を取ることにした。中庭は背が高い木が多いので、その根元に座って食べるつもりだ。

しかしもうすぐ中庭というところで、甲高い声に呼び止められた。嫌悪感を表情に出さなかった自分を褒めたい。

「っていうかさあ、何考えてるの？　君って転生者でしょ。最近悪役っぽくないんだよね」

いきなり核心に迫るような質問を投げかけられ、心臓の鼓動が早くなる。

「君のせいだよ、最近攻略がうまく進まないの」

最近だけかと、内心で突っ込む。今までうまく進んでいないから、運命の繋がりがあるようには見えないなどと噂されるのではないか？

「昨日だってそうだよ。馬車にひかれそうになるイベント、勝手にクリアしたでしょ。街で事件が起こる場所を探してたら、街の人たちの話でもう終わった後だって知ったんだよ。王太子に助けられるのは僕だったはずなのに、何、人のイベント横取りしてるのさ。階段から突き落とすイベントもスルーしてさ。あのとき、王太子に助けられるのは、僕だったはずなのに。ほんとムカつく」

ソラはやはり転生者だ。彼はイベントを待っていたが、意図せず僕がこなしてしまったのだ。

主人公ルートでゲームを進めていたときは昨日の事件と少し状況が違っていた。ゲームでは転んで馬車の前に出てしまった主人公を、攻略対象が間一髪で救出する。これはどの攻略対象のルートでも共通の流れだ。

リアムのルートでも同じ流れが用意されていたのだろうか。

昨日はオーウェンに助けられたが、好感度次第でほかの攻略対象に助けられたのだろうか。もしかすると好感度が低いままだったら、あのときの少女はいなくて、僕だけ馬車にはねられての死亡エンドだったのかもしれない。もしもの想像なのに、背筋に悪寒が走った。そんな僕の様子を、ソラは勝手に解釈して話を進めてくる。

「だって君、今までのように僕をギラついた目で見ていないでしょ。今までの悪役令息と中身が違うってわかるよ。でも見た目は悪役令息なんだから、しっかりしてもらわないと。ここは僕が主人公のゲームなんだから」

主人公補正だろう、ソラはキラキラ眩しい光に包まれているように見えた。

「あの後も最悪でさあ。孤児院なんて行きたくないけど、イベントだから仕方なく探して行ったのにさー。あそこの人たち、僕がした提案に戸惑うんだよ、危機感が足りないんじゃないの？　募金してもらわないと生活が成り立たないんでしょ、この世界の孤児院って。あームカつく。がっぽり金を集めて、この僕にあんな態度を取った人たちに謝ってもらおう」

街で張り紙をした後に、孤児院に行って寄付の話をしたのだろう。

ゲームのイベントでは、攻略対象と一緒に街に出ているときに孤児院の話になってから一緒に向かうはずだ。そして孤児院の現状を知り、主人公は胸を痛める。そこで選択肢が表示され、選択して実行する流れだったが、ソラの今の話では違うようだ。

ソラは、ここがゲームの世界で自分が主人公だと言っているのに、ゲーム通りに話を進めていないのはどうしてなんだろう。

「孤児院に寄付とか、男爵家には無理だって男爵に言われてさあ。貧乏だから寄付する金もないんだってケチくさいこと言ってて嗤《わら》えるー。ゲームエンドには、僕は王太子の婚約者で番《つがい》になるんだよ！　金なんてめちゃ入ってくるのに。ケチケチするなよな、ほんと」

選択肢の三も同時に行おうとしていたのだと知って驚いた。

「オーウェンにはまだ会えてないから言ってないけど、王族なら寄付を拒否しないだろうし、金持ってるんだからイベントクリアできるんじゃないかな」

あー楽しみ！　とソラは嬉しそうに笑っているが、僕はソラの言動が理解できない。ここまで理解できない人に出会ったのは久しぶりだ。転生前の家族だった人たちを思い出してしまう。

「君さあ、死亡エンドにならないように頑張っているみたいだけど、僕とオーウェンは運命の番《つがい》なんだよ！　婚約して番《つがい》になるの！　だって僕はゲームの主人公なんだから。君は本当にかわいそうだね。転生したのにまた死ぬんだよお。卒業パーティーでさ、悪役令息は必ず断罪されるんだよ。君の父親もさ、今頃悪事に手を染めているんだからさあ。どの処刑エンドになるのか楽しみだよ」

「……今の言葉、取り消してください」

「はあ？」

「侯爵は悪事に手を染めません」

そのために僕は侯爵家を出ることも、引きこもることもしなかったのだ。もし侯爵家を出たり、屋敷に引きこもったりしてゲーム自体からフェイドアウトしようとしていたら、恐らく攻略対象からの好感度はゼロのまま変わらなかったはずだ。

好感度が低い場合、必ず一家処刑のバッドエンドになるので春には処刑されるはず。王家が絡んでいるので、逃げ切ることも難しいだろう。

「あはは！　悪役令息のバッドエンドはたくさん用意されているのに？　根っからの悪人貴族には、それ相応の結末が用意されてるんだよ！　知ってる？　このゲームタイトルの隠された意味。デスティニーって綺麗なタイトルだけど、隠された意味はデス。まさに隠しルートの悪役令息のゲームタイトルだよ！　主人公は運命の番《つがい》に出会うのに、悪役令息は死に出会う。まあ、そのバッドエンドが見たくてゲームをやりこんでいたから、僕はこの世界に呼ばれたんだ。ここは僕の世界。僕のためだけの世界なんだから、しっかり動いてよね」

「……君は」

突然風が吹き、どこからか学生の声が聞こえた。

「あ、イベント、きた！」

ソラは僕を押しのけて駆け出した。

「わわわ！　どうしよう！」

慌てている学生の声が聞こえて、僕も様子を窺う。周囲を見渡すと、噴水のところで紙が風に舞っている。焦って紙を拾おうとしている学生は一人で狼狽《うろた》えているようだ。

そのとき、前方からサミュエルが現れた。ソラのそばに行くと、二人は一緒に紙を拾い出した。

「はい！」

何枚かの紙を拾うと、ソラはにこりと微笑みながら学生に紙を渡す。

「あ、ありがとう」

「いいよ。当然のことだよ」

「ソラは優しいな」

「そんなことないよ。困っている人がいたら、僕は見過ごすことなんてできないよ。サミュエルも手伝ってくれてありがとう！」

サミュエルの好感度を上げるイベントだったと思い出す。

ソラはサミュエルの腕に絡みつくと、機嫌よさそうに立ち去って行った。

「……どうしよう」

しかし学生は、まだ困っている様子だった。

僕は近づき、周囲を見渡した。そしてなるほど、と頷く。数枚の紙は噴水に落ちたままで、木の枝にも一枚の紙が引っかかっている。

「手伝うよ」

「あ、ありが……ひっ！　リ、リアム様っ？」

怯えられてしまったが、今までが今までだったので仕方がない。

「大事なんでしょ」

話すより紙を拾ったほうがいいだろう。靴を脱いでズボンを捲ると、ざぶざぶと噴水に入って行く。

「あわわ……、あ、あのリアム様が……」

聞こえてくる声に苦笑する。ともかく紙を拾えたので学生に差し出した。

「はい」

幸いにも、文字が書かれているほうは上を向いていて水に濡れずに済んだようだ。乾かせば、何を書いているのか確認することは可能だろう。

「あ、ありがとうございます……」

頭を下げてくる学生に、「いいよ」と返答していると、突然オーウェンが姿を見せる。

「俺がこっちのほうを手伝おう」

木の枝に引っかかっている紙は、たしかに僕が背伸びをしても届かない。

しかし背が高いオーウェンが背伸びをすると、楽々と手が届いた。

「……背が高いですね」

「リアムよりは高いね」

「……ですね。でもまだ、僕はきっと成長期なので……伸びます、たぶん」

「そうか」

くつくつと笑っているオーウェンに、僕は頰を膨らませた。

渡り廊下を歩いていたとき、強風が吹いたのだとオーウェンは言った。そのとき複数枚の紙が上空を舞ったので来てみたら、僕が噴水の中に入っていたので驚いたらしい。

「ほんとに！　大丈夫ですから」

濡れた足を拭くのは、自分のハンカチで十分だ。それなのにオーウェンも自分のハンカチを差し出してくるから困ってしまう。

「一枚では足りないだろう」

「足ります。足らせますので大丈夫ですよ」

「濡れたままでは風邪を引いてしまうかもしれない」

「……体は丈夫なんですけど」

体力はないが体は丈夫だとガッツポーズをすると、アレンの声が聞こえてきた。

「オーウェン、ってリアムもいたのか。ってか、あれは見事に風に舞っていたなあ」

「無事に紙は集められたはずだ。リアムは噴水の中に落ちた紙を拾っていたんだ」

オーウェンが現状の説明をすると、アレンは何度か頷いた。

「夢に向かっているな」

「そういうつもりじゃ」

「いいって。皆まで言うな。理解しているから」

「……ああ、……もう、それでいいです」

結局オーウェンにハンカチを借りることになり、足を拭く。

「ほっそい足」

「……これから鍛えるんです」

「本気か」

「……本気ですよ。体力ないんで、このままじゃマズいから」

ああ、とアレンは頷くと、「よし！」と大きな声を出した。

「鍛錬所に来い！　俺が鍛えてやる！」

「へ？　あ、でも……そうか。はい！　お願いします！」

アレンの好感度を上げるために、騎士団の鍛錬所に行くことは効果的だろう。

誘ってくれたので、拒否して好感度が下がるより、鍛錬所に行って好感度を上げたほうがいい。

「それなら俺が鍛えてもいいが」

思いがけないオーウェンの言葉に、すぐに反応できずに固まる。

「オーウェンも剣の練習しているからちょうどいいな」

何がちょうどいいのか。

目を細めてアレンを見つめると、「急に鍛えると体に無理がある」とオーウェンに諭されるように言われる。

「適度な運動から始めたほうがいい」

「……ああ、たしかに」

アレンは熱血漢だ。恐らくアレンと一対一で体を鍛えたら、その日のうちにバテてしまうだろう。

「よし、じゃあ三人で鍛えるか」

自分の出番だとばかりに、アレンは上機嫌だ。

深く考えると頭が痛くなりそうなので、ここはポジティブに受け取ろう。

今から昼食にするつもりだと伝えると、一緒に食べようとオーウェンに誘われる。

「ちょうどよかった。俺たちもパンを食べようって思っててさ」

だから何がちょうどいいのか。

アレンを再びじと……と見つめると、「なんだ？」とまるでとぼけているような返事をされる。

「そうか。このパン、欲しかったのか。よし、いいだろう。味わって食べろよ」

ほら、と差し出されたパンを見つめる。

「リアムはパンが好きなのか」とオーウェンに聞かれた。

「パンでもなんでも、基本的になんでも食べますよ」

転生前は食事に事欠く毎日だったので、食べられればなんでもいい。

「好き嫌いがないのはいいことだな」

「それって俺のこと言ってんの、オーウェン」

「そうだな」

気さくな会話に頭を抱えたくなる。

なぜ攻略対象二人と一緒に、自作の弁当とたくさんのパンを手に昼食を取らなければならないのか。

「うまそう。侯爵家が持たせてくれたなら、愛情がこもってそうな感じだな」

僕の弁当を覗きながらアレンが感心したように言う。

「彩りのバランスがいいな」

オーウェンにも褒められ、むず痒い。

「……褒めても何も出ませんよ」

「リアムが作ったのか」

驚きの声を上げたのはオーウェンだが、「ああ、そうか」と納得したようだ。

「孤児院や家や喫茶店でも手伝いをしているのなら、リアムの料理はおいしいはずだ。先日のクッキーもおいしかった」

あらためて言われると、なおさらむず痒くなる。

しかし、そのように受け取ってもらえていることは素直に喜ぼう。

「……ありがとうございます。よければ、どうぞ」

差し出した自作の弁当を、オーウェンとアレンが摘まんで口に入れている。

「あ、変なものとか入れてませんから！」

ハッとして伝えると、二人は顔を見合わせて笑った。


午後はダンスの授業だった。

授業が始まる前に、一部の生徒たちが急いでホールに向かった。

「早く行ったほうがいいのかな」

体操服に着替えると、僕も彼らの後を追った。

ホールに到着すると、一部の生徒たちがモップをかけている。ホール内を見渡すと、まだモップがある。僕はモップを手にすると、彼らと同じようにモップがけを始めた。

「ああ、あの……リアム様、僕たちがするので大丈夫ですけど」

「リアム様は貴族だから、しなくていいですよ。そういうのは平民がするって決まっているし」

言いづらそうに話しかけてきたのはネオと友人だ。

どうやら貴族の生徒は何もせず、平民の生徒が準備をするのが今までの流れなのだろう。

「でもホールを使うのは僕もだし。モップがけなら僕にもできるからするよ」

「でも……」

「僕がするとマズいかな。そういう決まりは生徒手帳に書いてなかったから知らなかったけど、余計なことだったらごめんね」

「あ、いえ。そういうんじゃなくて、なんていうんだろう……リアム様がまさか、って、あああ！」

「ネオ！」

ネオと友人は貴族というだけでなく、リアムがモップがけをすることに焦っているのだ。ほかの生徒たちも気まずそうにしていたが、ネオの発言を聞いて慌てている。

「自分も使うし、使う前や使った後で綺麗にする行為を誰かがしてるって気付いたんだ。僕もできることをしたいから、してもいいかな」

急にこのような行動を始めたと考えれば、疑われても仕方がない。

「あ、光栄です！」

モップがけをしていた生徒だ。

「まさかリアム様がそう思ってくださっていたなんて……感動です！」

「そそそうなんです！　まさかリアム様が、ここでも一緒に掃除をしてくれるなんて！」

ネオの言葉に、友人は頷いている。

「そうなんだよ。リアム様は孤児院に遊びに来てくれて、一緒にクッキーを作ったり、掃除や洗濯もしたりしてくれて！」

ホールにいる生徒たちがこちらを見ている。ネオと友人の会話に興味津々のようだ。

「あ、っと。じゃあ、僕も一緒に準備してもいいかな」

「もちろんです！」

ネオの元気な返事に、僕の表情は緩んでいた。

「あら、今日の準備は早いですね」

授業開始前に来た教師は、感心したようにホールを見渡している。この教師はダンスを専門に教えているグレースだ。僕は一緒にホールの準備をした生徒たちと、グレースのところに集まる。

「リアムも今日は一緒に？」

リアムがホールにいることを、グレースは不思議に思ったようだ。

「はい！　リアム様と一緒に準備しました！　おかげでいつもより気合いが入っちゃって」

「そう。ありがとう。とても綺麗になったわね。リアムも、ね」

褒められることに慣れていないので、なんだか気恥ずかしい。

ほかのクラスメイトたちも集まり始めた頃、一緒に準備をした生徒たちからの視線がいつもより柔らかな気がした。

掃除や洗濯は転生前の経験があるが、ダンスはほとんどない。小さい頃に運動会や学校行事で踊ったフォークダンスだけだ。

「……わかんない」

足捌きがそもそもわからない。リズム感も必要だろうが、音楽に合わせて動くことがまず難しい。ただリアムの体は覚えているようで、なんとか動くことができているのは救いだった。しかしぎこちないのは否めない。

「今日も調子がいいね、ソラ」

「うん、かわいいダンスだよね。まるで妖精のよう」

ソラの友人たちが囁き合う。

ソラのダンスは、彼の周りに小花が舞っているように見える。これも主人公補正か、あるいはソラ自身の努力なのか。

僕は自分のダンスの出来に参ってしまった。三年の三学期なのに、この出来はどうなのか。

必死に授業を受けていたので、あっという間にダンスの時間は終わっていた。

「リアム様って、今までダンスだけは真面目にしていたのに、今日の動きはおかしかったよな」

「うん、なんだか動きがぎこちなかった気がするけど」

そうだろうと、僕も内心で頷くしかない。それに比べてソラへの評価は高そうだ。

「オーウェン様と一緒にダンスをするのが楽しみだね」

「ええー、僕がオーウェン様と踊れる機会なんて」

ソラの甲高い声は、ざわめきをものともせずに突き抜けるように聞こえてくる。本当に厄介だ。

「明日の授業は一、二組と合同だよ！　オーウェン様に誘われるんじゃない？」

先ほどグレースが、明日のダンスの授業ではアルファクラスとの合同練習になると言っていた。

もちろんクラスメイトたちは歓声を上げていたが、僕はため息を吐いていた。

「卒業パーティーも楽しみなんじゃない？　ねえ、ソラ！」

「楽しみだよ。でも、オーウェン様とは、まだそういうのは話していないから」

「サプライズで計画しているとか？　わー、オーウェン様ってロマンチストなんだね」

「うん、いつ僕に話してくれるのかなって、楽しみなんだあ」

本気でそう思っているようなソラと友人たちの言葉が、やけに鮮明に聞こえてくる。

「……っていうか、あの人たちの言い分だし。そういうの、オーウェン様から聞いてないし」

自分に言い聞かせるように呟きながら、別に自分には関係ないとも思った。死亡エンド回避が目標なのだとあらためて自戒する。

「……それでいいんだから」

「何がそれでいいんだ？」

「わっ！　急に現れないでくださいよ。びっくりしたじゃないですか」

放課後、裏庭でダンスの練習をしていたらアレンが現れた。木の陰からひょいと顔を出したので、思わずのけぞった。

「ここ、鍛錬所に行くのに近道なんだ。今から鍛錬所に行くが、どうだ？　リアムも来るか」

「あ、行き……たいですけど、今日は無理ですね。ダンスの練習をしないといけなくて」

「ああー……もしかしたら、今のって……ダンスか？」

気まずそうにアレンに聞かれる。

「もしかしなくてもダンスですけど」

やはり端から見ても、僕のダンスはダンスに見えないようだ。

「一人ではダンスの練習、できないだろう？」

今日のダンスの授業は基本の復習だったので、個人練習だった。だから一人でも練習できると思ってここへ来たのだ。

しかし、たしかにアレンの言うように、明日のことを考えれば一人では限界がある。今日の授業は個人練習だったが、明日は一、二組と合同での授業だから、誰かとペアになって踊るはずだ。

アルファやベータは主に男性役、オメガや女性はそのパートナーとして踊ることが多いと授業で聞いたので、練習するなら男性役をしてくれる人が望ましい。

「……一緒にしてくれる人がいないので」

現状では、僕とダンスをしたい人はいないだろう。

「まあ、今までのことを考えたら、そうかもな」

面と向かって言われるとムッとする。

「いいですよ、一人でもできることをしますから」

「よし、そういうことなら俺が相手をしてやるよ」

アレンは僕の手を取ると、さっそくとばかりにダンスのポーズを取る。

「はい？」

「ほら、一、二、一、二」

「ああっ、ちょっ……あはは！」

アレンの歩幅は大きすぎて、歩幅が小さい僕とのダンスは動きとしてはちぐはぐだが、踊る相手がいることは嬉しい。

「お前、笑えるんだな」

「はい？　笑えますけど？」

「いつもの仏頂面より全然いい。もっと笑えばいいのに」

「……楽しくもないのに笑えませんよ、っと」

「足踏むなよ」

「すみませんねえ」

「悪いと思ってねえだろ、それ」

「二人で何をしている？」

オーウェンが姿を見せた。

「ああ、こいつがハブられてっから相手してるけど」

「ハブって……はっきり言わないでもらえます？」

「……仲がいいな」

オーウェンはいつもの柔和な表情なのに、どこか何かがいつもと違うように感じる。

「そっかそっか。オーウェンもダンスをしたかったんだな。ちょうどよかった。よかったな、リアム」

言い終わる前にアレンは素早く動いた。

「ちょうどよかったって……」

相手は王太子なのに、本当にアレンはいつもオーウェンに気軽な態度で接しているので驚いてしまう。それほどの関係なのだろう。

「お二人は仲いいですね」

風のように去って行くアレンを見送る。

「アレンとは幼なじみのようなものだからな」

たしかにゲームの設定にはそのように記載されていたが、情報として知っているのと実際に目にするのとではまるで違う。

「そういうの、いいですね」

「そうだな。アレンとは剣術の鍛錬を一緒にしているが、騎士になるために頑張っているし、ダンスより鍛錬のほうがいいのだろうな」

僕がアレンのことを誤解しないようにとの、オーウェンの心遣いだろう。彼の人柄が感じられ、思わず頬が緩む。

「わかる気がします、っていうか、なぜここにオーウェン様も？」

「俺がここに来たらマズかったのか」

「いえ、そういうわけじゃないですけど……」

もごもごと呟いていると、「では、練習をするか」と手を差し出された。

まさかと思うが、オーウェンも僕に対して何かの縁を感じているのだろうか。そう思ってしまうほど、偶然だけでは片付けられないものを感じる。

しかし答えを出そうと思うと、現状では頭を抱えてしまうことになるので、深く考えないようにする。

「リアムはダンスが苦手だったか」

「ええ、まあ……今のように足を踏んでしまうくらいには……ごめんなさい」

「ああ、まあ、そうか」

練習とはいえ、何度もオーウェンの足を踏んで焦ってしまう。ダンスは貴族社会で必須だから、基本的には皆踊れるのだろう。

「ダンスは二人の息が合う必要がある」

「……ですね」

現状、息は合っていないが、オーウェンはにこりと微笑む。

「先ほどと比べて、足を踏む回数が減っているぞ」

「……ですかね、っと」

「今のステップはよかったぞ」

「え、マジ、じゃなく、ほんとですか！」

褒められて調子に乗るなど自分でも笑ってしまうが、嬉しいものは嬉しい。心なしか、足捌きも軽快になってきている気がする。

「いい調子だ。そのまま」

そう言うとオーウェンは、ゆったりとしたリズムを口ずさんできた。聞き覚えのある曲だった。どこで聞いたのか思い出せないが、これなら練習の成果を発揮できそうだ。

とはいえ、オーウェンの低い声は下腹に響く。違和感を払拭しようと下腹部に力を入れると、姿勢がよくなったと褒められたので苦笑した。

地面に映る夕焼けが、やけに鮮やかな朱色のように感じた。

オーウェンには一時間ほどダンスの練習に付き合ってもらった。

「ありがとうございました。おかげで明日は恥をかかずに済みそうです」

少しは自信に繋がったように感じた。素直に感謝の気持ちを伝えると「それはよかった」とオーウェンは微笑んだ。

馬車までの道のりを二人並んで歩く。学園にはまだ人が多いようで、並んで歩いているところを見られても大丈夫なのか、少し気になった。

しかしオーウェンが何も言わないのに、わざわざこちらから聞くこともないだろうと、口を噤む。無言で歩く時間は、なんだか胸が締め付けられるようだった。その分、いつもの甘い匂いや息づかいに感覚が集中する。

ゲームや互いの立場など関係のない場所で出会えたらよかったのに、と僕は思った。

家に帰り着くと、侯爵が機嫌よさそうに待っていた。久しぶりに三人での夕食となり、侯爵の話を聞く。

「殿下との関係が良好なようで安心しているよ。このままうまくやりなさい」

どう反論すべきか思案していると、先日のようにロイドに「何も言うな」と言われる。

「この頃のリアムの頑張りには目を見張るものがあります」

ロイドの言葉にも耳を疑う。そもそもなぜロイドは、僕に黙っているように言うのだろう。

食事が済むと侯爵は席を立ったので、ロイドに質問してみた。

「なぜ、何も言うなと言ったんですか？」

「……このまま殿下との関係を保ち、婚約まで話が進めばいいだけだ」

「すみませんが、説明になっていません。僕は婚約者候補から外れたほうがいいと思っています。万が一婚約者になったら、白紙に戻すことは難しいはずです。婚約破棄されるほうが、後々面倒でしょうに」

「どうして破棄されると思うんだ？　最近のお前は、何事にも真摯に取り組んでいるように感じている。だから大丈夫だ」

「……できるだけ頑張りますけど、結果はわからないですよ」

「それでいい。もし婚約者になれなくても、そのときは私が対処する。お前に迷惑が掛からないように動いているから、その辺は気にする必要はない」

「どういうことですか。まさか侯爵が何か……」

「父さんには言うなよ」

「……足りないのか」

「ん？」

「ああ、いえ。こっちのことです。とにかくわかりました。婚約がうまくいきそうだと侯爵が思っている時間が長ければ、ロイド様が対処法を考える時間も増える、という認識でいいですね」

「……お前は」

「大丈夫です。時間稼ぎに協力します！」

「……あ、ああ」

一家処刑ルートの可能性が残されているのだ。攻略対象たちからの、リアムへの好感度が足りないのだろう。もし好感度がセーフラインまで上がっていれば、侯爵は悪事に手を染めていないはずだ。しかし先ほどのロイドの話しぶりでは、その危機からまだ脱していないのかもしれない。

このまま問題なければいいが、何か問題が発生し、僕が婚約者候補から外れそうだと侯爵が感じれば、悪事に手を染めてでも僕を婚約者に推すかもしれない。

「何がなんでも好感度を上げないと」

攻略対象たちからの好感度を上げることでハッピーエンドの可能性があるなら、行動あるのみだ。

「……やるしかないか」

転生前も駆け抜けるような人生だった。今回ももう少し頑張ってみようかと、僕はため息と共に呟く。

家族や使用人たちとの関係も改善している気がする。今までのリアムは、家でも学園でも暴れていて手が付けられなかったはずだが、現状の僕は落ち着いたと評価されているようだ。どうしようもないベル侯爵家のオメガに対して、屋敷の使用人たちも匙を投げて見下していたのは事実だろうが、その気持ちはわからなくもない。

とくにリアム付きの従者は、リアムが暴れるたびに辞めていき、辛うじてダニエルがその役を引き受けていたのだ。

ダニエルとの関係も良好だと感じている。このまま侯爵家で暮らせるならそれも幸せだと思うが、そのエンドに到達するには、あとどれくらいの好感度が必要になるのだろうか。

◇　◇　◇

朝になり、登校する。

午後はいよいよダンスの合同練習の授業だ。

妙に緊張するのは、自分と踊ってくれる人がいるか、気になっているからだ。

「ダンスの授業なんだから、準備しないと！」

張り切っているのはソラだ。クラスメイトに声をかけると、誰よりも早くホールへ向かっていった。

「……なんか、ねえ」

「準備してくれるんなら、まあいいんだけど」

昨日一緒に準備をしたクラスメイトたちは、いつもと違うソラの行動に戸惑っている。

ホールに入ると、意気揚々とモップを手にしているソラがいる。方々のクラスメイトたちに指示を出し、準備しているようだ。

ソラの指示では準備したくなくて、僕は離れた場所から様子を窺う。

「これでよし！」

どこが！　と内心で突っ込んでいたら、「これじゃあ、準備前と変わらない気がする……」という声が背後から聞こえてきた。ソラといつも行動を共にしているクラスメイトたちは、早々に着替えをするためにホールを後にした。

僕はモップを持つと、昨日と同じようにモップがけを始めた。それを見ていたのだろう、昨日一緒に準備をしたクラスメイトたちも、それぞれ動き始めた。

「隅っこまでしないと綺麗にならないしね」

「ですよね。真ん中だけモップ掛けても仕方ないですし」

「おお、張り切ってるな！」

そこに現れたのは、アレンとサミュエルだ。

「リアムが掃除をするとか信じられない……」

愕然とした様子のサミュエルに、アレンは「同志だからな」と意味がわからないことを伝えていた。恐らくアレンは、僕のことを夢を追う仲間とでも思っているのだろう。ひと言言いたいところだが、言って好感度が下がるよりはいいだろうと苦笑するに留める。

「リアム様、僕たちも着替えに行きましょう！」

「あ、うん」

ネオに声をかけられた。

誘ってもらえたことが嬉しくて微笑むと、ネオは「はわわ！」と顔を真っ赤にさせていた。


「アルファを待たせるとか、なってないよね」

ソラを中心に、早々に着替えを済ませたクラスメイトたちが、チラチラこちらを見ながら囁き合っている。すでに半数の一、二組の生徒たちが入室しているので、聞こえよがしに言っているのだ。準備で遅くなったのに、その言い方はどうなのだろう。それにまだ授業開始まで五分以上あるから、そのように言われる筋合いはない。思わず反論しようと口を開いたとき、オーウェンとアレンとサミュエルが入室してきた。

練習とはいえ、今日は本格的に衣装を着ての授業になる。もちろん自分たちも、学園貸し出し用のスーツに身を包んでいるが、オーウェンの姿には見惚れてしまいそうになる。

「か」

思わずかっこいい、と言いそうになり、僕は慌ててオーウェンから目を逸らす。

このダンスイベントでは、主人公は一番好感度が高い相手とダンスをすることができる。今までの流れでは、ソラのダンスパートナーはオーウェンになるだろう。しかし好感度次第では、アレンかサミュエルになるかもしれない。

自分は誰と踊るのだろうと思っていると、グレースが入室してきた。

「では、伝えていたように、今日は一、二組と十組の合同練習をしますね」

誰でも好きな人とペアになるようにグレースが言うと、皆喜びの声を上げた。

ふと視線を感じ、その先を追ってみると、オーウェンと目が合った。まさかと思っていると、オーウェンが僕のいるほうに歩いてくる。

急激に心臓の鼓動が高鳴り、息をのむ。しかしまるで引き寄せられるように、視線はオーウェンを追い続ける。

「足を踏んでも気にするな」

オーウェンは僕の前で足を止めた。

「……踏まない努力はしますけど」

ひそひそと内緒話のように潜めた声で交わされる言葉に、緊張が高まっていく。

「はーい、皆さん。ペアは決まりましたか」

朗らかなグレースの声が響いた。

スローテンポの曲なので、昨日のように踊ることができそうだ。

「昨日よりうまくなっているな」

「教えてもらったので、幾分マシになったようです。家でステップの練習もしたので、っと」

「ははっ、なるほど」

「い、今のは喋っていたからで」

「いい、気にするな」

「……すみませんねえ」

「リアムと踊れてよかったよ」

「……本当ですか？」

「もちろん。昨日のように踊れば大丈夫だ」

「そうですか？」

喋りながら踊ることは難しい。

踊り終わって周囲を見渡すと、ソラはサミュエルと踊っていたようだ。

好感度的にそうだったのだろうと思っていたら、ソラと視線が絡む。一瞬鋭い視線を受けたが、気のせいではないだろう。

授業が終わり、教室に戻る。

「酷いです！」

入室した途端に、ソラの友人たちに囲まれる。

「……何が？」

「とぼけないでください！　ソラを脅したんだって聞きました。ソラはオーウェン様と踊るはずだったのに、リアム様が邪魔をしたんだって！」

「そうですよ！　ソラとオーウェン様はお似合いなのに。運命の絆で結ばれている二人を引き離そうだなんて、鬼畜です！」

「鬼畜……それは君が思ったこと？　それとも」

反論しようとした途端、ソラが僕の前に躍り出た。

「ごめんなさい！　僕が悪いんです。リアム様を怒らせたら……侯爵に僕の家を潰されちゃう！」

「やっぱり脅されてるんだ！　怖い」

あることないこと言われているような気がする。たしかにゲーム上でのリアムは侯爵家の権力を笠に着ていたので、大半のクラスメイトもソラに同情しているようだ。

「あ、あの……リアム様は、そんなことしないと思いますけど……」

アレンと踊っていたネオだ。

「君もリアム様に脅されているんだね。かわいそう。君は孤児院の出身だから、虐められるよね」

心底同情していると言わんばかりの表情で、ソラはネオに近づいていく。

「え？　そそ、そんなことないですけど」

「ううん、わかってるよ。大丈夫、侯爵家に睨まれたら、孤児院出身の君なんてすぐに学園から追い出されちゃうよね」

「あ、あの……」

ソラは聞く耳を持たないというより、心底そう思っているのだ。僕は反論を控えてカバンを持つ。

「リアム様！　事実だって認めるんですね！」

なおも食ってかかってくるソラの友人たちに視線を遣ると、僕は口を開いた。

「事実ではないけど、そう信じている君たちに対して僕がどうこう言っても意味ないでしょう」

「でもソラが」

「あの場面を見て、そう思うのならそうなんでしょう」

ダンスの授業のとき、オーウェンからダンスに誘ってきたのだ。僕はそれに応えただけ。言いがかりもはなはだしいと息を吐く。ネオに視線を送り、会釈をして僕は教室を出た。

「ほんとウザ……」

ゲームにこだわりたくないが、こだわらなければ死亡エンドになりかねないので、どうしてもソラと絡んでしまう。互いにそれぞれの道を進みたいものだ。現状では難しいことは理解しているけれど、ため息を吐きたくなるのは仕方がない。

「図書館に行こう」

静かに一人で勉強したい。勉強している間は、勉強のことだけを考えていればいいので気が休まる。

「少しいいか」

図書館の前に到着したとき、背後からサミュエルに声をかけられた。

なぜここにサミュエルがいるのか不思議に思っていたら、教室から出てきた僕を見たのだと言う。

「……なんですかね」

今は心がざわついているので、できれば要件は手短に願いたいところだ。

「ああ、最近の君はなんだか今までと違って見えるが、何が君を変えたのだろうか」

「……どういう意味で受け取ればいいですか」

サミュエルからの好感度が少しは上がったと思っているが、現状、ソラと僕ではソラへの好感度がより高いだろう。

「言葉のままだ。実は先ほど、アレンから話を聞いたんだ」

「……そうですか」

「ああ、違うぞ。アレンは悪くない。わたしがしつこく聞いたんだ。君は夢を追っているから変わったのだと教えられた」

「……そうですけど」

「そうか。本当だったんだな」

サミュエルは、いつもと違って気まずそうに見える。

「本当です。他意はありません。今までのことは反省して、夢に向かって努力しています」

だから無害だと暗にほのめかすのは、何度目だろうか。

「そうか……わたしも追っている夢があるんだ」

「そうですか」

「ちなみにどんな夢なのか聞いてもいいだろうか」

「どんなって言われても……」

「ああ、すまない。簡単に話してもらえるわけはないな。ただオーウェン様と同じ夢のようだから、気になっただけだ。だからオーウェン様もきっと」

「二人で何を話しているんだ」

偶然にもほどがあると叫びたい。声の主はオーウェンだった。

「どうしたリアム。そんなに険しい顔をして」

「……別に、驚いただけです」

「そうか。いや、教室に行ったらリアムは帰ったとネオに聞いてね。その後にアレンに会って、リアムの後をサミュエルが追ったと聞いて気になったんだ」

どうしてこうまで攻略対象に絡まれるのか。やはりゲームの強制力は半端ないと身震いした。

話を聞かせてくれてありがとうと言い、サミュエルは立ち去った。

「サミュエルと話をする仲だとは思っていなかったな」

「僕も思ってなかったです。正直驚いてますよ」

オーウェンと図書館に入りながら話しているうちに、そのまま一緒に勉強することになった。先日話した貧困街への対策についてだ。互いに思っていることを書き出しながら、ノートを見せ合う。わからないことを調べたり聞きあったりしていると、閉館の時間になった。

「また話し合いたい」

「そうですね。勉強になります」

「あと、明日のことだが、……鍛錬所に行かないか。体を鍛えたいと言っていただろう。俺も行くから、よかったら」

「明日ですね。了解です」

「では迎えに行く」

「迎えに？　え？」

「迷惑か？」

「ああ、いえ。でもいいんですか？」

「ああ」

明日は休日だ。オーウェンに誘われ、ゲームに出ていた鍛錬所のスチルを思い出す。

「あ」

「どうした」

「いえ。なんでも」

もしかしたら鍛錬所でのイベントがあるかも、と思い出していた。

朝になり、早々に起きて支度をする。

「体を鍛えるってことは、動きやすい服装のほうがいいよね」

ダニエルに相談して、シャツにズボンという軽装にする。行くまでの間は寒いので、暖かなコートを羽織った。

「このコートも高級そう」

汚さないように気をつけようと思っていると、ダニエルに「高級ですよ」と笑われる。

「当たり前じゃないですか。ベル侯爵家のご子息が着るんですから！　最高級のもので揃えていますよ。それなのに今までのリアム様は、それを当然のように……ってまあ、昔のことですけどね。ああ、でもそうか。リアム様が心を入れ替えられてから、まだふた月も経っていないんだ。あれほど強烈だったのに、過去のことになってる……」

感慨深そうに話すダニエルに、僕も苦笑する。この世界に転生して、怒濤の日々を過ごしていた気がする。そろそろ息切れしないかとヒヤヒヤするが、卒業まであと一か月と少しだ。

「ダニエルくん、この先もよろしくね」

そう伝えると、「神妙ですね……」と言いながら、ダニエルも神妙な表情を浮かべていた。

オーウェンが迎えに来ると伝えていたからだろう、侯爵は朝から機嫌がよかった。しっかりやれ、と何度も言われた。侯爵が父親だという実感はない。愛情を与えられているとは思えないが、邪険にされているわけでもなさそうだ。衣食住はきっちり整えてくれているので、それだけでも十分だと思える。

「頑張ってみます。ですから侯爵様、どうか信じてくれませんか」

「ああ、もちろん信じているさ」

「そうではなく、本当に信じてください。正直結果はわかりませんが、最善を尽くします」

しっかりと侯爵の目を見て伝えると、僕の真意を見抜いたように侯爵の顔から笑顔が消える。

「最善を、か」

「……はい。僕を拾ってくださったのは、このためですよね。だから最善を尽くします。しかし婚約は人と人との縁です。それにバース性があるから難しいと思いますが、ベル侯爵家に不利になることにはしないと誓います」

今、恐らく攻略対象たちからの好感度はゼロではない。少しではあるかもしれないけれど、ゼロよりは上だろう。ゲームエンドまでにはセーフラインまで好感度を上げるつもりでいる。

しかし相手は人なのだ。ゲームの世界だが、ゲームにはない部分が多々ある気がする。それにゲームでは選択肢ひとつで進んでいたシーンも、今は実際に自分が動かなければ何も進まないのだ。

「王家との縁を繋ぎなさい」

「縁とは婚約だけではないでしょう。少なくとも僕はそう信じていますので、侯爵様もどうか」

「リアム様ー！　殿下が到着されましたよー」

外に出て様子を窺っていたダニエルが、玄関の扉を開けた。

「では、行ってきますね。侯爵様のためにも頑張ってきますから！」

言いすぎたかと思ったが、侯爵は快く送り出してくれた。

ひとまずはオーウェンとアレンの好感度アップを目標にしようと、あらためて思った。

ベル侯爵家から騎士団の鍛錬所までは、三十分もかからずに到着する。王宮からベル侯爵家も三十分ほどだったので、立地的には街中で利便性がいい。

「さあ、着いたぞ」

「おお……すご……！　広いですね！」

屈強な騎士が集まっているのだろう、体格のいい男性ばかりで驚いてしまう。その中で、女性や自分と同じような華奢な体格の男性も目に入って、ホッとする。

「そうだな、王国一の騎士団だからな」

デスティニーは、ラシャル王国の中で繰り広げられるゲームだ。広大な国土を誇るこの国は、一方が海に、もう一方は他国に隣接している。ゲーム上では隣国との仲は良好だが、リアムの死亡エンドの中に、侯爵が隣国に情報を売るという場合もある。一見平和に見えるが、自分の行動次第では争いの種になるのかと気付いて身震いした。

「寒いか？」

「あ、いえ。大丈夫です。ただ、自分の行動って小さいじゃないですか。でもそこから波紋のように広がって、大事になったら恐いなと思いまして」

「たしかにな。しかしそれは悪いことだけではないぞ」

「え？」

オーウェンは頷きながら口を開く。

「ほんの少しの行動が波紋のように広がっていくのは善意も同じだ。現にリアムの行動に心を打たれている者たちも生まれているのだからな」

「……そうでしょうか」

「そうだよ。リアムはよく、たいしたことはできないと言うが、たいしたことなど必要ないと思うぞ。俺だってたいしたことはできていないが、地道にこつこつ進んでいけば、気付けば協力者たちが集まっている。リアムもそうだろう」

少なくとも、全攻略対象たちからの好感度がゼロではなく、わずかでも上昇していると考えれば頷ける。

「わかる気がします。そうですね、たしかにゼロじゃない」

「おお、来たか」

そこにアレンが姿を現した。すでに鍛錬を始めていたのだろう、汗が滲んでいる。

「今日はお世話になります！」

「よし！」

オーウェンは、「まずはウォーミングアップからだぞ」と笑った。

ランニングをしただけでバテてしまいそうだ。

「はあ、はあ……」

「少し休むか」

「情けないけど、はい」

「急に無理をするほうが後々よくないから、休む選択も大事だ」

「たしかに、ですね」

水分を補給してベンチに腰を下ろしていると、ソラとサミュエルが現れた。

やはり鍛錬所イベントで間違いない。このイベントでは、主人公が一生懸命に体力作りをする。その姿にアレンやオーウェンは感動し、好感度アップに繋がる。サミュエルは文官系のため、この攻略イベントはなかったはずだが、ソラに誘われたのだろう。

ここでもソラは、ゲーム展開とは別の要素を投入している。ゲーム通りに攻略するつもりはないのだ。

ならば先日思ったように、勘を頼りに動いたほうが賢明だ。方向が決まったと頷いていると、ソラはチラリと僕に視線を遣ってきた。

「早々に音を上げているんですか。鍛錬所に来ているのに？」

心底そう思っているらしいソラの発言に目を細めると、オーウェンが「俺が休んだほうがいいと判断したんだ」と、まるで僕を庇うように言った。

「そ、そうなんですね。でも」

「ソラはサミュエルと何をしに来たんだ」

柔和な表情はいつも通りのオーウェンだが、好感度が高い相手にこのようなことを言うだろうか。好感度が高ければ、待っていたよ、よく来たな、などの歓迎の言葉をかけるはずだ。だとしたら、やはりソラの攻略はうまくいっていないと判断できそうだ。

「もちろん鍛錬所の見学です！　でもそうだなあ。僕も鍛錬してみたいな」

またしても主人公補正か、キラキラと眩しい光に包まれているように見える。正直、特典のようで羨ましくもある。もし僕にも補正があったら、どのようなものになるだろう。

「……大丈夫」

自分には、転生前に培ったものがたくさんあるのだと頷いた。記憶を持って転生できたことが補正だと思いたい。

「そうか。よし、ではリアム、始めるか」

「あ、ですね」

そういう意味ではなかったが、そろそろ頃合いだろう。オーウェンに差し出された手を取って立ちあがる。

視界の片隅に見えるソラは和やかな表情だったが、恐らく内心は荒れ狂っているだろうと、僕は息を吐いた。

ランニングが終わり、柔軟体操をして体を解したところでアレンに木剣を渡された。

「素振り用の木剣だから軽いが、無理するなよ」

「了解です」

木剣を受け取り、握ってみる。

「筋力アップだ」

「なるほど」

軽いといえども、僕には十分重量がありそうだ。無理せず練習しよう。

お手本を見せてもらい、構える。

「リアム、肩に力が入りすぎている」

オーウェンは僕の背後に回って、肩に手を当ててきた。

「こう、ですか」

「そうだ。力んでいたらケガをするからな」

「なるほど」

教えてもらいながら何度か素振りをすると、鋭い視線を感じた。確認しなくてもソラだろうと思って、流していると、近くに来たソラから声をかけられる。

「僕も一緒にしてもいいですか」

キラキラしたソラの瞳は、一見純粋に一緒に練習したいだけだと思わせるが、本性を知っている僕にしたら裏がありそうだと疑わしく見える。

「アレン、これってどう持ったらいいのお？」

返事を聞かないまま、受け入れられて当然のようにソラはアレンに話しかけた。

「まずはランニングしてから柔軟して、体を解すほうが先だ」

「ええー、そこまでしなくていいよ。ねえねえ、どう持つの？」

見よう見まねだろうが、ソラは木剣を構えようとする。

「おい、って、ああもう。しょうがないなソラは。ほら、こう持つ」

手本を見せるために、アレンは自分の木剣を構える。

「ええ？　よくわかんない」

「それじゃ手首を痛める」

面倒見がいいのだろう、アレンはソラの背後に回り、手を添える。

「こうかな」

「そうだ。なかなかいいぞ」

「よかったあ」

気にしないように意識しながら、僕は淡々と素振りを始めた。

しばらくして、オーウェンとアレンが対戦形式の練習をすることになった。いつもこうして互いに高め合っているのだと思うと、あつい友情を感じる。

少し離れた場所から見ていると、試合を観戦している気分になる。僕は木剣を下ろすと、オーウェンとアレンの対戦を見つめた。

そのとき、「ああっ！」と真横からソラの大きな声が聞こえ、そちらを見た。先ほどまで一定の距離を保っていたはずなのに、すぐそばにソラが近づいていたことに驚く。ソラは躓いたのか、転んだようだ。蹲ったのは、僕が木剣を持っている右手側。左腕を抑えているから、ケガをしたのだろうか。

「どうしたんだ？」

オーウェンとアレンが駆けつけてくると、ソラは「急に……」と言いにくそうに口ごもった。サミュエルはベンチに腰掛けて本を読んでいたため、転んだ瞬間は見ていなかったのか、慌てたように立ちあがった。オーウェンとアレンも、互いに向き合っていたから、こちらのことまで把握していないはず。

「大丈夫か、ソラ！」

サミュエルが何事かと、急いで駆けつけて来た。支えるようにソラの肩に手を当て、立ちあがらせる。

「ソラ、どうしたんだ？」

アレンが尋ねると、「リアム様が僕の腕を……」と言葉尻を濁すように呟いた。

「目撃者は……いないようだな」

アレンは周囲を見渡した後、「見せてみろ」とソラの腕のシャツを捲った。たしかにソラの肘の下は赤くなっている。

「……すみませんが、僕は何もしていません」

名前を出されたからには、反論すべきだ。

「ご、ごめんなさい……でも僕、いきなりで驚いたんです」

突然僕が襲ったとでも言いたいのだろうか。オーウェンに訴えているソラは三文役者のようだ。

馬鹿馬鹿しいと、妙に冷静になっていく。

「これは叩かれた痕じゃないように見えるが……もし本当に木剣で叩かれたなら、こんなもんじゃないはずだ。リアムの力が弱くてもな」

冷ややかに聞こえる声音で、アレンは淡々と状況を判断してる。

「……でも、僕……」

それでも自分の発言を訂正しないソラに、アレンは「またソラが勘違いしたんじゃないのか」と呆れている。

「と、とにかく手当てをしよう」

サミュエルが慌てて言った。

主人公ルートでは、攻略対象と楽しそうに鍛錬している姿に嫉妬したリアムが、木剣でケガをさせようとするシーンだ。

しかしリアムが暴れる前から警戒していた攻略対象が、未然に防ぐ。そのシーンを強引に再現しているようにしか思えない。

ソラが攻略したいのは、三人の攻略対象の中で、唯一リアムの死亡エンドがある王太子ルートだ。だからこそオーウェンを攻略したいのに、救護室に付き添おうとしているのはサミュエルだった。

彼と救護室に向かって行くソラは、何度も振り返っていた。さぞ自分に対して腹立たしく思っているだろう。

しかし僕も、両手に力が籠もるくらい苛立ちを抱えている。

「リアムは大丈夫か」

オーウェンに声をかけられ、息を吐いた。

「はい。僕はただ立って、オーウェン様とアレンさんの対戦を見ていただけなので。そもそも僕が彼に手を出す――」

「理由はない、だな」

オーウェンの言葉に目を見開く。

「え？　あの、……はい」

オーウェンは僕の潔白を信じてくれたのだ。そう思った瞬間、胸が熱くなる。

「今のリアムを疑うようなことはないよ」

「……はい」

握り込んでいた両手から、力が抜けた。

様子を見に救護室へ行ったアレンが戻ってくる。ソラはサミュエルに送られて家に帰ることになったと聞かされた。

「ってか、剣術の場で、あんな子どもじみたことをするとか、ちょっと最近のソラの言動はおかしいよな」

アレンは木剣を片付けながらぶつぶつ言っている。騎士を目指するアレンにしてみれば、鍛練場は神聖な場所になる。僕も頷く。

「ソラって弟みたいだろ。世話が焼ける奴だって思ってたけど、この頃はよくわからんな。まあ、オーウェンはあんまり気にしてないみたいだけどさ」

恐らく家の近所にいる小さい子どもたちや、孤児院の子どもたちのようだと言いたいのだろう。まさかの弟認定だ。

オーウェンは片眉を上げて応えた。

「俺か？　俺はまあ、この国の人々は皆、守るべき民だと思っているからな」

「まるで海のようですね……」

それほど広い心でこの国の人々に愛情を向けているのだろう。あまりに範囲が広すぎて驚いてしまう。

「理想だけどね。実際はそうできないが、せめて感情を表に出さないようにしている」

だから皆から、平等に接している認定をされているのだ。

「皆にも伝わっていますよ、きっと」

「そうだろうか」

「そうです」

「ただ俺も人間だから感情がある。ただ一人にだけ向けたい感情もあるから」

またオーウェンの周囲の空気が変わった気がして、なぜか僕は焦ってしまう。

「そうだ。体を鍛えたいと言っていたが、何か目標があるのか」

僕は慌てて「そ、そうですね」と言って考えた。体力作りをしようと思った頃は、平民になったときに困らないようにしたかったのだが、今は違う。

「自信を持ちたいんです」

できれば目が覚めたときに、転生前の日本に戻っていたらと願う日もあった。それが難しいと気付いてからは、なんとか好感度を上げて死亡エンドを回避しようと思うようになった。

しかし最近は好感度だけではなく、オーウェンのことが気になり始めている。ただ気になっていることを自覚したくなくて目を背けていただけなのだ。

リアムとして自信を持ってオーウェンに向き合いたい。そのための後押しが欲しい。ただ願うだけでは足りないから、足掻くしかない。

「よーし！　リアムはしっかり夢に向かっているな。俺がびしばし鍛えてやるから安心しろ」

アレンが感心したように言ってくる。僕は小さく苦笑する。

「アレンだけだと無茶をしそうだから、俺も一緒にしよう」

転生した日には、まさかこのようなシーンがあるとは思っていなかった。だからこそ、にこりと二人に微笑んだ。

好感度の数値はわからない。しかし侯爵にも最善を尽くすと約束したのだ。

「頑張ります！」

自分に言い聞かせるように頷いた。

二時間ほど鍛えた後、アレンはまだ鍛錬をすると言うので、僕はオーウェンと一緒に街に出ることにする。

馬車に乗り込むと、ちょうど正午を回った時間だった。

「喫茶店に行きませんか。お腹空いたし」

「そうだな。喫茶店のほうは、調子がよさそうだな」

「そうです！　孤児院の皆も手伝ってくれて」

クリスマスパーティー以降、街の人たちと孤児院の子どもたちとの交流が続いている。店主は老齢で店じまいを考えていたが、子どもたちが来て店を手伝うようになり、客も少し増えて、もう少し続けようと思っているそうだ。

「路地裏の子どもたちも、時々来るようになってですね。孤児院の子どもたちと一緒に、手伝うことで賃金をもらえるようになっています」

少額とはいえ、働いて得る金で生活することは大事だ。

働ける場所があるから盗みを働く必要はない――そう子どもたちが思ってくれたら真面目に生きる道が開けるのではないか。

以前、オーウェンと一緒に話し合ったことを実行している最中だ。

「そうか。ただ、幼い子どもたちが学校に通えないことはなんとかしたい」

「……ですねえ」

労働は大人に任せ、子どもたちが学校に通える環境を整えたいとオーウェンは言う。

「無償で学校に通えるといいですよね」

転生前の日本を思い出して話すと、「やってみる価値はありそうだ」と賛同してくれる。

「急には難しいでしょうが、その辺も整えられたらいいですね。学校に昼食が用意されていたら、そのためだけでも来てくれる子どももいると思うんです」

ニュースの記事などで日本でもそのような子どもたちがいることを読んだし、僕自身も給食が頼りだった頃がある。

「なるほどな」

「食事の内容は高価なものでなくていいんです。ただ栄養があるといいな。育ち盛りですしね。あ、着いた」

オーウェンと話していると、あっという間に時間が経過した。馬車を降りて喫茶店に入る。

「リアムさまだー」

「オーウェンさまもー」

孤児院の子どもたちが笑顔で出迎えてくれた。

「やあ、いらっしゃい」

「こんにちは。ランチメニュー、大丈夫ですか」

「ええ、ええ、大丈夫ですよ」

店主にランチを注文すると、オーウェンと一緒に子どもたちから話を聞く。ジャンも来ているようで、チラチラと僕を見ている。

「頑張ってるね」

「……あ、うん。友達を呼んでるんだ」

「友達？」

「……今、野菜を洗ってる」

「そっか。八百屋さんかな。行ってみてもいいかな」

「……お前ならいい」

いまだにジャンは僕を名前で呼んでくれないが、会話はしてくれるのでよしとする。

「オーウェン様、八百屋さんに行ってもいいですか」

「ああ、俺も行こう」

ジャンに案内されて喫茶店を出た。

八百屋は喫茶店から少し離れた場所にあった。店の裏では新鮮な野菜を二人の子どもが洗っている。

「こんにちは。頑張ってるね」

「わっ！　驚かすんじゃねえよ」

身なりから路地裏に住んでいる子どもだろう。

「今日稼いだ金で、パンを買って帰るんだ」

「母ちゃんも喜ぶからさ」

「そっかあ。また手伝いに来てね」

「もちろんだよ」

店内に戻り、八百屋の店主に話を聞く。この店主も、先日の孤児院のクリスマスパーティーに手伝いに来てくれた人だ。

オーウェンと僕の考えに賛同して、こうして路地裏に住んでいる子どもたちの手伝いを受け入れてくれた。ただ、何か予測不能なことがあった際にはオーウェンが間に入ってくれることになっている。

「リアムが投げた石は、綺麗な波紋を広げているな」

喫茶店に戻る道で、オーウェンに微笑まれる。

「オーウェン様が協力してくれるからですよ」

本当に、彼には感謝している。

しかし、なぜここまで協力してくれるのだろう。オーウェンの僕を見る目が優しいから、このようなことを考えてしまう。

では、僕は彼をどんな表情で見ているのだろうか。

その答えは、彼の瞳に映る自分を見ればわかる気がする。

ふいにまた甘くて優しい匂いが鼻腔をくすぐった。同じようにオーウェンも僕の匂いを嗅いでいるのだとふと思い、頬が熱くなる。

「未来は開けているな」

「……そうだといいですけどね」

冬の空は澄んでいて、どこまでも見通せるような気がした。

◇◇◇

二月に入ると、本格的な寒さがやって来た。

「うう……寒っ」

「リアム様は体力がないんですから、厚着をしてくださいね」

「ダニエルくん、ありがとう。もこもこになるけど着ていくよ」

「そうしてください」

支度を済ませ、学園に出発した。

今日の三、四限は家庭科の調理実習だ。授業ではグループでマフィンを作る。自由に五人でグループを作ることになり、僕は焦った。自分と同じグループになりたい人はいないと思ったからだ。困っているとネオが誘ってくれた。そのとき、「あの、僕もいいですか」と声をかけられる。

「え、あ、君は……」

「はい。ローガン・イリックです」

どこかで聞いたことのある名前だと思っていると、「僕も」とローガンの友人も加わることになる。無事に五人グループができ、調理台に移動した。

順調に調理が進み、焼き上がると、試食だ。皆でマフィンの出来に舌鼓を打つ。

「貴族なのに手際がいいとか……」

「そうそう。調理って、使用人とかがすればいいものだよね」

ソラと友人たちが、こちらを見ながらひそひそ話している。

反論しようと立ちあがったとき、教師が「今のはいただけませんね」と厳しい声を出した。

「貴族だからしなくてもいいとは限りません」

「でも先生……」

「料理人になりたい人って貴族にはほとんどいないから……」

さすがに教師に対しては刃向かえないようで、ソラや友人たちは気まずそうだ。

「冬休みには、刺繍の宿題を出しましたが、リアムは丁寧に仕上げていました。今日の調理も細やかに作業をしていて、片付けまで率先して行っていました。素晴らしい変化です」

今まで真面目に授業を受けていなかった分、最近の行動には評価される要素があるのだ。

気恥ずかしかったが、「そうですよ」とネオも喜んでくれてホッとした。

せっかく作ったのだからオーウェンに届けたい。昼休み、マフィンを包んで一組に向かう。

「お菓子作ったら、喜んで食べてくれたし」

僕の菓子や料理を、なんの迷いもなく口にしてくれた人だからこそ、食べてもらいたい。勇気を出して探していると、オーウェンは生徒会室に行ったとアレンに教えられた。マフィンの袋を落とさないようにしっかり持って移動する。

生徒会室の手前で、背後から来た誰かと肩がぶつかった。そのはずみでマフィンの入った袋を落としてしまった。

「ああー、ごめんなさーい」

またか。ため息が出たが用心しなかった自分が悪い。

そのとき生徒会室の扉が開き、中からオーウェンが出てきた。

「あ、よかった！　さっき調理実習があって、これを作ったんです！」

嬉しそうなソラの声を聞きながら、僕は落とした袋を拾おうとしゃがんだ。ソラがオーウェンに手渡すところなど見たくないので、拾ったら早々に立ち去ろう。

しかし頭上から「大丈夫か」というオーウェンの声が聞こえてきて驚いた。オーウェンの後方には、マフィンの入った袋を差し出したまま、動きを止めたソラがいる。

「これは？」

「……さっきの調理実習で作ったんですが、……また作りますね」

あまりにも悔しすぎてごまかすようにへらりと笑う。

けれどオーウェンは笑うことなく手を伸ばして袋を拾い上げた。

「俺にか」

「ええ、まあ。甘さ控えめにしたので、オーウェン様にどうかなって思ったんですけど、さすがに床に落としたこれはちょっと……」

「では、これは俺のだな」

にこりと微笑むオーウェンは輝いて見える。

眩しすぎて一瞬動きが止まった僕をよそに、オーウェンは袋を開けてマフィンを口にした。

「ああー！」

「袋に入っているし、大丈夫だ。それにしてもリアムの作る菓子はうまいな」

「……ありがとうございます。……今度は落とさないようにしますね」

「それも楽しみだな」

「はい……」

オーウェンの背後で、ソラが呆然としている。扉の中からサミュエルも出てきて、ソラが差し出したままのマフィンに気付いたようだ。自分に持ってきたと思ったのだろう、サミュエルは嬉しそうにマフィンの入った袋を受け取っていた。

昼食まで一緒に食べることになり、その後受けた授業はなかなか集中できなくてハードだった。

ふとしたときにオーウェンを思い出してしまうのだ。

「……ないないない……けど、ない、けど……ありなのかな」

授業が終わり、独りごちる。

オーウェンとの未来を想像してしまう自分を否定したいが、少しずつ否定できない思いも生まれている。

「ああー！」

小声で叫びながら、ともかくとばかりに教科書とノートをしまっていく。教科書はロイドが以前使用していたものを譲ってもらった。さすがに買い直すのはやめておこうと、ロイドに相談したのだ。呪詛や恨み言が書かれている教科書より、書かれていないほうがいい。

「まあ、好意的に受け入れてもらっているよな」

ありがたい変化だとロイドに感謝していると、放課後になった。

カバンを持って教室を出ようとしたとき、「少しよろしいでしょうか」と同じクラスのローガンに呼び止められた。

なんだろうとドキドキしながら、廊下に出て空き教室に向かう。

「人のいない場所で話したかったものですから」

肩より少し長い、金色のさらさらの髪を結わえているローガンは、さすが侯爵令息だと思わせるようなスッとした立ち姿だ。

「……それで、僕に何か」

できれば穏便に話が済めばいいなと思いながら身構える。

「率直に言います。僕はオーウェン殿下の婚約者に名乗りを上げています」

ドキリとしたが、表情には出なかったようだ。

ローガンはそのまま話を進める。

「ですが、辞退しようと思っています」

「へ？」

「オーウェン様は当初、伯爵家以上の家からの応募は受け入れてくださいました。もし可能性があればと思い、応募しましたが……正直なところ、リアム様がオーウェン様の横に立つに相応しいと感じるようになりまして」

「……ええと？」

「本音を言えば、今までのリアム様であれば自分でもいいと思ったこともありましたが、今は違います。応援しています」

「はえ？　あ、あの……でも、なぜ僕にそんなことを……」

「あの男爵令息の言動には納得できません。まるで貴族を馬鹿にしているように感じますし、かつ平民も見下しているように感じるのです。それなのに自分はオーウェン様に愛されていると言わんばかりの態度……」

「あの、はい」

「なぜかはわからないのですが、冬休み前から急に、何か靄が晴れたような心境になりまして。婚約者候補の受け入れについてですが、リアム様はご存じでしょうか。オーウェン様は特定の親しい方がいらっしゃらないので、以前から立候補者が後を絶たないのです。皆が皆、自分にもチャンスをという声が高まって、王がそのようなお達しをされたのですよ」

「そ、そうですか」

「実際、候補に入れていただき、もし自分がオーウェン様の横に立ったなら……とそれぞれが想像したと思います。しかし今のリアム様を見ていたら、オーウェン様の横に立つのは自分ではないと。ほかにも候補者はいますが、皆と相談しました」

「相談、ですか？」

「はい。皆、辞退する方向で話をまとめています。平民の生徒たちの間でも、リアム様の頑張りが話題になっています。貧民街の子どもたちに胸を痛めて活動していると聞きました。在学中にもうすでに行動していると知り、驚きました。そんなリアム様ならきっと……どうか、リアム様」

「は……え、ええと、あの……努力、します……」

「よかった。では、先ほどのマフィンの作り方を教えてください！」

「へ？」

「とてもあっさりした味で、いくらでも食べられそうだったんです。弟たちにもぜひ食べさせたく、うちの料理人に作ってもらおうと思いまして」

「あ、そういうことなら、明日レシピを書いてきますね」

「ありがとうございます。あ、そうだ。余計なお世話ですが、一応候補者だったので、先ほどオーウェン様にマフィンを渡しに行きましたが、受け取ってもらえませんでしたよ。ただ一人の人から以外は受け取るつもりはないと仰っていました。候補についても実は先日、オーウェン様のほうから辞退してもらえないかと相談されていまして。王家から断られるより、辞退したほうが世間体もいいですからね。迷っていましたが、今日決めました」

爽やかに笑う彼に顔向けできないことはしないようにしようと、僕は心に誓った。しかし同時に、このまま受けてもいいのかという迷いが生じたのも事実だ。

◇　◇　◇

「ふあ……眠……」

昨夜は、勉強した後に菓子のレシピを作成したので夜更かしをしてしまった。

欠伸をしながら着替えていると、雪が降っていることに気付く。

「雪か。今日も寒いんだろうな」

寝ぼけ眼を擦ると、僕は両頬をぺちぺちと叩いて気合いを入れた。

いつものように馬車に乗って学園に向かう。

教室の前の廊下を歩いていると、なんだか騒がしい。どうしたのか気になりながら入室すると、ソラの教科書が破られているという。

「以前からこういうことがあって……」

さめざめと泣いているソラに、思わず目を細める。

「リアム様だよ、きっと。男爵家だからってソラを馬鹿にしたり、裏庭に呼び出して脅したりするんだよ」

「ソラがオーウェン様と運命の番《つがい》なのを疎んでいるんだもの、きっとそう」

想像の話ばかりで取り留めのない内容だ。あえて聞こえていない振りをして、自分の席に向かう。

「僕とオーウェン様は思い合ってるのに、リアム様に邪魔されて……本当は二人とも婚約したいと思っているのに、侯爵家の力で脅してきて……」

さすがに侯爵家の名を出すのは違うだろうと思い、机にカバンを置いてソラを見る。

「それは違いますね」

ローガンだ。

「酷い……僕は嘘なんて言ってないのに」

ソラが反論すると、ローガンは小首を傾げる。

「僕の知っている話と、あなたが話していることは違いますね、と言っただけですが、何か？」

「そんな……だって僕とオーウェン様は」

「そうですか。あなたの中では、そのような話になっていらっしゃると。はい、あなたのお気持ちは伺いました」

「ねえ、ローガン。今のって」

「うん、どうやらお花畑にいるみたいだから、話が通じなかったよ」

ローガンと友人はもうソラから視線を離して二人で向かい合っている。

そのときローガンが僕を見てにこりと微笑み、友人と一緒に歩いてきた。

「リアム様。おはようございます」

「え？　あ、ああ……ええと、おはようございます。あ、そうだ。これ」

カバンから封筒を出すと、ローガンに手渡した。

「これは？」

「昨日のレシピです。後は果実を入れるアレンジバージョンも」

「わあ、ありがとうございます。昨日のマフィン、弟たちがとても楽しみにしていまして」

「よかった。あ、野菜を入れたバージョンのレシピも入れているので、よかったら」

「野菜ですか」

「はい。今、喫茶店や孤児院の皆でハマっているものなんですけど、子どもたちにも好評で食べやすいと思います。あ、クッキーとか食べます？」

「素敵ですね。クッキーは好きですよ」

「あ、なら、そっちのレシピも書いてきましょうか。クッキーにも野菜を入れるとおいしいんですよ」

「いいんですか！」

「はい、おいしく食べてもらえると嬉しいですし。あと……あの、ローガン様。さっきはその、ありがとうございました」

「いいえ、リアム様。こちらこそありがとうございます」

「嬉しかったです、本当に」

「応援してますから」

そっと最後の言葉を言い残して、ローガンと友人は自分たちの席に戻っていく。

クラスメイトに見られていたように感じたが、悪いことなどしていないので胸を張る。クラスメイトはローガンに渡したレシピを目で追っているようだ。

ほっと息を吐いていると教師が入室した。


「あの……」

放課後になり、クラスメイトが僕の元に集まってきた。

何事かと構えたら、どうやら先ほどのレシピが気になるようだ。

「明日でよければ書いてきますよ」

「本当ですか！　あのリアム様、その……今まですみませんでした」

「ううん、大丈夫」

いつも遠巻きに眺めていた生徒たちだったので、とくにどうという感情はない。これから仲よくしていければいいなと思うだけだ。

しかしソラといつも行動を共にする生徒たちからの視線には気付かないようにする。わざわざこちらから声をかける理由はない。そのままクラスメイトと話していると、ソラは機嫌悪そうに「オーウェン様に会いに行こう！」と言って教室を出て行った。話をしていたクラスメイトも帰ったので、いつもソラと一緒にいる二人の生徒たちと僕だけが残った。

言いがかりでもつけられたら面倒だ。僕も帰ろうと立ちあがったとき、「あ、あのっ」と声をかけられた。

「……何か？」

「あの……僕たちにも、その……レシピを譲っていただけませんか」

「……なぜでしょうか」

されたことは忘れていないし、自分の中に生々しく残っている。

「……本当にすみませんでした。あの……実は父から怒られて……なんで男爵令息の話を信じているんだって……」

「僕もです。今まではリアム様の……言動が怖かったので、それに立ち向かうようなソラがかっこよく見えてて。でも、最近のソラは、なんかおかしいんです。まるでリアム様にいつも何かされているように言っていて。でも証拠もないから、どうしたらいいのか……」

たしかに今までのリアムは、苛烈な言動で学園内を騒がせていた。それに立ち向かうように、攻略対象との愛を育んでいる姿は美しかっただろう。それなのに僕が転生して以降、リアムは事件を起こしていないので、ソラにすれば困ったことになったのだ。あることないこと言わないと自分のいいところが映えないのだ。

「そうですか。では聞きますね。これからあなた方はどうするんですか？」

過去をあれこれ言っても仕方がない。この二人からの実害はないし、流してもいい。

「離れます。正直、ソラが怖いです」

「でも、急に僕たちがリアム様と親しくしたら、きっと……」

「そうですね、逆上するかもしれませんから、今までのように僕とは距離を置くほうがいいですよ」

「……それは寂しいですけど……仕方ないのでしょうか」

「んー、なら、孤児院に来ませんか」

「孤児院、ですか？」

「うん。僕はよく、そこで子どもたちと一緒にお菓子を作ったり料理をしたりしています」

「迷惑じゃありませんか」

「それはこれからのあなた方次第だと思いますよ。そのときレシピもお渡ししますね」

にこりと微笑む。

二人の生徒は何度も頷き、週末に孤児院で会う約束をした。

「あの、リアム様。リアム様の姿を見ていましたが、変わろうと思えば人は変われるんだって教えられた気がして。だから……勇気を出したんです」

「今のリアム様は、ソラが言っているような、今までのようなことはしていないと思います」

正直なところ、死亡ルート回避のために必死になっていただけだ。それなのに気付けば感謝されている。信じてもらえる今が誇らしいし、さらに頑張ろうと気持ちを新たにするけれど、ふと思うのだ。現状のままだと、オーウェンと心から結ばれることはあるのだろうか、と。

第四章　『ここにいる意味』

「僕はどうしたいのかな」

教室を出て馬車に乗り、これからについて考える。

僕は――オーウェンに惹かれている。このままオーウェンの婚約者になれたらと思う。しかし彼と自分の間に運命の絆があるか、わからないのだ。僕自身は、オーウェンだけから甘い匂いを感じるので、これが運命だと言われればそうだろう。彼を見たくないと思い込もうとしても、磁力に逆えないように引き寄せられ、実際に何度も遭遇している。

けれど、オーウェンはどうだろうか。いつも和やかな表情ではあるが、僕だけに特別な思いを抱いていると感じることはあるか。

「……あ、あるか」

たしかにあると感じる。

「好きなんだなあ、僕は」

恋をしたことがないので確信は持てない。それでも代わりになる人がいないと言えるのは、オーウェンに対して特別な思いを抱いているからだ。

「運命の繋がりについては個人でどうこうできる問題でもないし。でも……思いは伝えられる」

婚約者になりたいと、はっきり自覚する。

婚約者になった後の未来も想像できるし、そのときオーウェンの横に立ってやりたいことも見えている。

「好感度か……数値で見えればいいけど。でも好意って現実では数値化されないし、当たり前って言えば当たり前なんだよね。それに、好感度ゼロから少しは上がっているだろうから、その辺でも状況は変わってきてる」

ゲーム内でのリアムは自らの振る舞いのせいで学園でも孤立していた。

現状を考えると、ゲームのストーリーとかなり変わってきていると実感する。

「僕の変化が未来を切り拓いているって考えてもいいのかな」

わからないながらも模索して、現状を打破しようと足掻き続けたことで、小さな波紋のように周りに影響を与えたのだろうか。

そうであるなら嬉しい。

「オーウェンに……相談、してみようかな。頑張れることは頑張りたいけど、僕だけじゃどうにもならないことがあるから……相談したら困る……ううん、きっと一緒に考えてくれる」

路地裏について一緒に考えたことを思い出して、僕は息を吐いた。

「まずは告白か……ううー、どうしよう。あの眩しさの中で言えるかな」

にこりと微笑んだときのオーウェンの破壊力を思い出し、頬が緩んだ。

◇　◇　◇

今日は朝から快晴だ。告白するのにちょうどいい天気だと思う。

「告白に天気は関係ないけど」

自分で自分に突っ込むほど緊張している。

「偶然、会えるかな」

そんな期待をしながら足取り軽く、馬車に乗り込んだ。

けれど今日は偶然、オーウェンには会えなかった。

放課後に、時間をもらおうと生徒会室に向かう。角を曲がると、生徒会室の扉からソラが怒った様子で出てきた。咄嗟に隠れると、幸いなことにソラは反対側に向かって行った。

扉をノックして、入室する。

「ああ、リアムか」

アレンが僕の姿を確認すると同時にため息を吐いた。

「来ちゃマズかったですかね」

歓迎されていないのであれば退散すべしと思っていると、「違う、そうではないんだ」と慌てたようにオーウェンが言う。

「あーいや、ソラにはちょっと参っていてな」

どうやらソラは、用もないのにたびたび生徒会室に来てはなかなか帰らないらしい。

「前はそこまで感じなかったんだけど、最近は度が過ぎてるんだ。暇なのか？」

アレンのぼやきを聞き、ソラの攻略がうまくいっていないと確信する。

「生徒会室は遊び場ではないと伝えたら、泣き出してしまってな」

苦笑しているオーウェンに、先ほどのソラの様子を伝える。

「え、でも外に出た瞬間は、ぷりぷり怒ってましたけど」

見間違いではなかったはずだ。

「あーってことは二面性ありってことか」

「アレン」

「だってさあ」

「俺の近衛騎士になってくれるんだろう？」

「ああ、そうだな。私情は顔や態度に出さないこと！」

「アレンさんも夢に向かってますね！」

思わず励ますと、アレンは気まずそうに笑う。

ゲームだと主人公はこの時期、攻略対象からの好感度がかなり高いはず。そろそろエンディングに近づいているはずなのでよほどうまくいっていないのだ。

「それより、リアムがここへ来るのは久しぶりだな」

「ですね。オーウェン様に相談があって来たのですが、時間をいただけないでしょうか」

勇気を出して誘うと、オーウェンはふたつ返事で頷いてくれた。

アレンから微笑ましそうに見られたので、なんだか落ち着かない。

「行こうか」

「あ、じゃあ、中庭に」

「わかった」

並んでオーウェンと部屋を出て行こうとすると、アレンに「行ってらっしゃーい」と見送られ、頬が熱くなった。

「き、今日はいい天気ですね」

「ああ、そうだな」

「あの、雪って降らないですよね」

「さすがに今日は降らないだろうな」

「ええと、その……雨」

「雨も降らないと思うぞ」

「ですよね……」

中庭までの道のりでこんな話ばかりしてしまうのは、やはり緊張しているからだ。けれど、告白をすると決めたのだからやり遂げたい。

中庭に着くと、意を決して口を開いた。

「あ、あの、実は僕」

「オーウェン殿下だ！」

そのとき下級生たちが駆けてきた。出かかった言葉が引っ込んでしまう。

「殿下、少し話をさせていただけないでしょうか」

「ずっと憧れていたのです」

「握手をしてください！」

王太子に憧れている生徒たちだろう。もし自分だったら、握手をしてもらえたらきっと嬉しい。

「いや、しかし、今」

「オーウェン様、僕は大丈夫ですので」

「……そうか」

この国の人々を、海のような大きな心で見守りたいと言っていたオーウェンだ。この申し出も、断りたくはないだろう。

なんだか微笑ましくなり、頬が緩む。そのような僕を見て、彼も「ありがとう」と言って微笑んだ。

下級生たちは、僕と同じくらいの背格好だ。もしかしたらオメガなのかもしれない。その可能性に気付いたとき、ドキリとした。まさか、敵に塩を送っている状況ではないか。それでもこの触れ合いを止めたいと思わないのは、オーウェンの気持ちを大事にしたいからだ。

「ありがとうございました！」

「オーウェン様。今日のこと、忘れません！」

下級生たちは、嬉しそうに立ち去って行った。

「人気者ですね」

自分のことではないのになぜか嬉しくなる。同時に不安な気持ちも自覚しているので、心の中は複雑だ。

「皆に慕われるような人になれたらと思うんだ」

「大丈夫ですよ。オーウェン様の、その夢は叶いますから」

微笑んで伝える。

「ありがとう。叶うといいな。……ああ、リアムの話を聞かせてくれるか」

「ええと、あの、はい……」

目的を忘れていたわけではないが、勢いを削がれてしまった。苦笑してしまう。

「大事な話ではないのか」

「そ、そうです。あのっ、……そ、そうだ。孤児院に行きたいと思って。その、一緒に、その……」

「もちろんだ。一緒に行こう」

「あの、……はい」

そのとき告白をしようと、僕は自分に言い聞かせた。

帰宅して夜に刺繍の仕上げをする。以前孤児院で刺したオレンジ色の丸い刺繍だ。

「不格好でも、きっとオーウェン様は受け取ってくれる。このハンカチを渡して、そのときに……告白、……する！」

このオレンジ色の丸は、僕にとってただの丸ではない。

思えば最初から、オーウェンは自分を見てくれていた。階段から落ちたときも、迷うことなく助けてくれたように思う。たとえどんなに苛烈な言動をしていたリアムでも意見を求めてくれていた。

「ほんと王子様だなあ」

オーウェンのことを考えながら針を刺していると、あっという間に仕上がった。

残りの時間は、明日のために新作の菓子を作ることにする。ダニエルも手伝ってくれたので、思ったよりも早く作業が終わった。

「ロイド様、今大丈夫ですか」

できた菓子を持って、ロイドの部屋に向かう。

「ああ、大丈夫だが」

「これ、新作を作ったので、ロイド様もどうぞ」

「私にか。……そうか。いただくよ」

「感想、聞かせてくださいね。改良したいんで」

「わかった」

「そうだ。ロイド様、侯爵様はどうでしょうか」

「今のところは問題ない」

「よかった。とにかく僕、最善を尽くしますので！」

気合いを入れて答えると、ロイドは頷いた後、気まずそうに口ごもる。

「……リアム」

「はい？」

「あ、いや……ああ」

「なんでしょうか」

「……二人きりの兄弟なのだから、その……」

「ああ、そうですね。では兄さん、でいいですか」

「……あ、ああ」

なんだか少し恥ずかしい。「おやすみなさい、兄さん」と言って、ロイドの部屋を後にした。

「やっぱ兄さんはツンデレだ……」

恥ずかしさを誤魔化すように、僕は笑った。

◇◇◇

翌朝も快晴だった。まるで自分の心の中のようで、今日こそは、と意気込む。

支度が済んだ頃、オーウェンの乗った馬車が侯爵家に到着した。

「清々しい休日ですね」

馬車に乗り込み、車窓からの景色を見つめる。

「そうだな。爽やかな寒さだな」

何気ないやり取りに心が和む。なんだか肩の力が抜けていくようだ。

「いい笑顔だな」

「そうですかね。オーウェン様のほうがいい笑顔だと思いますよ。眩しすぎますし」

相変わらずオーウェンの笑顔は太陽のようだった。

「ははっ。リアムはぶれないな。そんなリアムだから俺は」

「うっ、ほんと眩しいですから、少し離れてもらえますか」

直視できないと伝えると、オーウェンは「そうか」となぜか苦笑した。

「そうだ。孤児院に行く前に、少し寄り道をしてもいいですか」

いい雰囲気だと思うのは気のせいか。ならば、このまま告白までやりとげたい。

「構わないが」

「よかった。どこか話ができるところはないですかね」

「なら、孤児院の敷地内にある教会はどうだ」

「いいですね」

勇気が挫けないうちに伝えよう。

到着した後、少し歩いた。

「厳かですね。パイプオルガンもある。素敵なところ」

案内された場所は、孤児院に隣接する教会だ。正式には教会の敷地内に孤児院がある。

「伝統がある分、古くなっているから改修が必要なんだ」

「そうなんですね。教会って人々のよりどころかなって思うので、ぜひお願いしたいです」

「今すぐは無理だが、必ず」

「はい。……あの、オーウェン様！　実は僕、夢があるって話したんですけど、その夢をオーウェン様と一緒に叶えたいと思っていまして」

長椅子に腰掛けながら、僕は一気に伝える。今だと思う。

「俺と？」

「はい。あの……これ。僕から見たオーウェン様のイメージなんですが……」

昨日仕上げたハンカチを差し出すと、オーウェンは受け取った。

「ありがとう。リアムから見た俺のイメージか」

「太陽みたいだって思うんです。僕には眩しすぎて、つい目を逸らしてしまっていたんですが、それでも……惹かれていて」

「俺もだ。初めて会った日から、リアムはずいぶんと変わった。実は、リアムが階段から落ちてきた日、雷に打たれたような衝撃を感じたんだ。しかし今までそんな衝撃を感じたことがなかったら、困惑したのも事実だ。この感覚が本当なのか見極めたくてリアムに近づいたんだが。俺の運命はリアムに繋がっていると思っている」

真剣な眼差しに、嘘偽りは感じられない。そもそも出会ってから常にオーウェンは誠実だった。言葉のままに受け取ると、僕は大きく頷いた。

「階段から落ちて受け止めてもらって、そのとき以来オーウェン様から甘い匂いが香っていて。この匂いはきっと僕だけが感じるものなんだ、と思ってもいいんですよね」

「ああ、俺も、あの日に抱き留めてからずっと、リアムから爽やかな匂いが漂ってくる。今までのリアムからはなかった。変わろうとしたからだろうな、恐らく運命も変わったのだろう」

「だからオーウェン様との運命が繋がったんですね。……僕は、オーウェン様の横に立ちたいです。でも……実は僕には、どうしても避けなければならないことがあって。その相談なんです」

「聞かせてくれるか」

「はい。聞いてほしいです」

ゲーム内容を話すことは控え、現状のみを話していく。

「バース性には運命の繋がりや縁があるじゃないですか。でもそれだけじゃなく、宿命っていうのかな、僕には避けて通れないものがあると思っています。ここに至るまで、僕は宿命に翻弄されていた状態でしたが、今はそれを払拭しようと足掻いている最中です」

僕の話に耳を傾けていたオーウェンは、大きく頷いた。

「関係があるのかわからないが、リアムから運命を感じたとき、霧が晴れた気がした。今までとは違う清々しい空気に、まるで一枚の殻を脱いだような心境になったよ。今まで以上にまっすぐに物事を捉えられるようになった」

そういえばローガンも、そのようなことを言っていたと思い出す。もし僕の転生が何かの要因だとしたら頷けるが、その証拠はない。

「そうですね、もし僕が変わろうとしたことが関係しているのなら光栄です。僕自身も、霧が晴れたような心境になったので」

転生したとは言わずに、変化だと伝える。

「言葉や理屈では説明できないこともこの世にはあるのだから、そうなのだろう」

「はい。その辺のことですが……僕は、卒業パーティーで断罪されるかもしれません」

「なぜだ？」

「もちろん今までのことがあるから、すべてをなかったことにはできないでしょう。宿命のようなものと関係があるのかないのかも……それにほかにも何かありそうで、でも何が起こるのかわかりません。ただ確実に何かが起こります」

「まるで予言のようだな」

「似たものかもしれないですね。僕自身のこれまでの悪行への断罪、侯爵家の断罪。このふたつに関しては、最善を尽くしているので大丈夫でしょう。ただほかの要因に関しては未知数です」

「というと？」

「はい……」

たとえば侯爵が隣国に情報を漏洩して国家転覆を謀るパターンでは、僕がオーウェンと婚約しようと最善を尽くしていることで防げるだろう。

ほかには、侯爵の思い通りに事が運ばず、王太子の暗殺を計画するパターンがある。この場合、悪役令息は侯爵の駒になって王太子を呼び出す。その際は侯爵からも裏切られ、悪役令息の私怨による犯行だと見なされる可能性もあるのだ。

また好感度次第では、家族総出で王国に反旗を翻す場合もある。いずれにしろ、この場合は王太子の暗殺を企てた悪役令息、というシナリオだ。

ネットの口コミに書かれていたので、ゲームの中のリアムサイドではどのようなシナリオが用意されているのかわからない。口コミには、『王太子暗殺事件が勃発してバッドエンドだった！　好感度をマックスまで上げるにはどうしたらいいんだ』という言葉も書かれていた。

ほかのバッドエンドについても書かれていたが、覚えていないのが悔やまれる。

「……可能性の話ですが、もしかしたらお命を狙われるかもしれません」

ゲーム通りであれば王太子が死ぬことはないが、念には念を入れておきたい。

現状では、侯爵も兄も、ましてや自分にもそのようなつもりはない。そうなると、誰かがその役を実行する可能性がある。ゲームのシナリオにあったなら、今までのことを考えれば、絶対に起こらないという保証はない。

ソラはゲームをやりこんでいると言っていたから、このことを知っているはずだ。それに今の僕は事件を起こさないと考えているだろう。ソラの言動を見ていれば、彼が何かのアクションを起こす可能性は否定できない。

「証拠はありません。ただ今までの流れで考えると、ないとも言えないのです」

オーウェンはしばしの間黙っていたが、大きく頷いた。

「わかった。では身辺警護を強化しよう。もちろんリアムにも護衛を付ける」

「――え?」

「侯爵家にも必要があればそのようにしよう。侯爵には話をしているのか」

「……オーウェン様、あの、僕の話を信じてくれるんですか」

突拍子もない話なのに、オーウェンは真摯な瞳で僕を見つめてくる。

「今のリアムを見ていたら、疑う余地もないよ」

「ありがとう……ありがとう、ございます……」

迷うことなく即答してくれたことに感情が溢れていく。

何度も頷くばかりの僕を、オーウェンはそっと抱きしめてくれた。

いろいろな観点から警戒しようとオーウェンから伝えられる。一番警戒すべきときは卒業パーティーの前日や当日だろう。それまでにも不穏な動きをしている者がいないか、警備を増やしたほうがいいとオーウェンは考えたようだ。

「リアムと共にいる未来が見えるんだ」

「僕も同じです」

ゲームではオーウェンとリアムが未来について語るシーンはない。

隠しシナリオでは、ここまで進んだことはない。もしかしたら、このようなシーンが用意されていたのだろうか。それでもこの瞬間は現実だから、たとえゲームのシナリオに用意されていたとしても、自分が切り拓いた未来だと信じたい。

ゲームは動いている。しかしここはゲームの世界であっても、僕にとってはゲームエンドの後も続いていく現実なのだ。未来を手に入れるために、これからはオーウェンと手を取り合えることに胸が温かくなった。


話を終えて孤児院に向かう。

いつものように子どもたちと一緒に掃除や洗濯をしていたら、ジャンが路地裏に住む友達を連れてきていた。ここに住むのではなく、遊びに来たのだという。

それでも孤児院に興味を持ち、孤児院の生活を知ることは、全うに生きる始めの一歩にならないだろうか。

つい日本ならと考えてしまうが、この世界に合ったことを考えていければいい。

「今日は、勉強しよっか」

「ええー勉強？」

「そうだよ。まず、アルの名前を書いてみない？」

路地裏に住んでいる子どもたちの多くは、読み書きができない。ベル侯爵に拾われる前のリアムもそうだった。

学ぶ機会を作りたい。どのようにしていけばいいか、これからオーウェンと相談していきたい。

「書けるようになる？」

「大丈夫だよ」

「母ちゃんの名前も？」

「もちろん」

僕は万年筆を持つと、アルの名前を書いた。

◇◇◇

オーウェンに告白した翌朝、曇天模様で頭痛がする。ダニエルに薬をもらって服用すると、幾分落ち着いてきたので登校した。

授業内容は僕にとっては復習のようなものだ。真面目に受けていれば問題ない。社会科など、この国に関しての科目は、知らないこともあるので覚えていく。

「では、この問題をリアム」

「はい」

指名されてもすぐに答えられるので、教師からの評価も上がっている。

「リアム様、追い込みがすごいな」

「ほんとに。今までの分をしっかり取り戻してる」

ひそひそと聞こえる声も、以前と違って好意的なものが増えていてホッとする。

「きっと何か企んでいるんだよ」

「そうそう。そんなに急に人は変われないよ」

当然、今までのような悪評も聞こえてくるが、毅然としていればその数も減ると思っている。いちいち反論していては切りがないし、反論しても繰り返されることは容易に想像できる。それよりも、今の僕を理解してくれる人たちとの仲を深めたい。

三限目の体育の授業は短距離走だ。放課後や休日を利用して体力作りに励んでいる成果が出たようで、今までよりも結果がいい。ダンスの練習もオーウェンに付き合ってもらっているので、その分の体力もついたのだろう。

三限が終わったので、教室に戻ろうと歩く。

「体が軽い気がする。今までだったらへばってたのに、まだ走れそう」

「リアム、調子はどうだ」

四限が体育だというオーウェンと遭遇した。

「いい調子ですよ。体力作りの成果が出ているようです。ダンスの練習も付き合ってもらったおかげで、動きが軽快になったと思います。今までと比べて、ですけどね」

「自分の変化を客観的に見るのはいいことだ。そう実感できるのは成果が出ているからだろう」

ぽんぽんと頭を撫でられ、ほのかに頬が温かくなる。

「あ、そうですかね。ありがとうございます。でもまだまだですから、今後ともよろしくお願いします」

「もちろんだ」

冷ややかな視線を感じるが、振り向かなくても誰かわかる。

「オーウェン様、僕も頑張ってますよ」

僕を押しのけるように、ソラがオーウェンの前に躍り出た。

「すみませんけど、今は僕がオーウェン様と話しているので、遠慮してくれませんか」

今までは黙っていたが、これからはそうする必要はない。僕は毅然とした態度でソラと対峙した。

そもそも僕は侯爵家の人間だ。平等を謳っている学園内だが、もうすぐ卒業して社会に出る。学園内と違って、社会では身分の上下がはっきりしている。平等を謳いながらも、社会に出たときを想定して皆行動しているはずだ。だからこそソラの態度には首を傾げてしまう。

「酷いです。僕だってオーウェン様と話したい。学園内では平等ですから、話したいときに話してもいいと思います！」

もっともらしいことを言っているが、そもそもの考えが僕と違う。学園内の平等は、爵位だけではなく、人としても平等であるべきだという意味があると僕は思っている。その上で社会に出た際、学園で学んだ心を大事にしてそれぞれの場で生きていくのだ。

人が話しているときに割り込むのは、転生前から非常識だと思っているし、この世界でもそうだ。ソラは自分が主人公だから最優先されて当然だと考えているのだろう。

「ソラ。今はリアムと話しているから待ってほしい」

「でも」

ソラがなおも反論しようとしたとき、アレンが近くにきた。

「あ、ソラじゃねえか。また割り込んでるのか。俺がオーウェンと話しているときもそんなだろ。そろそろ常識を身につけておいたほうがいいぞ」

「アレンまで酷い！　僕は、そんなつもりじゃ……」

「泣いてどうにかしようとするのもやめておいたほうがいいぞ。っていうか、ソラの友達ってそういうの指摘してやんねえの？　友達だろ？　教えてやれよ」

廊下は、しんと静まり返る。

「あれ？　俺、言いすぎた？」

周囲を見渡しながら、アレンはとぼけたように笑った。

「リアム、ではまた」

「はい、また」

互いに見つめ合っていると、アレンが「そんなに見つめ合っていたら、顔に穴が開くぞ」と茶化してきた。チラリとソラに視線を遣ると、俯いている。

「僕の話は終わりました」

ソラにそう告げると、オーウェンとアレンに会釈をして教室に戻る。後はソラ自身の問題だ。尻拭いまでするつもりはさらさらない。

「変わってる。大丈夫、自信を持って」

未来は変わっていると、自分に言い聞かせるように僕は呟いた。

その日の昼食はオーウェンに誘われて食堂で一緒に食べることになった。ゲームの展開についてはソラのほうが熟知しているため、ここにも現れて辟易する。

それにしても、わざわざオーウェンの隣の席に座るのはどうなんだろう。ずっとオーウェンに話しかけていたソラだが、僕とオーウェンは黙々と食べ終わって席を立った。そこにはソラ一人が残される。

「待ってください、オーウェン様」

「食事が済んだので行くよ、では」

僕には「また」とつけ加えるオーウェンだが、ソラには「では」で終わることに、申しわけないがホッとする。

食堂を出て、並んで廊下を歩く。

「気にするなと言いたいが、ソラにははっきり伝えたほうがいいのだろうな」

何をと聞かずとも理解できるので、僕は頷く。

「任せます、その辺は。オーウェン様は以前、この国の民を守りたいと仰っていました。だから、ご自身の考えで彼に接すればいいかと」

「そこで、『はっきり言えばいいのに』と言わないリアムは、俺の考えに似ているな」

「そうですか」

「ああ。どこかでまだソラを信じているんだろうな」

「……そうでしょうか」

自分に問うてみる。僕はソラが改心すると信じているのだろうか。まさかそこまでお人好しではないと思いたいが、オーウェンはそのように受け取っているようだ。

「リアムは自覚していないと思うが、あえて相手に逃げ道を作っている。言い方を変えれば、そこに誘導しているというのか」

「深く考えたことがないのでわかりませんが、そうなんですかね」

「ジャンのときがそうだろう？　今もそうだ」

「……そっか、そうなんですね」

ならばお人好しのままでいいのかもしれない。

ただゲーム的には致命傷になりそうだから、気を引き締めようと思った。

それに物事には限界がある。仏の顔も三度までだと、仏ではないが僕も思う。いや三度以上だから、今日こそはっきり言おうと口を結んだ。

放課後になり、帰る支度をしようと教科書やノートを机に出していたときだ。

オーウェンが、本当はリアムの行動に迷惑しているという嫌な会話が耳に入ってきた。会話の元はソラと友人だ。今まで十人以上はいた友人が、少し減っている。

「本当はオーウェン様はソラと結ばれたいのに、侯爵家の権力で離れ離れにしているんだ……」

「そんなことでオーウェン様を諦めなければいけないソラがかわいそう」

「それなのに、リアム様はソラに厳しいことを言っていて……」

「ありがとう、皆。でも僕を庇ったら、皆まで侯爵家に潰されちゃうよ……あっ」

「どうしたの、ソラ？」

「……僕の財布がない」

そこでソラは、チラリとこちらを見た。僕を犯人にしたいのだと察したが、じっとソラを見据える。

「ソラ？　……え、まさか」

「リアム様が……盗んだっていうの？」

「でも盗んだ財布が、リアム様のカバンに入っていたら……」

ソラの言葉を聞いた友人の一人が僕のカバンを奪った。カバンの中を勝手に探り、「あった！」と叫ぶ。

「どうしてですか、リアム様っ！」

「どうしてソラの財布を……」

僕は答えず、じっとソラを見据えたまま微動だにしない。

「よろしいでしょうか」

ローガンの声が教室内に響いた。

「まず、リアム様が財布を盗む理由はありません」

しかしソラの友人は声を荒らげる。

「しかし、現に財布はリアム様のカバンに入っていたんですよ！」

「では誰か、リアム様が盗んでいるのを実際に見た人がいますか。いないですよね、リアム様は今日、お一人で行動していないのですから」

「そんなことない！」

ソラが慌てたように首を振る。

しかしローガンはソラの言葉に返答せず、僕のカバンを奪った学生に視線を遣る。

「まずは、あなた。人のカバンを許可なく漁ったこと、どう説明をしますか。この方はベル侯爵家のリアム様です。ベル侯爵家のご子息のカバンを本人の許可なしに漁って窃盗の犯人に仕立て上げた事実」

「ひっ……！」

「理解できました？」

「あ、あ、あああの！　そ、そんなつもりじゃ……」

「学園内の出来事とはいえ、ベル侯爵家に訴えられる可能性があると理解していますか。その覚悟があっての所業ならば、イリック侯爵家のローガンが証言しますよ、クリス・マーフィー伯爵令息様」

にっこり微笑んで小首を傾げるローガンは薔薇のように美しかった。

ゲームでは、リアムが平民の学生を脅してソラの財布を盗ませた。それを再現したかったのだろうが、詰めが甘すぎる。

僕は教室内をぐるりと見渡した。ソラの友人の一人と目が合うと、彼は息をのんだ。たしかこの彼は、ソラと同じ男爵家のはず。名前はケリー・トンプソンだ。ゲームではリアムにいいように扱われ、この世界ではソラに、と思うと同情しそうになる。ゲーム内容を思い出していたら気付かぬうちに凝視していた。

ケリーは青ざめて震え出した。

「ケリー・トンプソンさん」

僕が名を呼ぶと、ケリーの体はいっそう大きくビクリと震えた。

「もしかしてあなたは、間違えて、僕のカバンにその財布を入れてしまったのでしょうか」

ひと言ひと言を区切るように伝えると、顔色を失ったケリーは人形のように何度も頷く。

「クリス・マーフィーさん。あなたも自分のカバンと、間違えて、僕のカバンの中を見てしまった。間違いないですね」

「……あ、あの、はは、はいっ！　そ、そうです！　ま、間違えてしまって……っ」

僕は教室内を見渡した後、ケリーとクリスに微笑んだ。

「間違えることは誰しもあります。僕も間違えてたことはありますし。しかし、二度はない、ですね。お互いに気をつけましょう」

じっとケリーとクリスを見つめると、二人は繰り返し頷いた。

「ローガン様、また助けられましたね」

「いいえ。事実を言ったまでです」

話をまとめようとしていたら、遠巻きに眺めていたクラスメイトたちのひそひそ話が聞こえた。

「……たしかにリアム様が盗る理由なんてないよね」

僕にも聞こえたので、ソラにももちろん聞こえたのだろう。

「も、もういいです！　二度と盗らないでくださいっ」

捨て台詞のように言い放つと、ソラは顔を真っ赤にさせて教室から出て行った。

「あの方、逃げましたね」

「いいです。これだけではないので、まとめて話を伺うつもりですから」

ローガンの言葉に淡々と答える。話を聞いていたソラの友人たちは顔面蒼白になった。

「リアム様、大丈夫ですか」

ネオが心配そうに声をかけてきた。

「僕はリアム様を信じています」

「うん、ありがとう」

ソラの友人たちはハッとしたように、慌ててソラの後を追いかけるように教室を出て行った。ただその人数はやはり少し減っていて、主人公補正の効果も薄れているのだと感じた。

◇　◇　◇

二月も終わりを迎えようとする今日は、寒さも和らいでいるようだ。

「まだ王家から正式に話は来ていないが、恐らく殿下の婚約者はリアムに決まるだろう」

侯爵は機嫌よさそうに伝えてくる。侯爵と食事を一緒にいただく回数も増えていることからも、王家との関係も良好な様子が窺える。ロイドから侯爵の動きに変化は見られないと話を聞いている。このまま卒業パーティーが終われば、死亡エンドは回避できるだろう。それだけでなく、オーウェンとの婚約が正式に決まるはずだ。ほかの攻略対象からの好感度はセーフラインに達しているとはずだが、油断はできない。

ゲームの中のリアムは、たしかに悪役だった。しかし現状では、ゲームのシナリオ通りに話が進んでいない。

リアムの評判が完全に挽回したとはまだ言えないが、最善を尽くしているし、以前より回復していると信じたい。それに……僕はオーウェンと婚約して番《つがい》になりたい。

「最善を尽くします」

言葉に出して自分に言い聞かせると、侯爵は鷹揚に頷いた。

「リアム」

「兄さん。外の動きに変化はないですか」

「大丈夫だろう。リアムこそ大丈夫か。殿下から話を聞いたが、不穏な動きがあるのだろう？」

「オーウェン様にも兄さんからも、護衛や警護に関してよくしてもらっているので、ほんとに助かっています。先日は濡れ衣を着せられそうになったのですが、常に護衛を付けてもらっているので潔白を証明できました」

先日、ソラとその友人からソラの財布を盗ったと疑われたときのことだ。ローガンは協力者で、僕に護衛がついていることを伝えてくれた。不穏な動きに対して警戒していてよかった。

今回の件は、ベル侯爵家の名で厳重注意の旨を各家に通達した。伯爵家や男爵家の家長の名の下に丁重な謝罪文が届いたから、彼らは今後大人しくなるだろう。

しかし、ソラがこのまま退くとは思えない。

「気を抜くなよ。殿下の婚約者に決まるまでもだが、決まってからも気は抜けないぞ」

「ですね。卒業パーティーでおおよその動きは見えるでしょうが」

「殿下の婚約者になれば、いずれ殿下が即位されたとき、リアムは王妃になる」

「……精進します」

「よし。では私も最善を尽くそう」

ロイドと力を合わせるようになったのはいつからだろう。そう思うほど、互いに信頼し合っていると感じる。いつか侯爵ともそのような関係になれたらと思う。

そのときには侯爵を、父と呼べる気がする。

「では行ってきます」

「気をつけて行きなさい」

「はい。兄さんも」

頷き合うと、僕は食堂を後にした。

今朝は冬にしては暖かな日だ。薄手のコートを着て馬車に乗る。

学園に向かうのもあとわずか。ゲームエンドまでの日数を考えてしまう。

今日は卒業式の前日、つまり明日が卒業式だ。式は午前中になり、午後から卒業パーティーが行われる。

「ううー……緊張する」

いよいよだと思うと、肩に力が入ってくる。

「大丈夫、大丈夫」

何度も口にすると、心なしか気が楽になった。

馬車を降りて昇降口に向かう。すれ違う生徒たちの表情が暗い。いよいよ卒業するのにどうしたのだろうと、聞こえてくる声に耳を澄ませる。

「参るよな、もうほぼ強請だよ」

「寄付って善意だろ。押しつけられちゃたまらないよな」

寄付と言えば心当たりはひとつだ。別の生徒たちも同じような話をしている。

「貴族なんだから寄付するのは当然、って言うけどさ、うちは別の孤児院に寄付しているから、そこまで手が回らないし」

「僕はさ、『平民も寄付するべきだ、同じ街に住んでいるのに、見て見ぬ振りをするのはおかしいよ』って言われたんだ。うちは裕福じゃないから、少額でよければと答えたら『君の善意って少ないんだ』って言われてさあ……」

以前ソラが寄付を募っていた件だろう。あくまでも寄付は善意だから、もしこの話が本当であればいただけない。

僕は教室へは行かず、生徒会室に向かうことにする。

「リアムか」

「はい、今、大丈夫でしょうか」

「構わないよ」

にこりと微笑まれた。オーウェンの笑顔の破壊力にくらりとしそうだ。

「相変わらず眩しいですね」

「ふっ、リアムはリアムだな」

「オーウェン様の眩しさはいつも通り、際立っています！」

「相変わらずリアムはおもしろい方向で物事を見るな」

また微笑まれ、今度こそ目眩がした。

「で、どうしたんだ？」

「あ、そうだった。あのですね、今昇降口で、寄付の強請の噂を耳にして、何か話が来ていませんか」

ソファーに促されながら説明すると、「リアムも聞いたか」とオーウェンはため息を吐く。

「この数日、生徒会にも苦情が来ている。ソラには伝えたが、一向にやめる気配がなくてな」

やはりソラだったと僕は頷く。クラスメイトだけでなく、学園中の生徒に声をかけているそうだ。募金するのは当たり前だとソラは言い、自分の元に金を持ってくるように言っているという。もしかしたら、寄付は集まっていないのかもしれない。

「そういうのってどうなんですか？」

「ああ、よくはないな。話を聞いた一昨日と昨日、ソラには注意したんだ。しかしやめる気配がないので、昨夜、男爵家に話をした。これ以上ソラが行動し続けるのなら、学園としては次の段階に入らなければならないが、できれば避けたい」

「ああ、そういう……」

ソラに寄付を促された家には、学園の教師が話を聞きに回っているそうだ。もうすぐ卒業だというのに、ソラは何をしているのだろう。もちろんイベントをクリアしようと必死なのだろうが、やり方が間違っていると言わざるを得ない。

「孤児院側も、現状ではそれほど困ってないと院長が言っていてな。王家の管轄でもあるから、俺も様子を見に行っているが。それでもソラは院長に、寄付してあげるから感謝しろと言ったそうだ」

「そんなことを？」

「街の張り紙は店側が断ったのに、勝手に張られたところがあって、ソラには自分で剥がしに行くように昨日伝えている」

「それは、ずいぶんですね。怒っているでしょうね」

「いや、泣いていたよ。でも以前聞いた表裏を思い出したらな……とにかく近日中に剥がすように伝えている」

「かわいそうな子どもたちに愛の手を」という内容の張り紙らしい。孤児院側としては、寄付は善意であればありがたいが、今の状態に困惑しているという。

ゲームではここまで詳細な内容は書かれていなかったが、イベントが成功すると、攻略対象との『好感度がアップしたよ』と上がった数値が表示される。そして孤児院の院長や子どもたちから感謝され、名声もアップする。

街の人たちからも攻略対象との婚約を祝福されるハッピーなエンドに繋がるはずなのに、これではソラのイベント攻略は失敗だ。そもそも主人公の純粋な善意から孤児院イベントは進んでいく。ソラのように強制して進めたら、成功するはずがない。純粋に孤児院の現状を危惧して行動したなら、街の人たちや孤児院の人たちにも気持ちが伝わるはずだ。その上で、ありがたいと受け取ってもらえただろう。しかし今の孤児院は、できることは自分たちで行っている。

「素直に張り紙を剥がしてくれればいいけど……放課後、街と孤児院に行ってみます」

「俺も気になっているから、一緒に行こう」

「はい」

子どもたちは喫茶店を中心に、クリスマスパーティーで仲よくなった人たちの店を手伝っている。もちろん孤児院での勉強もあるので時間を見ながらになるが、手伝うことで感謝される喜びを感じているようだ。

それに路地裏に住む子どもたちも、孤児院の子どもたちと一緒に街の店へ少しずつ手伝いに来るようになっている。大人たちにも声をかけ、働ける場所を提供できるように計画した。もちろん僕だけでは現実的でないから、オーウェンや街の人たちに協力してもらっている。

「……できれば、わかってもらいたいですけど、難しいでしょうね」

「信じて行動するのみだな」

「ポジティブでいいですね」

正直なところ、オーウェンのように、ここまで広い心で見守れそうにない。

「信じたいだけなのかもな」

「いいと思いますよ」

信じてくれる人がいるからこそ、立ち止まれるのかもしれない。

明日の卒業式に何か事を起こそうと考えているのなら思いとどまってほしい。そのとき支えてくれる人がいる間に、と願った。


放課後、突然ソラに声をかけられた。

「その……少しいいでしょうか」

反射的に警戒するが、顔や態度には出なかったようだ。ソラは話し続ける。

「何か誤解されているようですが、僕はあなたの味方です」

「……どういう意味？」

クラスメイトも何事かと様子を窺っている。あちこちから視線を感じる。

「だからその……明日のパーティーは欠席したほうがいいです。あなたのためによくないから」

何を言っているのか理解できない。小声で言われたので周囲には聞こえていないようだ。なんと言ったのか、皆は聞き耳を立てているだろう。

そもそも何か事を起こすかもしれないとこちらを警戒させている張本人なのだ。この会話に何かの糸口があるのかと、一言一句を聞き漏らさないように集中する。

しかしその後、突然ソラが泣き出した。クラスメイトの困惑した声が漏れ聞こえてくる。悪評を完全に払拭できていないから、また誤解されてこの状況を広められてしまう可能性がある。

「リアム様が悪いいんじゃないんです。僕が余計なことを言ったから……」

明らかに周囲の人たちの同情を引こうとしているように見えるけれど、僕の心配をよそにクラスメイトは誰も何も言わない。

「ソラ、あの……」

「ど、どうしたんだよ……」

ソラの数人の友人たちも困惑を隠せないようだ。一体何があったのか理解できないのかもしれない。今までならリアムが悪いと一方的に突っかかってきたのに、どうしたんだろう。

「うう……」

そのことに気を取られている間に、まるで悲劇の主人公のように口元を押さえたまま、ソラは走り去った。ソラの友人たちは、彼を追うべきか追わないべきか迷っている。

「え……今の、何……？」

「リアム様、何もしてなかったよね……」

「ソラって最近、情緒不安定なのかな。ほら、もうすぐ卒業だし」

「ああ……そっか。今までのようにオーウェン様に会えなくなるから」

クラスメイトの声に僕は眉をひそめた。ソラの攻略がうまく進んでいれば、卒業後もオーウェンと出会う機会があると皆は思うだろう。

しかし、この言葉だ。

卒業したら王族と男爵令息という関係になる。そうそう今までのように会える機会もないだろう。そのように思われている状況が事実なら、ここからソラが挽回するのは至難の業だ。だからこそ、いっそう明日のソラの言動が気になってきた。

「リアム」

そのとき、教室の入り口にオーウェンが姿を見せた。

「わあ！　オーウェン様がうちのクラスに」

「リアム様に会いに来たってことは……」

「そういえば先日もリアム様に会いに、オーウェン様が来ていたよね」

皆の好意的な言葉を耳にしながら、僕はカバンを持って教室の入り口に向かった。

「オーウェン様、行きましょう」

「ああ、行こう。だが、何かあったのか。教室の空気が何か変な気がするが」

クラスメイトの間には、まだ先ほどの動揺が残っている。

「先ほどソラさんが、よくわからないことを僕に言ってきまして。明日のパーティーは僕のためによくないので欠席したほうがいいと言われました。あなたの味方です、とも言われて、正直なんのことだかわかりませんが……」

「……そうか。では警戒を強めておこう」

「はい」

互いに頷き合った。

オーウェンと一緒に馬車に乗り、街に向かう。

危惧していたように、ソラの行動に困惑している人々の話を聞いた。孤児院でも同様で、今回は寄付されても辞退したほうがいいだろうと院長たちは考えているようだ。

街の人たちと共に生きている孤児院の現状を思えば、納得の判断だった。

「卒業パーティーの件だが、会場のほうも警備を強化している」

「ありがとうございます。そのほうがいいです。何をするかわからないから」

現状では証拠がないので誰とは名前を出していないが、オーウェンも薄々察しているのかもしれない。

「……何があったのだろうな」

「そうですね……」

僕が転生したからとは言えないので、言葉を濁しておく。

しかしオーウェンには、やはり思うところがあるのだろう。

「信じたいとは言ったが、さすがに俺にも限度はあるからな」

「そうですか。……そうですね」

互いに頷き合いながら、夕焼け空の下、帰路につくために馬車に向かう。

そのとき、いつかの噴水の前を通りかかった。

「夕焼けが綺麗ですね」

噴水に反射している夕焼けが鮮やかだ。

「本当に。リアムの髪の色は透き通るように美しいから、陽の光がよく映える」

髪に触れられてじっと見つめられると、オーウェンから発せられる光が当たり、僕自身が輝いていると言われたようで思わず頬が熱くなる。

「リアム、好きだ。婚約しよう」

「あ、あの……はい、とお答えしたいです。ですが……卒業パーティーが終わるまで、返事を待ってもらえませんか」

「わかった。ではそのときに返事を聞かせてくれ」

きっとパーティーが終わる頃には、どのエンドかわかっているだろうから、生きていて叶えられる状況であれば受けたいと思う。

「……はい」

返事ができる未来になっていると信じたい。強くそう思いながら、僕はオーウェンの瞳に映るリアムの姿を見つめた。

◇　◇　◇

いよいよだと息を吐く。今日の空は雲ひとつない快晴だ。

「大丈夫、こんな日はきっといいことがある」

何度も自分に言い聞かせてきた言葉だが、口に出すと気が楽になる。

「リアム様、旦那様がお待ちですよ」

「うん。もう支度はできているから、すぐに行くよ」

この制服とも、今日でお別れだ。

「よし」

気合いを入れて僕は部屋を出た。

玄関ロビーにはダニエルが言っていたように、侯爵とロイドが待っていた。

「さあ、行こうか」

侯爵が僕に手を差し出してきた。

このようなシーンはゲーム内にも出ていないので、侯爵の手を凝視してしまう。

「どうした。行くぞ」

「あ、はい」

僕は慌てて侯爵の手に自身の手を重ねる。

「快晴だな。卒業式日和だ」

ロイドも機嫌がいい。彼の表情はまさに心からの笑顔だと感じて、僕も心が温かくなる。

「そうですね。いい日になるといいなと願います」

「準備は万端だ。安心して行きなさい」

まるで戦地に赴くようだと思い、僕は笑った。

学園の講堂に到着し、侯爵とロイドと一旦別れる。クラスごとに決められている席に座るので、僕は指定されている場所に向かった。生徒たちが前方に座り、後方に保護者席がある。

ソラは開始十分前に入ってきたので驚いた。彼の父であるターナー男爵はソラの後から落ち着かない様子で入ってきたので、ツンとした澄まし顔のソラとは対照的だ。ターナー男爵はゲーム本来の主人公の姿が思い出されるような、素朴な人柄だ。本来であれば、今日は息子の成長を喜び、誇らしい気持ちで参席していただろう。彼はある意味被害者なのだ。男爵のためにも、何も起きなければいいと思う。

もしソラが事を起こそうとしても未然に防ぐことができればと、僕は周囲を警戒する。

しかし僕の心配をよそに、式は粛々と終わりを迎えた。

卒業生代表の挨拶は、もちろんオーウェンだ。

いつ見ても素敵だと心が躍る。離れているのに、彼の甘い匂いが香ってくるように感じる。


式が終わると、侯爵とロイドと共に屋敷に戻る。そして昼食を取った後、あらためて卒業パーティーに出席する。

馬車に戻る間、鋭い視線をずっと感じていたが、何事もなく馬車に乗り込めたのは、恐らく侯爵とロイドが一緒に行動していたからだろう。

ゲーム内のリアムは主人公を害そうと動き回ったはずなので、ここでも僕はシナリオとは違う行動をしているのだろう。

未来は変わっている。

何度も大丈夫だと言い聞かせているうちに、侯爵家の屋敷に戻っていた。

張り切るダニエルに支度を手伝ってもらい、先日行われたクリスマスパーティーのとき以上の仕上がりになった。これならオーウェンの横に立っても、みすぼらしくはないだろう。

「さすがダニエルくんたちだ。これからもよろしくね」

願望を交えて伝えると、ダニエルや屋敷の者たちは何度も頷いた。

ここに帰ってきたい。

声に出さずに伝えておく。何か事が起これば、ここに帰ってこられないかもしれない。最善を尽くしたが、自分だけではどうにもならないことがある。だからこそ、足掻いてきたのだ。

「よし！」

「リアム様、すごい気合いですね」

「もちろんだよ！　無事に帰ってきたいからね」

「何言っているんですか。今日は殿下の婚約者が公表されますよね。しっかり目立ってきてくださいね！」

「そうなるように祈っておいてよ」

「ほんと何言ってるんですか。もう殿下から伝えられたんでしょ。侯爵もそのつもりですけど？」

「んー、その辺は話すと長いからなあ。ともかく祈ってて」

「わかりました。帰りをお待ちしています」

気合いを入れ直すと、僕は再び馬車に乗り込んだ。

卒業パーティーは、式が行われた講堂で開催される。

侯爵とロイドと共に、オーウェンが待つ控え室になっている教室に向かう。

廊下を歩いていたら、曲がり角から突然人影が現れた。

「あっ！」

「君は？」

「あ、いえ」

そう言って慌てて立ち去ったのはソラだ。ゲームをやりこんでいると言っていたので、リアムが一人で卒業パーティーに参加していると思っての待ち伏せだったのだろう。侯爵とロイドといる僕を見た瞬間、顔色を変えて去った。

「突然飛び出して謝罪もなく立ち去るなど、無礼だな。どこの家の者だ」

厳しい言葉はロイドだ。

「ターナー男爵家のソラという者です」

庇う理由もないし、逆に警戒してほしいので僕は名前を伝えた。

「ああ、あの騒動の。なるほど、軽率な行動だな」

「そうですね」

たしかにソラは軽率な行動が多いように思う。

僕に何を言いたかったのかわからないが、想像できるのでため息を吐く。

「将来を考えるのであれば、あのような者に対してどう対応していくのか真価が問われるぞ。しっかりしなさい」

侯爵は僕がオーウェンの婚約者になると信じて疑っていないようだ。

婚約者になってからのことを指摘され、背筋が伸びる。

「……もしそうなったときには、教えてくださいね」

「もちろんだ。王宮内での立ち振る舞いは、私やロイドが教えよう」

鷹揚に頷いている侯爵とロイドに礼を言い、バッドエンドを回避するのだと心に誓った。


「素敵だ」

「ありがとうございます。オーウェン様も素敵です」

控え室になっている教室に入ると、いつも以上に輝いているオーウェンが僕を待っていた。

「リアムに褒められると嬉しいよ。だが、次の衣装は俺に用意させてほしい」

番《つがい》の衣装を用意するのは番《つがい》の特権だと聞いたことがあるので、頬に熱が集まる。

「……はい。そのときが来ると信じたいです」

「ああ。そうだな」

オーウェンの衣装は光沢のある白いタキシードだ。光を浴びると銀の色味を感じさせるので、もしかしてと思ってしまう。腰に下げられている剣には美しい装飾が施されている。会場には帯剣できないので、式典用の剣だろう。よく似合っている。

対して僕の衣装は、白をベースにした色味を抑えた黄金色のタキシードだ。もしかしなくても、侯爵がオーウェンの婚約者に相応しい衣装を用意してくれた。だからこそ侯爵は、悪事に手を染めることなく、今日を迎えられたはずだ。

悪事を企てるより、オーウェンとの縁を繋いだ後のことを考えるのに忙しかったようだとロイドから聞いている。彼が侯爵をそのように促していたのだと思うと、あらためて感謝したい。

「これを」

「……はい」

オーウェンは胸ポケットに挿していた二本ある紫の薔薇のうち、一本を取って僕の胸のポケットに挿した。

「では行こうか」

差し出された手に、僕は頷く。

今まで誰もエスコートしなかったオーウェンの手に、僕の手が重なる。このまま未来を歩んでいきたいと願いながら、教室を出た。

いろいろな物語で見聞きしたパーティーの様子を思い出す。

「オーウェン・エヴァンス王太子殿下、リアム・ベル侯爵令息様」

入場すると、オーウェンと僕の名が会場に響き渡る。

わあ、と歓声が上がり、ますます緊張が増してきた。

「この後、ダンスがあるんだ。踊ってくれるか」

にこりと微笑まれながら言われたら、断れないではないか。

いいや、そうではない。僕自身も踊りたいと微笑みを返す。

「足を踏まないように最善を尽くします」

「気にするな」

「……踏みますけど、たぶん」

互いに視線を絡ませて微笑み合う。鋭い視線を感じるので、ソラは会場のどこかにいるのだろう。台風よりも荒れ狂っているはずソラを思えば、言葉にならない感情が込み上げてくる。警戒するに越したことはないが、初めてオーウェンと参加するパーティーだから楽しみたい。

侯爵の元にエスコートされると、オーウェンとは一旦ここで別れることになる。

「では、また後ほど」

「はい」

壇上に向かう彼のうしろ姿を、名残惜しいが見送った。

学園長の祝辞が終わると、オーウェンも挨拶をする。卒業パーティーの開催だ。

彼は壇上から降りると、まっすぐに僕の前に来た。

「踊っていただけますか」

跪いて請われた瞬間、再び会場が沸く。

「……王子様ですか」

「そのとおりだ」

「ですよね。……はい、お願いします」

ファーストダンスは一番親しい人と踊るものだとダニエルから聞いているので、胸が高鳴った。

オーウェンにはダンスの練習に付き合ってもらっているので、互いに踊るときの癖はわかっている。

彼の手に自身の手を重ねると、小さな歓声が上がる。スローテンポの曲が始まると、オーウェンと共に会場の中央に進んだ。

「何か不穏な動きはないか」

耳朶に囁かれるように問われ、彼の息遣いにドキリとした。

「あ、はい。何度か意図がわからない動きはありましたが、今のところ、実害はないです」

「そうか。引き続き警戒するから、おかしなことがあればすぐに知らせてくれ」

「用心します」

内緒話をしているように見えるのだろう。実際そうだが、会場からの視線が集まっている。皆もそれぞれパートナーと一緒に踊っているので、自分たちだけが踊っているわけではないが、緊張してしまう。

「あっ、……っと」

「いいステップだ」

「今のはセーフでしたね」

「踏んでも気にしなくていいぞ」

「できれば踏まずにダンスを終えたいです」

視線を絡ませ合いながら伝えれば、ふっ、とオーウェンは微笑んだ。

一曲目が終わった瞬間、ソラがオーウェンのそばに近づいてきた。

「オーウェン様！」

「やあ、ソラ。卒業おめでとう」

「ありがとうございます！　あの、オーウェン様。僕と踊ってください！」

ソラのそばには、今しがた一緒に踊っていたサミュエルもいる。

「すまないが、今日はリアム以外の人と踊らないと決めているんだ」

「そんな！　クリスマスパーティーのときも踊ってくれなかったじゃないですか！　あの日も誰とも踊らないって……王太子なのにそんなのおかしいと思います！　今日は絶対に踊ってほしいです！」

オーウェンはエスコートもダンスも、僕以外の人にはしていないのだ。

気付いた瞬間から胸が熱くなる。王太子という立場上大丈夫かと思うが、オーウェンが決めたことなら、僕が余計な口を挟む必要はない。

「卒業したんだから、あの言い方って……」

「男爵令息が王太子に苦情を……」

ひそひそと聞こえる声に、サミュエルが気付いたようだ。慌ててソラを窘めたが、ソラはサミュエルの言葉に耳を貸さない。

「すまないな、ソラ。大事な人がいるから君とは踊らない」

いつもの柔和な表情を浮かべているが、オーウェンの口からはきっぱりと拒否する言葉が伝えられた。

「そんなことないです。大丈夫ですよ。僕とオーウェン様は踊るって決まっているんですから」

心底そう思っているのだろう、ソラの目は自分の発言が正しいと信じきっているようにまっすぐだ。

「そうか、そうか。そんなにダンスが好きなんだな。よし、俺が踊ってやろう。記念になるぞー」

そのとき次の曲がはじまり、現れたアレンが素早くソラの手を取った。

「あ、アレン！」

「ほら、行くぞ」

「ちょっ……アレンとも踊るけど、今は先にオーウェン様と踊らないと！」

「行こう、リアム」

「あ、はい」

アレンとソラをその場に残して、オーウェンにエスコートされて歩き始める。

サミュエルは困惑した様子でそっとダンスの輪から外れていた。

会場の熱気がすごいので、オーウェンと一緒に会場の端に用意されている休憩場に向かった。二人で飲み物を手に取る。

「おいしそうですね。綺麗な色」

「これはイヴォンヌ伯爵家からだ。伯爵の領地は蜜柑が有名だ」

「そうなんですね。いただきます」

受け取ったグラスに口を付けると、ほどよい酸味で後口がすっきりする。

「おいしいですね」

「そうだな」

「あの……！　オーウェン様、最後なので一緒に踊ってくださいませんか」

意を決したように言う生徒たちに、オーウェンはにこりと微笑んで答える。

「すまないが、今日はほかの人と踊るつもりはないんだ」

「でも、どうしても踊ってほしくて」

誰だろうと思って顔を見れば、いつもソラと一緒にいる生徒だった。ほかにもオーウェンのそばに集まる生徒は多く、踊れなくてもこの機会に彼と少しでも話したいのだろう。

人だかりになりそうだったので、僕は少しオーウェンのそばを離れた。

「何、勝手にシナリオ変えてんの。いい気になるなよ。結局最後は僕が婚約者に選ばれるんだから、今のうちに逃げたほうがいいって忠告したのにさ。どうしてのこのこ会場まできたんだよ」

背後から突然ソラの潜めた声が聞こえ、身震いした。

「君の考えと僕の考えは違うようだ」

「偉そうに。悪役令息のくせにさ。後で楽しみにしてろよ。お前はオーウェンに選ばれない。ゲームがそうさせない」

「それはゲームではなく、オーウェン様が決めることだ」

「あなたはオーウェン様が好きじゃないから迷惑しているんですね。そんなにはっきり言うなんて……オーウェン様に失礼です！」

突然大きな声を出し始めたソラに呆気にとられた。なぜ今の会話からそんな発言になるのかわからない。

しかし僕がそばを離れていることに気付いたのだろう、オーウェンが近づいてくる。

「リアム、大丈夫か」

少し慌てた様子のオーウェンに、そばを離れなければよかったと後悔する。

「オーウェン様、リアム様は酷いんです。オーウェン様を迷惑だと思っているって、酷い言葉をたくさん言っていて……オーウェン様は王太子だから使いやすいんだって言って、僕……」

根も葉もないことを、よくもここまで言い連ねる。

しかしオーウェンは、ソラの言葉を流すように僕に微笑んだ。

「後で皆の前で伝えようと思っていたが、リアム、俺は君に」

「そんなのおかしい！　僕たちには運命の繋がりがあるから、オーウェン様は僕から離れられないはずだっ！」

オーウェンの言葉に割り込んだのはソラだ。

オーウェンは眉間にしわを寄せた。何が起きているのか、彼はじっとソラを見据えている。

「オメガのフェロモンには抗えないでしょう？　運命の番《つがい》のものなら尚更」

ソラは笑っている。絶対的な自信があるのだろう。

僕は咄嗟にオーウェンの体を抱きしめた。運命の番《つがい》には、心が逆らえないほどの強い繋がりがある。先日、互いに絆を確認し合ったからこそ離れたくない。

ソラの表情が理解できないと言わんばかりに訝しむようなものに変わった。

オーウェンがソラの元へ行こうとせず、それどころか抱きついた僕の体を抱き寄せたからだ。

「薬で抑制できる繋がりなら、それだけの縁だ。俺は君に一度も運命の繋がりを感じたことはないし、君に運命の相手だと言ったこともない」

オーウェンはアルファ用の抑制剤を服用しているのか、いつもと様子が変わらない。僕を抱き寄せる手に力が込められている。

サミュエルを見ればうっとりとした表情を浮かべているから、たしかにソラはオメガのフェロモンを出しているのだろう。

オメガは発情期が来れば発情し、フェロモンを出す。ソラの発情期が今なのか、強制的に発情したのか定かではないが、とにかくフェロモンを出しているのは間違いない。

オメガの僕にはわからないが、アルファなら匂いを感じるはずだ。サミュエルからの好感度が高ければ彼には強い効果がある。

「そんな馬鹿なっ！」

ソラは慌てたようにオーウェンに向かって足を踏み出したが、サミュエルがソラの肩を抱いたので動けない。

オーウェンは頷き、僕を見つめた。

「俺はリアムに運命の繋がりを感じている。リアム、返事を聞かせてくれるか」

「オーウェン様！　待って、こんなの違う！　僕とオーウェン様は運命の番《つがい》なんだ！　だって僕は主人公なんだから！　皆僕に惹かれるんだからっ！」

叫ぶソラに構わず、オーウェンは僕の瞳を見つめたままだ。

僕は大きく頷いた。

「はい。僕もオーウェン様に運命の絆を感じています」

惹かれ合う運命の番《つがい》同士なら話は別だ。わずかに醸し出すフェロモンを互いに感じ取ることができるはず。だからこそ僕は、オーウェンと縁が結ばれていると信じたのだ。

「よかった」

ゲームでのリアムは、王太子をオメガのフェロモンで襲って断罪されたエンドもあった。この件でも同じようにソラは追及されるだろう。

わなわなと唇を震わせていたソラは、サミュエルに支えられたまま僕を睨み付けている。

「壇上に行こう。俺の婚約者を公表したいからな」

「……はい」

これで終わりだろうかと一抹の不安があったが、ここで拒否する理由も浮かばない。

僕はオーウェンにエスコートされながら、会場の中央に戻った。視界の片隅で僕を睨み付けたまま、ソラは何かを口に入れた。もしかしたら抑制剤を飲んで、オーウェンに効果がない発情を抑えようとしているのかもしれない。同時に、会場の警備に当たっている騎士たちが、ソラのそばに駆け寄っている。発情して、誘惑したことに対して事情を聞かれるか、保護されるのだろう。

オーウェンは壇上に上がると会場内を見渡した。

「皆に伝えておきたいことがある。俺はベル侯爵家のリアムと婚約する」

オーウェンの発表に会場が沸く。

皆、祝福してくれたようでホッとするが、中には戸惑いの表情を浮かべる者もいた。今までのリアムの悪行に戸惑っている人たちだ。

「オーウェン様、僕からひと言、いいでしょうか」

「ああ、構わない」

「ありがとうございます」

僕は一度深呼吸をした。

「リアムです。このたび、オーウェン様の申し出を謹んでお受けいたしました。しかし今までの僕の行いがあるため、戸惑われる方もいらっしゃるでしょう。この場を借りて謝罪申し上げます。まだまだこれからだと思っていますので、どうかこれからのリアムの行いを、皆さん見ていてくださいませんか」

やったことは消せないのだから、それを踏まえてのリアムを見てほしい。

「リアム様！」

「オーウェン殿下！」

先ほど戸惑いの表情を浮かべていた人たちに視線を遣ると、僕の言葉を受け入れたように見える。今すぐ納得してもらわなくても大丈夫だ。ゲームエンド後もリアムの人生は続くと信じている。

「行こうか」

「はい」

再びエスコートされて壇上を降りたとき、サミュエルに支えられたソラが近づいてきた。先ほど駆けつけた騎士たちは周囲を見ながらソラの様子を警戒している。

その中でソラは、何を言おうとしているのか。

「先ほどはすまなかったと、ソラも反省したようだ。謝罪を受けてもらえないか」

壇上前で足を止めると、言いづらそうにしながらサミュエルが伝えてきた。サミュエルはソラを信じているのだろう。それにソラのオメガのフェロモンの効果が残っているようだ。好感度的にもソラの相手はサミュエルだろうが、気まずそうにする彼は僕の好感度も上がっている。今までのように突っかかってこないことも、そう思える理由だ。サミュエルは僕とソラの関係を修復したいのだろう。

「オーウェン、リアム。おめでとう」

拍手をしながらアレンが現れ、祝福を受ける。

「ああ、ありがとう」

「まあ、こうなるとは思っていたけどな。あれほど人には平等にと言っていたオーウェンが、ある日を境にリアムのことを意識しだしたからさ」

そうなのかとオーウェンを見上げると、「リアムには話しただろう？」と微笑まれる。

「……はははっ、あはははは！」

突然ソラの大きな笑い声が突き抜けるように響いた。

「ソラ？」

ソラのそばにいるサミュエルが、困惑したように声をかける。

「あはははは！　全部、全部全部全部お前のせいだ――っ！」

突然豹変したように、ソラは僕に突進してきた。

ジャケットの胸元から光るものを取り出して、ソラは振りかぶる。

「リアムっ！」

キン……！　と硬質な音が響いた瞬間、オーウェンに庇われるように肩を抱かれていた。会場の人々から悲鳴が上がる。

オーウェンが手にしている剣の切っ先が、その場に座り込んだソラに向いた。

「……残念だよ、ソラ・ターナー」

冷ややかな声の主はオーウェンだ。アレンも式典用の剣を抜いてソラに向けているので、言いわけは通用しないだろう。ソラが構えていた短剣はオーウェンの剣に弾かれ、アレンが靴で踏みつけている。

「ソラ、どうして……その短剣は護身用に欲しいと君が言ったから用意したのに、まさかこんなことに使うなんて……」

愕然としながら、サミュエルもその場に座り込んだ。

「ソラ・ターナー。言い逃れはできないぞ。君の罪は」

「うるさい！　うるさいうるさいうるさい――っ！　この世界は僕の世界だ！　罪なんてあるものか！　お前も、お前もお前もお前も、みーんな断罪してやる！　この僕の思い通りにならないことなんて、この世界にありはしないんだよっ！」

剣を向けられていることに気付いていないはずはないのに、ソラは立ちあがる。

オーウェンは自身の背後に僕を庇うように立つ。

「ソラ、動くな！」

アレンの制止に目を遣ると、ソラは鼻で笑った。

「そんなもので僕を止められると思うの？　そもそも君って平民でしょ。たかが平民の分際で、この僕を止めようとか頭悪いんじゃないの？　リセットすれば君なんて一瞬で消えるんだよ？　あーこんなエンドとかおもしろくなーい！　最初からやり直そう」

「ソラ、お前……！」

「すーぐムキになってさ。脳筋って使いやすいからさあ。ちょっと褒めればコロッといってさ。馬鹿みたい」

「ソ、ソラ……」

へたり込んでいるサミュエルに気付くと、ソラはまた嗤う。

「文官系のエリートって設定には書いてたけど、どこがエリートなの？　助けて……ってすり寄ったら、すぐに騙されちゃってさー。この剣が護身用？　もちろんだよ。主人公である僕を守るために、悪役なんて消さなくっちゃね。バグってるんだから、修正しないと！　死ねよ！」

僕に掴みかかろうとした瞬間、ソラはアレンに引き倒された。

「バグバグバグー！　バグは消去するんだー！　あははははは！」

うつ伏せに倒されてもなお、ソラはわめきながら笑っている。

「君はまだシナリオ通りだと思っているの？」

僕はオーウェンの横に並び立つと、アレンに押さえつけられているソラを見下ろす。警備の騎士たちがすでに周囲を囲んでいて、どう足掻いても逃げられないだろう。せめて自白して、少しでも罪を軽くしてほしい。それが、慌てて駆け寄ってきたターナー男爵への報いではないのか。

「リセットボタンはどこだよ！　テロップ、早く出ろよっ！　こんな姿は主人公の僕に似合わない。早く僕を助けろよ、オーウェン！」

ゲームをしているプレイヤーであれば、登場人物を敬称なしで呼ぶことになんの不思議もないだろう。しかしここはゲームの流れを汲んでいるが、ゲームエンド後も続く現実世界なのだ。

いろいろなエンドが用意されるデスティニーの隠しシナリオは、まるで現実世界のようだった。たったひとつ歯車が狂えば、転がるように転落する未来が待ち構えている。しかしいろいろなエンドがあるなら、未来を変える可能性が秘められているとも受け取れる。

現に僕は、リアムとして決められていたレールを外れてオーウェンとの縁を結んだ。

「道は……たくさんあった、とくに僕の場合は。それでも足掻いて、足掻きまくってここまできた。君は？　決められている道だと自惚れて他人を蹴落とし、君のことを案じる人まで悲しませている」

警備の騎士たちに阻まれてソラに近づけないターナー男爵と目が合った。かわいそうなくらいに顔面蒼白のまま、その場に平伏した。

「そんなもの、どうでもいいよ！　リセットすれば最初からやり直せるんだから、何度でもやり直せばいいんだからさ！　僕が皆に敬われるルートを進めばいいんだ！　断罪！　断罪しなくっちゃ！　ああ、そうだ！　断罪イベント進めてないからこんなことになってるんだ。リセットボタンも出ないし！　リアム！　こいつは悪役令息だ！　僕じゃなくて早くこいつを捕まえて！」

しかしソラの声は、張り詰めた空気に響くだけだ。誰もソラの言葉に従う様子は見られない。あれほどソラのことを慕っていた友人たちも、怯えるように誰かの陰に隠れている。

「こいつの何を恐れてるんだ。皆も見ただろう？　こいつの悪行を！　それを裁かないでどうするのさ。何、丸め込まれてんの？　忘れたなら思い出させてあげるよ。まずは春」

ソラはアレンに抑え込まれたまま、ゲームにあったリアムの悪行を上げ連ねる。

人々から潜めた声が聞こえてくる。

「最近もそう。誰も見ていないからって、僕を罵ったり財布を盗ったり。こいつが変わったとちやほやしてるようだけどさ、結局のところ、人はそうそう簡単に変われないんだよ。オーウェンの婚約者になって、今度はどんな悪巧みを考えてるんだよ！　侯爵と一緒に王家の乗っ取り？　このルートならもう隣国に情報でも売ってんのかな。あはははっ！」

「無礼な！　我が侯爵家を愚弄する気か！　ベル侯爵家は代々王家に忠誠を誓っている。それは今後も変わらぬ。それに何より、リアムが殿下の婚約者になる大事な時期だ。それを……ここまで言ったからには、それ相応の報いを受けてもらおう」

ロイドの声が聞こえる。ゲームでリアムのバッドエンドの際、ロイドは水面下で動くことが多かった。恐らく裏社会に通じていると思っている。当然ベル侯爵もそうだろうが、ソラがそれを知らないはずはない。それなのに正面切ってベル侯爵家に喧嘩を売ったのだ。

「何、イキってんの？　おっかしい！　悪役一家のくせしてさ。知ってるんだよ僕！　ベル侯爵家は悪行三昧で、王家に見切りを付けているんだよね。いつでも牙を剥く気で動いてたくせに、何、正義ぶってんの？　僕がオーウェンルートを選択したんだから、君たちは間違いなく一家断罪処刑ルートで決定！」

ソラはゲームの流れでしか物事を捉えていない。主人公的には王太子ルートが一番華やかだ。それに悪役令息が死亡するエンドが用意されているから、こだわっているのだろう。

しかしソラは、現実での死がどのようなものなのか理解していない。あくまでもゲームの世界での死だと思っている。

「春からずっと、こいつがしっかり悪役やってくれてたから、おもしろかったー！　ちょっと鎌を掛けたら自分からドツボにハマって、めちゃウケたんだよね。まあ、その分こいつに気を取られててオーウェンの攻略が遅くなったけどさ。なのに冬休み明けから変にいい子ちゃんぶりやがって。

おかしくなったのは全部お前のせいだっ！　でもまあ、僕は主人公だから、最後はうまくいくよ、騎士団っていうの？　あんたたち、偉そうに突っ立ってないで、早くこいつを捕まえろよ！　何してんだよ、給料もらってるんだろ。早くこいつを捕まえて処刑しろよ」

本気でそう思っているソラに、僕は眉をひそめる。

「あの……！　発言をよろしいでしょうか」

手を上げて、皆の輪から歩み出たのはネオだ。

「構わない」

オーウェンの言葉に、ネオは深呼吸をする。

「はい。僕はリアム様に何度も助けてもらいました。階段から落ちそうになったときが最初です。ソラさんにぶつかられて体勢を崩した僕を、リアム様が咄嗟に引き寄せてくれて……でも、その弾みでリアム様が階段から落ちてしまったのです。それに食堂でも、貴族の生徒さんから言いがかりを付けられたときにも庇ってくれました」

一気に話したネオは、軽く息切れを起こしているようだ。それでも話すことをやめずに、必死に僕を庇った。

「孤児院にも来てくれて、子どもたちと遊ぶだけじゃなくて、一緒に料理や勉強をしたり、洗濯や掃除までしたり。本当に心から僕たち孤児院に住む皆のことを考えてくれて……僕は、本当に感謝しているんです！　そんなリアム様がオーウェン殿下の婚約者になるのが、とても嬉しいんです！」

「ありがとう、ネオ」

「い、いえ。殿下、こちらこそ発言を許していただき、ありがとうございます」

「ふん、馬鹿馬鹿しい馴れ合いだね」

しかしソラは、ネオの言葉を鼻で笑う。

「たとえ馬鹿馬鹿しい馴れ合いでも、お前を庇ってくれる人がいるのか」

しんと静まり返っている会場に、ソラを慕っていたはずの友人たちの発言はない。

「リアムは自分を変えようと努力していた。今までのリアムだと思って、俺も罵ったことがある。しかし、それすらはねのけてリアムは俺に言ったんだ。変わる努力を否定するなと。目が覚めたよ。リアムはこれからの自分を見てほしいと言った。俺もそう思う。言葉通りにリアムは今も努力を続けているんだ」

「アレンさん、ありがとうございます。誰だって間違うことはあります。ですが、間違いを認めて自分を律して前を向くことが大事だと思います。過去は消せません。だからこそ過去をなかったことにせず、前を向いていきたいのです」

「……リアム。わたしも反省するよ。自分が見えていなかった。申しわけなかった」

謝罪するのはサミュエルだ。

「学期末のテストでは見直したよ。あれほど熱心に勉強に打ち込むとは思わなかった。そして結果を出した。もちろん過程も素晴らしかったが、さらに結果を出し、それ以降も勉強を続けている。それに授業でも準備や始末などを丁寧に行っていると耳にしている。それなのにわたしは……ソラとリアムのどちらを信じればいいのか決断できなかったんだ。こんなわたしでは、オーウェン殿下の側近になりたいと思うことすら許されない」

「だから言ったじゃん。サミュエルは全然、まーったくエリートなんかじゃないって！」

あはは！　と笑っているソラに、僕は首を振る。

「それは違います。サミュエルさん、よく気付いて踏みとどまってくれました。感謝します」

僕は頭を下げた。ゲームでのサミュエルはいつもリアムを見下し、最後まで信用しなかった。この世界では、ソラへの好感度が高い中でも僕を信じようと足掻いてくれたのだ。

「発言、よろしいでしょうか」

ローガンが歩いて来る。

押し倒されたままのソラを見下ろしながら小首を傾げる。

「ともかくあなたの言いがかりは酷かった。証拠もないのに、あなたの想像だけで事を進めようとしているのがあからさまで大変見苦しかったし、陰湿でした。たとえオーウェン様があなたを婚約者に選ぼうとも、あなたを支持する気は毛頭ありませんでしたがね」

「はあ？　今までだんまりだったのに突然イキってきてこっちが恥ずかしいよ！　何様だよ！　お前もリセットして消してやる！」

ソラの発言に、ローガンは微笑む。

「申しわけありませんが、先ほどからあなたの仰っていることが理解できません。リアム様は変わりました。変わろうと努力している姿に嘘は見受けられませんし、この方ならついていきたいと思えるのです。あなたにはわからないのでしょうね。心から同情します」

哀れみを称えたローガンの瞳は、心底そう思っているのだろう。

「何、馬鹿にしてるんだよ！　早くリセットボタン出てこいよっ！」

「見苦しいぞ、ソラ・ターナー」

オーウェンの声が響いた。

「先ほどから何を言っているのか、俺も理解に苦しむ。リアムはこの国の影の部分に胸を痛めていたんだ。それをどうしたらいいのかわからず躊躇っていた。しかしこのままではダメだと行動を起こした。考えるだけでなく行動するのは難しいことだ。今のリアムは人に寄り添うことを知っている。それは彼が今までの行いを省みたからだ。自分の非を認めて改心することは容易でない。だからこそリアムの行動に共感し、賛同する者たちが現れ、その輪が広がっているんだ」

街や孤児院の人々について言っているのだろう。たしかに輪は広がってくれたと感じている。

「オーウェン様、皆さん。身に余る賛辞に恐縮します。ただ僕は、自分の夢のために足掻いていただけなのです」

「それでもだ。その思いが人の心を動かしたんだ」

オーウェンの言葉に、僕は周囲を見渡した。

侯爵やロイドやクラスメイトたち。それに講堂に集まっている生徒やその保護者も頷いている。

「それなのに、ソラ・ターナー。君の言動は目に余るものがある。街や孤児院や学園の人々から、寄付の強請について非難の声があがっている。何度も忠告したが改善する気配もない。それに街や学園での振る舞いについても多くの苦情が集まっている。これについても改善の余地なしだと判断せざるを得ない。残念だ。追って沙汰を下す。捕らえよ！」

凜としたオーウェンの低い声が会場に響き渡ったと同時に、警備の騎士たちにソラは捕縛された。最後まで「リセット！」と叫んでいたソラが憐れだった。なぜ、どこで道を踏み外してしまったのだろう。

ソラの姿が見えなくなるまで僕は動けなかった。

もしかしたら、ソラが僕だったのかもしれないのだ。

気付けば、会場の楽団がスローテンポの曲を演奏し始めていた。以前ダンスの練習に付き合ってくれたときにオーウェンが口ずさんだ曲だ。

「綺麗なメロディー」

「ああ、『デスティニー』だな」

心地よい音色とメロディーで癒やされる。ようやくゲームエンドだ。

この曲はゲームを攻略した際に流れる曲だと、今思い出した。隠しシナリオではエンドまで進められなかったから知らないけれど、もしかしたら同じ曲なのかもしれない。

騒ぎに駆けつけた侯爵とロイドに説明するために会場を後にして、控えの教室に向かう。

侯爵へは、オーウェンからの申し出を受けたことをあらためて伝えた。

ロイドは喜び、侯爵もよくやったと褒めてくれたが、僕にとってはこれからが勝負だ。侯爵とロイドは王宮について詳しいだろうから、教えを請いたい。

「これからもよろしくお願いします」

頭を下げると、二人は頷き、握手を求めてきた。

これから王宮に向かい、王と王妃に婚約を報告しようとオーウェンから伝えられる。そして話はしているから後は報告だけだと微笑む。

「ソラさんはどうなるんですかね」

侯爵とロイドは別の馬車で移動するらしい。今はオーウェンと二人で馬車に乗っている。

「投獄は免れないだろうな」

「そうですか……仕方ないんでしょうね」

どこかで止められたのかもしれないと思う反面、自分には難しかったとも理解している。

「一度、落ち着いた頃にソラさんに会って話を聞きたいのですが」

現実を受け入れてほしいが、難しいだろう。それほどソラの態度は常軌を逸したものだった。

「そうだな」

ここはゲームの世界かもしれないが、僕たちにとっては現実だった。今後もこの世界を生きていくのだ。それを伝えられるのは自分しかいない。僕の言葉を信じる信じないの判断は、ソラ自身に委ねよう。しかし転生した自分だからこそ、伝えなければならないのだ。

「ソラさんとの話次第になりますが、減刑を望むかもしれません」

オーウェンの気持ちはわかる。やはり彼の言うように、どこかにソラの逃げ道を作りたいのかもしれない。しかしオーウェンとは違い、それは自分のためなのだ。できればわかってほしいという自己満足に過ぎない。

けれどオーウェンは「リアムの気持ち、わかるよ」と微笑んだ。

「入学したときのソラは、まるで幼い子どものようで危なっかしいなと感じたんだ。遠方の男爵家の出身で、王都から離れているからこそ素朴で純粋な学生だと思えた。三年の春には今だから感じるが、ソラが輝いて見えるのが当然だと思えてな。しかしどこか違和感を覚えて心から信用することができなかったんだ。アレンやサミュエルはソラを信じてかわいがっていたようだったが。それでも、何か事情があったのかと考えてしまう……。甘いんだろうな」

「……信じたいっていうのは、いいと思いますよ。僕もそうですから」

どんなに酷い仕打ちをされても、話せばわかってくれるかもしれないとどこかで期待している。

しかしそれはあくまでも自分の思いだ。ただソラに関しては難しいだろう。

「リアムと話ができてよかった。あのときの直感を信じてこうしてリアムと手を取り合えたのも、運命なのだろうな」

「そうであったら嬉しいです。僕を信じてくれてありがとうございます」

にこりと微笑むと、オーウェンも笑みを返す。

「リアムは俺の天使だな」

オーウェンは嘘を言わない。

だからこそ僕は苦笑する。

「……オーウェン様、それは盛りすぎかと思います」

神と人とを繋ぐ存在である天使と一緒など、恐れ多くて肩をすくめる。

「盛ってなどいないぞ。現にアレンは俺と同じように目が覚めた心境になったと言っていたし、サミュエルも同じだろう。リアムが言うように、人間は間違える生き物だ。しかしそれを省みて、正しい道に戻れる聡明な生き物でもある。リアム、君に尊敬と感謝を」

オーウェンは僕の手を取ると、口づけてきた。

その瞬間、ドクンと心臓が跳ねた。今まで柔らかな甘さだと思っていた匂いが濃くなってくる。

「あ……っ、……な、に」

「これは……リアム、発情期はいつだ」

眉間にしわを寄せたオーウェンに食い入るように見つめられ、息をのむ。

「……はつ、情期……は、まだ」

「では、これが初めての発情か」

「なに……あつい……」

火照るような暑さを感じて、下腹もひどく疼く。

「……リアム」

蕩けるような眼差しと声音に、腰が砕けたのかと思った。

「……ん」

この状況はなんなのだろう。

目の前にオーウェンの顔がある。まつげまで黄金色で、長くて綺麗だ。伏せた瞼の下にはいつもリアムを映している瞳がある。目を開けてほしいと伝えたくて動いた唇をオーウェンに舐められる。

「ん、ふ……」

背中に回るオーウェンの手は力強くて熱い。先ほどパーティー会場で肩を抱かれたときの暖かさとは比較にならない。

「リアム……」

「オ、……ウェン、様」

長いまつげが揺れてオーウェンの瞼が開くと、見たかった海色の瞳が現れる。

「番《つがい》になろう」

「つがい……はい」

瞳に映っているのはリアム。この世界に来ての自分だ。

出会ったときから香ってくる、オーウェンの甘い匂い。それがアルファのフェロモンだというゲームの知識はあったけれど、知識として知っているのと、こうして実際に香ってくる匂いに惹かれるのとは全然違う。

オーウェンの匂いを感じられたのは世界で自分一人なのだ。これこそが運命だと胸が熱い。

オーウェンの運命の相手として定められていたのは誰だったのか。

ソラだったのか、リアムだったのか、今はわからない。

もしかしたらほかの誰かかもしれなかった。

最初は不確かな縁だったが、互いの思いから結ぶことができたと思えるほど、僕はゲームのシナリオから外れた道を進んできた。

ゲームは関係なく、思い思われることが恋愛なのではないか。

『運命の恋の相手は誰？　それは、あなた自身が手にする未来だよ』

転生前の事故のときに見たテロップの文字を思い出した。

「最初から、僕にはオーウェン様しか見えていませんでした」

啄むようなキスを受けながら、オーウェンに伝える。

今思えば、出会った瞬間に僕は自分の未来へ手を伸ばしていたのだ。

「好きです」

伸ばした手が、温かなオーウェンの頬に触れた。

「誰か一人へ特別な感情を抱いたことがなかったのに、初めて心を動かされたのがリアムだ。好きだ。そばにいてほしい」

「はい。僕も、そばにいたいです」

ずっと。

ゲームエンド後の今も、これからはじまる手にした未来でも、ずっと一緒にいられるようにと、僕は力強い腕に身を任せた。


王宮へ来たのはクリスマス以来だ。正面からではなく、人を避けるように裏手から王宮に入ったのは、恐らく僕が発情したからだろう。発情抑制剤を飲まずに、一刻も早く二人きりになれる場所に向かった。

まだ正気の思考が残されているうちに、この胸に込み上げている思いを伝えたい。

それなのに意味のないことばかりが口から出てしまう。

「はっ……あ、ん……熱い」

「よく耐えたな」

「オーウェン様……ん……ん」

とさりとベッドに横たえられた。覆われるようにオーウェンに抱きしめられ、口づけられる。

「俺のフェロモンに反応してくれたんだな」

下腹部から得も言われぬような疼きが湧いて止まらない。これがそうなら、オーウェンからのフェロモンを感じるたびに下腹部が疼いていたのだ。

オーウェンと出会うたびに下腹部に違和感を覚えていたし、接触があった際には、下腹部に力を入れなければ耐えられなかった。

こくこくと頷くと、オーウェンは目を細めて微笑む。

「フェロモンは相手への愛情が溢れたときにも出るものだから、伝わっていて嬉しいよ」

オメガは発情期にフェロモンが出る。しかしオーウェンの言うように、愛情が溢れたときにも出るようだ。

ならば僕の思いも、伝わっていたのだろうか。

「僕、の、思いも……？」

「もちろんだ。次第に溢れるフェロモンが増えているように感じられて嬉しかった。ただ勘違いかもしれないと、何度も確かめたくなったが」

スーツのボタンに手が掛かり、外されていく。

シャツ越しにオーウェンの大きな手の温もりを感じる。

「ん」

吐息が漏れる。

「階段か、ら、落ち……たとき、は」

「ああ、もちろんだ。次の日もそうだったし、たびたびリアムからの好意は感じていた」

自分自身にさえもオーウェンへの気持ちを隠していたはずなのに、見抜かれていた。今さらだが頬に熱が集まる。

「隠して、た、のに……？」

伝えると、額にキスされる。

「俺だってそうだ。皆に平等に接していこうと思っていたのに、できなかった」

眉尻を下げながら微笑まれ、僕はオーウェンの首に手を回す。

「好き、です。とても……好き。あなたが、王太子でなく、ても、惹かれていた」

「俺もだ。方向を間違えていた君の足掻きも、今なら理解できる。リアムはそうだな、根がまっすぐなのだろう。その分、他人からの言動に心を揺さぶられていた。しかし夢ができ、その夢に向かって進み始めた瞬間からぶれなくなった。だからこそ輝いているんだ」

髪に触れられ、口づけられる。

オーウェンは首に巻かれている首輪に触れると「外してもいいか」と問うてきた。

オメガのうなじを守る首輪を外す——噛んで番《つがい》になる気があるという現れだ。

「はい」

オーウェンにならいいと思う。いや、彼だからこそだ。

シャツのボタンを外され、肌が空気に晒される。

オーウェンの熱の籠もった大きな手が触れた。物心ついてから、誰からも触れられたことのない体だ。それなのに彼の手には一切嫌悪感を覚えない。

「綺麗だ」

それどころか、早く触れてほしいとさえ思う。

そんな僕の心まで見えているのではないかと思うほど、オーウェンに見つめられている。

「オーウェン、様も」

「オーウェンだ」

「……はい、オーウェン」

オーウェンは上体を起こすと、ジャケットに手を掛けた。

現れた裸体も光り輝いている。

「まぶしい」

目を細めながら言うと、オーウェンは「リアムはぶれないな」と笑う。

服を着ているときにはすらりとした細身の体格だと思ったが、裸体を見れば鍛えられているとひと目でわかる。ソラの剣を弾いたときの動きは素早くて呆気にとられたが、この人が守ってくれたのだ。

「きれいな、からだ」

手を伸ばし、触れてみる。逞しい体つきに惚れ惚れする。

「元々体格がいいほうではなかったから、鍛錬を重ねている。だがリアムにそう言ってもらえると自信になるよ」

体を鍛えようと体力作りに励んでいるが、比べようもないほどだ。体力作りを始めてまだそれほど月日が経っていないからだろうが、一向に筋肉に結びつかないのは少し残念に思う。

僕の心中を察したように、オーウェンは「大丈夫だ」と励ましてくる。

「これからも一緒に体力作りをしよう。ダンスと剣の稽古をしていれば、努力は実を結ぶはずだ」

オーウェンの微笑みに、僕は素直に頷いた。

「……んっ」

啄むような口づけを受ける。

軽く触れあうだけの重なりに、少し物足りなさを感じるのはなぜだろう。

「ふ、ぅ……んぅ」

うなじに口づけられ、ちくりとした痛みを感じて呼気が漏れる。

頭を撫でられ、髪を梳かれる。

「はあ……ん、ん……ふ」

髪を撫でた手が、先ほど吸われたうなじをなぞっている。

喉元に触れるオーウェンの指や自分を見つめる眼差しにも熱を感じ、溶けてしまいそうだ。

「オー……ウェン」

艶を含んだ目が弧を描き、自分を見つめている。

好きだと思った人に請われている今が夢のようだ。しかし胸から脇腹を撫でてくる大きな手の熱さが、たしかに現実だと僕に告げてくる。

「綺麗だ。リアム、君が欲しい」

伝えられる言葉に震える。

誰にも愛されないのだと諦めていたのに、それでも心のどこかで期待する自分がいて惨めだった。無駄なことだと言い聞かせて、本音に気付かないように、ずっと蓋をしていた。そんなガラス細工のような心にオーウェンの手が届き、包み込まれているような気持ちになる。

「ふう、ん……んあっ」

胸の尖りを掠められ、思わず変な声が出てしまう。

それすら愛おしいのだと言わんばかりに微笑まれ、胸元に口づけられる。小さな粒を転がされ、先端を舌先で愛撫され、背がしなる。

「匂いが濃くなってきた」

嬉しそうにオーウェンは言うが、自分の匂いはわからない。

しかしオーウェンから香ってくる甘い匂いも濃くなってきているから、同じなのだと思う。

先ほどからくらくらと視界がくらむこともフェロモンのせいだろうか。

「あ……」

ズボンと下着を下ろされると、性器の先端から滲んでいた精液が糸を引く。小さな性器は存在を主張するように勃ち上がっていて、オーウェンの手に包み込まれる。緩急を付けて上下に扱かれると、堪えきれずに声が漏れる。

「あ、んう……っ、あっ、あっ」

オーウェンの動きを追うように勝手に腰が揺れている。

もう一方の手に胸の尖りを擦られ、顎がのけぞった。

「んんんぅ……っ」

ビクビクと腰が震え、堪えようと口元から手を放してシーツを掴んだ。

指の腹で捏ねるように先端を撫でられ、ぞわりとした快感が集まる。

「ああっ、やっ……ああっ、待って、オ……、ウェンっ、待っ……ああっ」

先端を刺激されながら大きな手で追い込まれると、奥まったところから精が込み上げる。

「んんん——……っ、あっ、あ、ぁあ——っ」

性器から熱いものが駆け上がる感覚に、閃光が走ったように目の目がチカチカと白んだ。

「……はあ、……はっ、あ……あぁ……」

くたりと脱力すると、大きな手が双丘の割れ目に触れてきた。

そこはなぜか濡れそぼっているようで、ぬちゃりとした水音が聞こえた。

「な、に……？」

この状態はなんだと訝しむと、オーウェンは「感じてくれて嬉しい」と頷いている。オメガであれば感じると濡れるのかと知識の上では納得する。しかしそれが自分の体に起きていることが不思議でならない。

「濡れてる……？」

僕は小首を傾げる。

「そうか。リアムは知らないのか」

僕の言葉を聞いたオーウェンは嬉しそうだ。

なぜ僕が知らないことが嬉しいのかわからず、眉間にしわが寄ってしまう。

それに気付いたオーウェンは「いや、まっさらなんだと嬉しくてな」と微笑む。

「ん……そこっ……んあっ」

割れ目の入り口をぐるりと円を描くように触れられ、変な声が漏れる。

「リアムの初めてをもらえて光栄だ」

「そんな……あん、うう……、ああっ」

そっとナカに挿入された指に違和感を覚えて後孔に力が入る。オーウェンの指を締め付けるようになって慌てたが、気にしていないように長い指はナカで動いたままだ。

「しっかり濡れているから大丈夫だと思うが、もし痛みを感じたら言ってくれ」

痛いことなのかと身構えたとき、表現しづらい高みを感じて息がつまる。

「ふあっ、……あっ、あっ」

「気持ちいいか」

これが快感なのだと教えられる。

何かを探るようにオーウェンの長い指が抜き差しする。

「はっ、あ……あっ、……んあっ」

全身の神経が集まっているかのように敏感に反応してしまう。

怖いくらいの快感に思わず手を伸ばすと、オーウェンの柔らかな髪に触れた。

「リアム、大丈夫か」

そう言いながらもオーウェンの手は角度を変え、動きを止めずに翻弄してくる。

「オーウェン、待って、ああっ、待っ……ひあっ」

一際強い快感を与えられ、髪に触れていた手に力が籠もる。

「ああ……はっ、……あ、ぁ……」

「リアムの声はかわいらしいな」

自分の声のどこがかわいいのか首を捻りたくなったが、嬉しそうなオーウェンの声を聞くと問うことすら忘れてしまいそうになる。

「オーウェンの、声も、素敵」

今なおオーウェンの声を聞くと下腹に響くのだ。

「リアムにそう言ってもらえると、この声でよかったと思うよ」

オーウェンは自身のズボンの前を寛げると、下着と一緒に降ろしていく。

現れた屹立に息をのんだ。転生前から他人と肌を重ねたことはないが、これから何をするのかは理解しているつもりだ。しかしまさか、このような剛直が、自分のナカに入るのかと目を見開く。

「怖いか」

僕の気持ちを察したように、オーウェンは頬を撫でてきた。

「番《つがい》に、なるから」

そのために必要な行為なのであれば構わない。

「番《つがい》になるためだけではないのだと知ってほしい」

オーウェンはキスをすると小首を傾げて微笑んだ。

こんなときまで彼の笑顔は眩しくて蕩けてしまいそうになる。何度もキスを受けている間に、後孔の入り口にぬるりとした熱を感じた。

「んんんっ」

宛がわれているのがオーウェン自身だと気付いたのは、ゆっくりとその熱が侵入したときだ。

「んっ、んん――っ」

唇が塞がれているのでくぐもった声だけが漏れていく。初めて与えられる圧迫感に首を振った。すると宥めるように頭を撫でられる。

「んふっ、んぅっ」

息苦しくなり、唇を開けると舐められた。隙間から差し入れられた舌が歯列をなぞる。口内を味わうように蠢く舌は、戸惑う僕の舌に絡み、まるでオーウェンの口内に導くように吸われる。

与えられる快感に酩酊してくらくらしたとき、後孔に感じていた熱が進んできた。先ほど解されていたナカは、容易にオーウェン自身を受け入れる。

「——あ、……は、ぁ……んん、う」

気付かない間に閉じていた目を開けると、オーウェンの海色の瞳と視線が絡む。

にこりと微笑むが、どこか余裕がない表情だ。

「痛みはないか」

「……はい、でも」

オーウェンはじっと何かに耐えているようだ。声も掠れて息遣いも荒い。

「少し馴染ませているから」

僕を案じているから動きを止めたのだと理解し、微笑む。

「大丈夫だから、オーウェン」

「……そうか」

オーウェンは頷くと、ゆるゆると腰を動かしてきた。

退いては打ち寄せる波のように、穏やかな快感が与えられる。

「苦しくはないか」

「ふ、……ぁ……あ、ああ……は、い」

乱れた息のまま答えれば、「そうか」と笑みを返される。

じわじわと奥へ進んでいく熱量に、どこまで入るのだろうと疑問に思う。

「温かいな」

「あ、あ……」

自分が思っていた以上に、オーウェン自身が進んでくる。緩やかな律動だが、指で解されている
ときに一際強い快感を覚えた場所を的確に擦ってくる。

「……オーウェン」

名を呼んだとき、「う……」とオーウェンが小さく呻いた。

しばしの間動きを止めたオーウェンは、また何かに耐えるように目を閉じた。

「はぁ……はぁ……どうしましたか」

薄らと滲んだ汗が、オーウェンの額からポトリと落ちた。

「さすがに先にイクのはどうかと」

苦笑しているオーウェンにつられて僕も微笑む。

頭を包まれるように抱き込まれると、オーウェン自身が一気に奥へと入ってきた。

「ひあっ、ああ、あ——あ、ふ……う」

小刻みに動く屹立はいつも疼いていた下腹を刺激してくる。届かなくてもどかしかった場所に与
えられる快感は、思っていたよりも強烈で目眩がする。

激しく突き上げられ、どれほどオーウェンが耐えていてくれたのかを全身で思い知る。

これほど自分を求めてくれる人はこの先、オーウェン以外にいないだろう。

同じ思いなのだと伝えたくて、ぶれる視界の中、必死にオーウェンの体を抱きしめる。

「……リアム……っ」

耳朶に囁かれ、体が弓なりにしなった。ぞわりとした痺れが背筋に走る。

「あ、ああ……ひ、ぁ、あっ、んんっ」

強すぎる快感に首を振ると宥めるように耳朶を食まれる。ついで首筋を舌が這い、うなじを吸われた。

「噛むよ」

何度も奥を突かれ、意識が飛びそうだ。

「はあ、あ……んふ、んんぅ……は、い」

返事をした瞬間、うなじに熱い痛みを感じた。

同時に最奥の扉をこじ開けるように強く穿かれて、快感の波に連れて行かれる。

「ああ――……っ」

一面に大海原が見えるようだ。オーウェンの海色の瞳だと思った。

「……くっ」

最奥に熱い飛沫を感じて達したのだと知る。

自身の性器からも込み上げる精が弾けた。

『攻略対象は三人。王太子のオーウェン・エヴァンスは、甘いマスクの十八歳。爽やかな笑顔で、あなたを優しく包んでくれるよ』

荒い息の中、ふとゲームの解説を思い出す。

転生前に知ったオーウェンはゲームの攻略キャラだった。それが僕は転生し、生身の人間として出会った。

これはゲームだろうか。いや、ゲームではない、現実だ。

「はぁ、はぁ……オーウェン」

「ああ」

互いに身を預けながら睦言を交わす。

「僕は、あなたと出会えてよかった」

「俺もだ。君と運命を感じられてよかったよ」

「……はい」

運命の絆とはなんだろうか。ゲームの解説の中でさらっと書かれていたが、実際に生きていると正直よくわからない。

ただ言葉で説明できないだけで、これが愛だと言われればそうなのだろう。しかし言葉では説明できない繋がりが、たしかにオーウェンとの間に存在している。この三か月の間に十分すぎるほど実感した。

ゲームエンドの曲を聞いてなお、時間は止まっていないから今後も人生は続くのだろう。

この世界は現実なのだと、たったひとつの事実を受け入れればよかったのに、ソラは受け入れなかった。だからこそ、これからの時間も間違えたまま進んでいくのかもしれない。

「リアム、考えごとか！」

「少し。先のことを考えていまして」

愛しい番《つがい》に抱かれながら、僕はそっと目を閉じた。


ふと目を開ければ、オーウェンがいない。

「……オーウェン？」

伸ばした手は、まだ温かさが残されているシーツに触れる。しかし、彼がいないので酷く胸が締め付けられた。勝手に涙も零れてくる。

「オーウェン」

もう一度呼んだが返事がない。温もりに縋るように身じろぎ、彼の匂いを辿る。

「オーウェン……」

クッションに手が届き、たぐり寄せるとすんすんと匂いを嗅いだ。彼だと思おう。けれど、ここにオーウェンはいない。まるで大海原に一人で投げ出されたような心境だ。

「リアム？」

そのとき、愛しい人の声が聞こえてきた。

ハッとして顔を上げれば、慌てたオーウェンと目が合った。

彼は急いで僕の元に帰ってくる。

「どうした？　なぜ、泣いているんだ？」

目元を拭われながら聞かれる。

「オーウェンが、いなかったから」

ひとりぼっちにしておいて何を言うのだと、じと……と見つめる。

「悪かった。風呂の用意をしようと思って手間取っていたんだ。でも、もう、ひとりにはしない」

そう言うとオーウェンは素早くベッドに戻ってきて、僕を抱きしめる。

触れあう肌の温もりが、これ以上ないほどに愛おしかった。

◇　◇　◇

睦まじい日を過ごしたのは七日の間だ。

初めて迎えた発情期は、オーウェンに甲斐甲斐しく世話をされた。王と王妃、それに侯爵やロイドは、僕とオーウェンが番《つがい》になったことを喜び、僕の発情期が終わるまで待ってくれた。

今日はあらためて、王と王妃に婚約と番《つがい》になった報告をすることになっている。

「ほんっと驚いたんですからね！」

「いやあ、僕も驚いたよ」

「……心配してたんですからね」

「ありがとう、ダニエルくん。これからもよろしくね」

僕に発情期が来たと報告を受けたベル侯爵家の喜びようはすごかったらしい。侯爵はセバスチャンと一緒に泣いて喜んでいたと、ダニエルが教えてくれた。

ダニエルは泣いている二人をロイドに託してすぐに王宮に駆けつけてくれたのだ。隣室に控えながら、僕の身の回りのことをオーウェンの指示に従って整えてくれたのもダニエルだ。

「いやいや、僕は平民なので今回だけですよ。王宮まで従者としてお仕えできませんからね」

「そんなことないよ。僕のことを考えていろいろ言ってくれたの、知ってるよ。よろしくね」

「……口、悪いですけど？」

「もちろん」

「……そこは否定しないんですね」

「気さくに話してもらえて嬉しいんだ。返事は『うん』以外に受け付けないから」

「仕方ないですね。断ったら黒魔術使われそうだし」

「しないから、そういうの」

「わかってますって。……こちらこそよろしくお願いします。口と態度の悪さは勘弁してくださいね、努力はしますけど」

「ありがとう、ダニエルくん。二人きりのときは今まで通りでいいからね」

「二人で何をそんなに楽しそうに話しているんだ？」

扉をノックして部屋に入ってきたのはオーウェンだ。今日も眩しいくらいにかっこいい。

今から王と王妃に報告をするので、僕もオーウェンも正装だ。オーウェンはいつもと違って髪をうしろに撫で付けているし、正装もよく似合っていて輝いている。

「支度はできたか。いつも以上に美しいな、リアムの髪の色がよく映えている。さすがはダニエルくんだ」

僕がダニエルを「ダニエルくん」と言うので、オーウェンにも言い方が移ったようだ。

「恐れ入ります、オーウェン殿下」

「リアムと君の関係は聞いているから、そんなに恐縮せず、いつも通りで構わないよ」

「それはさすがに……って言いながらも、たぶんポロッといろいろやらかすと思うので、その際には教えてください」

「ああ、頼りにしているよ」

互いに頷き合うオーウェンとダニエルを見るのはなんだか感慨深い。こんなシーンはゲームには出てこなかった。それにしても、いつ見てもオーウェンは輝いている。

「さすがオーウェンだ。いつも以上に眩しい」

番《つがい》になったのだから、敬語はやめてほしいとオーウェンに言われた。時々敬語になってしまうが、気軽に話していることにも感じ入る。

「リアムもいつも通りぶれないな。いつまでも番《つがい》に好いてもらえるように頑張らねばな」

「それ以上輝いてしまうと、眩しくて直視できなくなる気がする」

「それは困るな」

鏡面台に座って身支度を調えていた僕のそばに来ると、オーウェンは跪いて手を差し出した。

「リアム」

「……はい」

やはりオーウェンは王子様だと、くらりと目眩がした。

王と王妃への報告は滞りなく行われた。まさか王宮勤めの重鎮たちも揃っているとは思っていなかったので、王の間に通された際には驚いた。

「……っていうか、お偉いさん方がお揃いなら、教えてくれててもよかったのに」

少々ふてくされてしまうのは許してもらおう。

「いや、俺も驚いたから」

「知らなかったの？　知っていて、あんなに落ち着いて対応しているのかなって」

「まさか。でも咄嗟のときにも平常心だと思っているから、実行できてよかったよ。恐らく卒業パーティーでの一件でリアムに興味を持ったのかもな。俺が今まで誰ともそういう話にならなかったから、とくに」

「なるほど、緊張するなあ」

二人で苦笑していると、先ほど王の間にいたベル侯爵が追いかけてきた。

「殿下、本当におめでとうございます。リアムもおめでとう」

心から笑っているような侯爵を見るのは、初めてではないだろうか。

「ベル侯爵、今後は義父になるのですから、そう堅苦しいのは」

「義父ですか……」

うっ……と涙ぐんでいる侯爵に呆気にとられた。先日もそうだったが、まさか侯爵が涙もろいとは。設定にも書かれていなかったが、もしかしたら僕がシナリオから外れた道を進んだから、侯爵も変わったのだろうか。そうであれば喜ばしいことだ。もうここにはきっと、悪事に手を染めるベル侯爵はいない。

ただ、どこまでゲームの強制力があるのか未知数なので、心しておこう。オーウェンとの愛情が関係するかもしれない。

「難しい顔をしてどうしたんだ」

ひょいと顔を覗き込まれて、僕は少々のけぞってしまった。

「いえ、少し、未来のことを考えてしまって」

オーウェンにはゲームのことは言わなかったが、それ以外の範囲で僕の心配事を相談していたから、何かを察したようだ。

「大丈夫だ。リアムと俺の間には、運命以上の絆があるんだ」

「……そうだね」

頬が染まるようなことをサラリと言うオーウェンは、どこまでも王子様だ。

「協力を惜しみませんので、どのようなことでもご相談くださいませ」

頭を下げる侯爵に、僕は頷いた。

「父さん、どうぞ顔を上げてください」

「リアム……」

「はい。父さんと一緒にこれからもこの国を支えていきたいと思います。よろしくお願いします」

自分のために、あえて言葉に出す。声にして発すればその言葉に魂が宿ると、転生前の日本では信じていた。

この世界ではどうだかわからないが、自分の中でそう信じていればいいと思う。

「大丈夫だ。父さんを信じなさい」

侯爵にまっすぐに見つめ返され、僕は再度頷いた。どちらからともなく握手をすると、その手にオーウェンの手が重なった。

「共に」

「はい」

「ええ、もちろんです」

ここでも未来は変わったのだ。

◇　◇　◇

しかし、それでも変わらない人がいる。

卒業パーティーからひと月が過ぎていた。

オーウェンの部屋に戻る廊下で、ソラのことを尋ねてみる。

「今は牢で反省させているが、話がまとまらず難しい状況だ」

やはりそうなのかと思う。

「一度会いたいと思っているので、機会が欲しいなと」

「そうだな。では……明日はどうだろうか」

オーウェンも付き添ってくれるとのことで、一安心だ。もちろんアレンも来るだろう。サミュエルは家で自主的に謹慎しているのだと聞いた。

できればソラと向き合ってほしいが、今はそのときではないだろうからそっとしておこう。

「明日ですね。わかりました」

オーウェンと婚約して番《つがい》になったことや学園を卒業したこともあり、王宮にある彼の部屋の隣に僕の部屋を用意された。

「では少し、明日のことを話しておこうか」

「打ち合わせだね」

実はこの一週間で、ゲーム内容を思い出しながら過去のリアムの悪行について謝罪をしている。

僕が転生する前のことだけど、リアムとしてこれからも生きていくのだから、迷惑をかけたことに関してけじめをつけておきたかった。

過去を踏まえて未来を考えるという僕の発言通りの行いに、人々は謝罪を受け入れてくれた。だからこそ、ソラにはどのように話を持ちかければ僕の話に耳を傾けてくれるのか、考えてしまう。

午前中に牢獄に向かうことになった。

現在のソラは数々の罪の証拠を揃えられている段階だ。

一番大きいものは僕への殺人未遂だ。街や孤児院の人々に迷惑をかけたことや、学園内とはいえ、あることないことをでっち上げて僕の悪評を吹聴したこともある。ほかにも小さなことを挙げれば切りがないことがわかってきた。

「すべての罪を合わせるとな……」

「そっか……仕方ないかもしれないけど、ともかく会って――」

「だーかーらー！　ほんっとしつこいなあ！」

ソラが収監されている牢の手前に来たとき、甲高い声が響いて思わず「げ」と漏らしてしまった。

「なんか変わってない……」

少しは大人しくなっているのかと期待していた。

「まあ、……そうだな」

「ソラはソラだってことだな」

アレンも合流すると、変わらないソラの言葉に苦笑している。

「しかしリアム、本当に二人きりで話をするのか」

「はい。少し離れた場所で見守っていてほしい」

「わかった。危険はないと思うが、万が一の際には俺も話に加わるから」

「ありがとう」

ソラとふたりきりで話をしたいと伝えたのは僕だ。

牢をひとつ開けた距離で、オーウェンとアレンは待機する。

「とにかく出せばいいんだってば！　僕は主人公なんだか……って、何しに来たのさ」

僕の姿を認めたソラは、冷ややかな眼差しを向けてくる。

「何度言っても態度をあらためず……」

看守もほとほと困っているようで、僕は頭を下げる。

「お疲れ様です」

「ああ、いえ」

看守もオーウェンたちが待つ場所に行ったことを確認すると、僕は牢の正面に立った。

「っていうかさー、やっぱお前ってハーレム狙いだったんだあ。なんかそういうのって笑えるー」

あはは！　と、ここでも人を小馬鹿にした態度なのは徹底していると思う。

何がソラをそこまでさせるのだろうか。

とはいえ、いちいちその言葉すべてに反応していては本題から逸れてしまう。

「質問があるんだ。答えられる範囲で答えてほしい。まずは」

「何、偉そうにしてんの？　悪役令息なのにさ」

「続けるよ。君はここにいたい？」

「はあ？　こんなとこ、今すぐ出たいに決まってんじゃん」

馬っ鹿じゃないの？　とそれでも憎まれ口をやめないソラに、僕は首を傾げる。

「おかしいね」

「はあ？」

「出たいなら、自白して、少しでも刑を軽くしようとするはずだけど」

「そもそも僕になんの罪があるのさ。ここは僕の世界。僕が主人公のゲームの世界！」

「であるならば、今ここに、君が、そのような惨めな姿でいるはずないよね」

「……ムカつく」

「のは僕も同じだけど、話を続けるよ。ターナー男爵と話をした？」

「……するはずないじゃん、あんなのと。保釈金っていうの？　そういうの揃えてくれば、会ってやらなくもないけどね」

「男爵は爵位を返還するつもりだよ」

「は？」

「財産はすべて、君が迷惑をかけた方々に」

ガシャンと音を出しながら、ソラは牢の鉄格子を掴んだ。

「馬っ鹿じゃないの？　なんでそれを僕のために使わないんだよっ！」

僕は目を細めてソラを見据える。

「なぜだと思う？」

「ほんっと馬っ鹿ー！　貧乏男爵家が出せる金なんて、雀の涙もないだろうにさ」

「本来の息子であれば、今頃きっと男爵は幸せだっただろうね」

「はあ？　何言ってんの？　僕が」

「ターナー男爵は誠実な人だ。だからこそ、三年の春から突然、豹変した君の姿に困惑していた。

恐らく君がこの世界に転生した頃だろうね。だからこそ君の更生に力を注いでいたと聞いたけど、それをはねのけて学園で好き放題したのは君だよね」

「は？　意味わかんない」

ソラは僕を嘲笑うような態度だ。

「それなのに君は、まだ男爵の息子だと言い張るの？　シャルル・ターナーであれば、また違った今を迎えていたかもしれないね」

調査の結果をオーウェンから聞いていた。

「お、お前……主人公である僕に向かってっ」

「ただ、ここにシャルルはいないし、たしかに君は主人公だったかもしれない。しかし君がやったことは主人公にあるまじき行為だった。いや、人として。学園内で処理できる範囲を超えているんだよ、君がしたことは」

じっとソラを見つめる。

「ゲームのリアムには、たくさんの断罪エンドがあった。君はそれを読み間違えた。行った悪事の数だけ、それに対してのバッドエンドが用意されていたんじゃないかな。今さら知らなかったとは言わせないよ」

ソラの顔色が変わる。

「たとえ主人公でも悪行を重ねれば罪になる。リアムが悪行を行わなければ罪にならない。当たり前のことだ。だからこそ君は僕の冤罪を仕立て上げようとしたんだ」

シャルルでゲームを進めれば、悪役令息の名に相応しい悪行を重ねるリアムはバッドエンドで断罪される。しかし、隠しシナリオの中ではリアムも主人公だ。逆境の設定だったが、ハッピーエンドも用意されていた。

ゲームエンドまで来てみれば、それ以上に僕はオーウェンに惹かれていたし、オーウェンからも愛情を傾けてもらえたので、今の状況を迎えられた。

「君がシャルルのように誠実に生きていれば、彼が辿り着いたハッピーエンドになったはず。しかし君は、悪役令息リアム以上の悪役だった」

「な、何、急にぺちゃくちゃ喋り始めてんの？　キモっ」

「核心を突いてしまったのかな、ごめんね」

「はあ？　何言ってんのさ。ってかオーウェンどこだよ。オーウェンルートを選択してるんだから、さっさと来ればいいのに。王族なんだから金出せるだろ。そういえば孤児院イベのときにも金を出し惜しんでさ。あいつケチなんだな、王太子なのにケチとか笑えるー」

「ケチじゃない。必要なときに必要なものを提供しているから、君が心配する必要はないよ。では、質問に戻るけど、ここはゲームの流れを汲んだ現実世界だと、君は理解してる？」

「だーかーらー！　ここは僕が主人公のゲームの世界なんだって。何度言わせるんだよ。馬鹿じゃないの？　ああ、馬鹿なのか」

「この生活はこれからも続くんだ。リセットボタンはこの世界にはない。そもそもゲーム画面やテロップ、好感度の数値も出ていない。君は行った罪を受け入れて刑に服すしか、道は残されていない。僕がリアムに転生したことを受け入れたようにね」

「お前……」

「驚いたよ、本当に。気付いたら悪役令息リアムだよ。それにゲームの主人公らしき君は、あきらかに王太子ルートの攻略を狙っていたから、詰んだなって思った。死亡エンドを避けたくて足掻いたのがはじまりだった。そこからは君が知っているリアムになるけど。ただ、そうだね……もし君が」

「うるさいうるさいうるさい――っ！　帰れ――！」

鉄格子をガチャガチャ激しく掴みながら、ソラは叫んだ。

慌てたようにオーウェンとアレン、看守たちも駆けつけてきたのでここで話は終わりになった。

「また来るから」

返事はなく、まだ何かを叫んでいるソラから僕は視線を外した。

「ありがとうございました。収穫はありました」

にこりと微笑んでオーウェンたちに伝えれば、「そうか」と頷いている。

「こちらの話を聞いて反応しているので、まだ話が通じるかなって」

「もういいんじゃねえのか」

たしかにアレンの言うように、もうこの件から手を引いて、後は国に任せればいいだろう。しかしそうできない思いが僕の中に生まれている。もしソラが現実を受け入れることができたら、話したいことがあるのだ。それはあくまでも僕の思いなので、ソラが拒絶するならやめておこうとも考えていた。

しかしソラは拒絶しているように感じられるが、会話は成立していた。こちらの話を聞いているのだから、どこかに糸口はあるはず。

「オーウェンのように広い心で接するのは難しいですが、どこかでソラさんが現実を受け入れると信じてみたい」

その上で聞きたい。もしソラが僕の話を聞いて、死亡エンドにならないように協力してくれるような友人関係を築けていたら、どうなっていたと思うのか、と。出会った瞬間にオーウェンに惹かれていたので、王太子攻略を狙っていたソラに理解してもらうことは難しかっただろうが、それでも考えてしまうのだ。

サミュエルと誠実に愛を育んでいれば、ソラはサミュエルとハッピーエンドになっていたはずだ。現にサミュエルは自主謹慎の後、ここへ来るだろう。それだけの関わりがソラとサミュエルにはあったと思う。しかし僕が思っているだけなので、違うかもしれない。

「ターナー男爵は方々に謝罪しに行きまくってるそうだぞ。あんな息子を持って、男爵も悲惨だなって、そっか。もう男爵じゃないのか」

アレンの言葉に、オーウェンは苦笑する。

「今は保留だ。ターナー男爵は爵位の返上を望んでいるが」

卒業パーティーのときのターナー男爵の姿を思い出す。

「今、男爵は、ソラには会わないと決めているんだよね」

オーウェンは僕の言葉に頷いた。

「先に迷惑をかけた人々に謝罪をすると言っていた。後は孤児院への寄付を募っていた際に集めた金を返しているようだ」

「そうなんだね。今はまだ難しいと思うけど、いつか男爵の気持ちが伝わるといいな。サミュエルも心配しているだろうし」

せめて牢獄でなく蟄居に減刑を望みたいが、そこまで求めるにはソラ自身が現実を受け入れ、罪を認めて改心する必要がある。

ターナー男爵やサミュエルの存在に気付いてソラが現実を受け入れたときには、道が開けるのではないかと思うのだ。

「そうだな。でもいつか伝わると思って行動することは悪ではないし、俺はリアムを応援したい」

「ありがとう」

「ひゅー！　熱いな」

「アレン」

「はいはい」

牢獄を出ると、暖かな日差しが降り注いでいた。すっかり景色は様変わりして、桜の花が咲き始めている。ゲームならば、スタート前の入学を控えている頃だろう。

「さてと。オーウェン、今日は孤児院に行くんだよね」

「ああ、その後は街に出て、路地裏を見て回ろうと思っている」

「護衛は騎士団にお任せください」

「ああ、頼りにしているぞ、アレン」

「はい！」

騎士服を着たアレンは、エンドロールの中で見た姿そのものだ。

「夢を叶えるって熱いですね」

アレンに声をかけると「まだまだ夢の途中です」と、任務中の態度に変わっていた。

「お互い夢に向かって頑張りましょう」

「俺も夢を追う仲間に加えてほしいんだけど」

オーウェンの言葉に、僕とアレンは顔を見合わせて笑った。

「もちろん。一緒に夢を追いかけようね」

児童支援員になりたかった僕の夢は形を変え、新たなる夢が芽生えている。

王太子であるオーウェンの横に立つ者として、オーウェンのように広い心で子どもたちを見守りたいのだ。そのために必要なことを話し合い、共に行動していくつもりだ。

「リアム、君がいてくれてよかった」

悪役令息リアムに転生したとわかったときには、シナリオから外れて静かに退場したいと思っていた。

しかしこうして愛しい番《つがい》と共に今を迎えられたのは、この場に立ち続けたからだ。

「こちらこそ。僕に気付いてくれてありがとう」

オーウェンは頷くと、僕の肩を抱き、そっとキスをしてきた。

エピローグ　ずっと一緒に

卒業パーティーから三か月が経った日の午後。

僕は午後から作っていたケーキをテーブルに並べていた。もうすぐ執務を終えたオーウェンが、ベル侯爵家にやってくる頃だろう。

基本的には王宮に住んでいる僕だが、週末はこうしてベル侯爵家に戻る日々を送っている。やるべきことはたくさんあり、王妃教育も始まっている。基本的な立ち振る舞いは侯爵家で身についていることが前提の内容だ。

しかし未熟なところも多いので、オーウェンから習うこともしばしば。来年には結婚式を行う予定なので、身が引き締まる思いだ。

「夕食を一緒にする約束をしているから、そろそろだと思うんだけどな」

その後はオーウェンと一緒に王宮に戻る約束をしている。

食堂には侯爵家の庭に咲いている花を摘んで飾ったし、テーブルクロスも新しいものに変えた。後はオーウェンの到着を待つばかりだ。

「リアム様、オーウェン様がいらっしゃいましたよ」

「セバスチャンさん、ありがとうございます」

「旦那様とロイド様もご一緒です」

「王宮で帰りが一緒になったのかな」

走っていきたいが、ここは侯爵令息として落ち着いた行動を心がけたい。急く気持ちを抑えて食堂から玄関ロビーに向かう。

「リアム」

「わあ……すご……！」

何本あるのかと思うほどの薔薇の花束を、オーウェンは両手一杯に胸に抱えている。

「オーウェン、これは？」

「リアムに。遅くなったけど誕生日おめでとう」

「え？」

リアムの誕生日は十二月なので、とっくに過ぎている。それに僕は自分の誕生日を話したことはない。

「私が聞かれたから答えたんだ」

ロイドだ。彼も綺麗な包装紙に包まれた大きな箱を抱えている。

「え、でも、僕の誕生日は十二月ですよ。今日はオーウェン様の誕生日を祝うために、集まってもらったのに？」

今日はオーウェンの誕生日なので、侯爵家で祝いたいと僕が言ったのだ。

もちろん王太子としての祝いの場は公に設けられているが、僕個人として祝いたかった。

僕の疑問に対して侯爵が口を開いた。

「リアムの誕生日を祝うことを忘れていた。……しかし先日、オーウェン殿下から、ありがたい申し出をされてな。恥ずかしながら我が家でもリアムの誕生日を祝いたいと思ったんだ」

「……そうですか。ありがとうございます」

なんだか感慨深い。好意はありがたく受け取ろうと思っていると、玄関先が騒がしい。どうしたのだろうと気になった。

「皆も祝いたいと言っていてな」とオーウェンが言う。

セバスチャンが扉を開けると、外には孤児院の子どもたちや街の人々、路地裏に住んでいる親子などの姿があった。

「リアム様！　お誕生日おめでとうございます！」

「わあ、皆も来てくれたの？」

慌てて駆け寄ると、子どもたちから手紙や手作りの品々が渡される。

「先日のクロスを気に入ってくださって、感謝しています。リアム様が話題に出してくださったおかげで、注文が増えていまして」

侯爵家の食堂にあるテーブルクロスだ。王宮にも持参して使用しているので、そこから口コミで貴族社会に話が回っているのだろう。

このクロスは細かな作業が必要になる。今は仕立屋で作っているが、そのうち作業場を拡大する予定だ。作業員の多くは路地裏に住む女性たち。もちろん住環境の改善も行っている最中だ。衣食住は自立に必要だと考えていたが、どのように進めていくか検討されていた。

オーウェンと共に直接路地裏に何度も足を運んだ。僕の評判を聞いていた路地裏の人々は最初は警戒していたものの、徐々に僕の話に耳を傾け始めている。

路地裏に住む人々に、作業場に入る前に身支度を調えてもらうための環境も用意した。最初は抵抗する人たちもいたが、理由を説明し、協力を仰いでいる状況だ。

「いえいえ。素敵なものは皆に知ってほしいですし。こちらこそありがとうございます。今度はミニサイズをお願いしたいなって思っているんです」

「もちろん承ります」

仕立屋の女性は嬉しそうに何度も頷いている。

「よかった。でも順番はしっかり守るので、いただいている注文分から仕上げてくださいね」

「リアム様！　これを。新作のパンです。もちろん野菜入りですよ！」

街のパン屋の店主だ。今では僕の考えに賛同してくれ、路地裏に住む子どもたちの手伝いを受け入れている。今日も子どもたちと一緒に来てくれたようだ。

「わあ！　すごい！　検討していた分ですね。こんなにふんわりになるんだ。おいしそう」

「たくさん作ったので、よければ。この子たちと一緒に焼いたのでおいしいですよ」

「ありがとうございます。王宮にも持っていきたいと思います。王妃様、パンがお好きなので喜ばれると思います」

「緊張しますが……でも自信作なので、なあ、お前たち」

「うん！　僕もこねたんだよ！」

「私は焼いたんだから」

「うんうん。楽しみだよ。ジャンも手伝ってくれたの？」

「もちろんさ。だってお前、……じゃなくって、リアム様の誕生日だろ」

ぷいっとそっぽを向きながらも、ユスの手を引いているジャンはしっかり者のお兄ちゃんだ。

「ユスも丸めたー」

「そっか。嬉しいな。後でいただくね」

集まってくれた人々には、侯爵からお礼の品が渡されていた。庭に咲いている薔薇だったり、光る石だったりだ。

「……まさかこの石って」

小さいがよく見かける石と少し違う気がした。

気になって侯爵の手元を見ていたら、ロイドが囁いた。

「うちの鉱山で発掘している原石の欠片だ。小さすぎて装飾に向かない分」

「こっ、……鉱山って、ベル侯爵家って何者ですか？」

ゲームの設定には書かれていなかったので驚いてしまった。

「そう大きな山でもないしな。そういうのに金を回したほうがいいだろうと、父さんが先日な」

設定に書かれていないわけだ。

「よかった、ほんとに」

「お前のおかげだよ、リアム。お前が最善を尽くそうとする姿を見ていたら、今やらないととんでもないことになると感じたんだ。鬼気迫るっていうのか、そういう感じだ」

だからロイドは協力してくれたのだ。感謝の思いを込めて何度も頷いていると、オーウェンに肩を抱かれた。その瞬間、人々から歓声が上がる。

「ちゅーしてよ！」

孤児院の女の子だ。

「らぶらぶなんだよね！」

ねーと女の子と男の子は、にこにこ笑っている。

「いいよ」

「え？　あの、オーウェン……っ」

僕の返事を聞く前に、オーウェンは軽く触れるだけのキスをしてきた。

「わー！」

「キャー！」

「……オーウェン、恥ずかしいんだけど」

「赤くなっているリアムもかわいらしいな」

「……王子様ですね」

「もちろん」

さあ、と肩を抱かれながら、皆に別れの挨拶をした。

「今日は驚かせようと思っていたのに、オーウェンたちに驚かされちゃった」

十九歳の誕生日を迎えたオーウェンは、来年は二十歳だ。

オーウェンと共にベル侯爵家から王宮に戻った僕は、ひと息吐こうとソファーに座った。

「驚かせたかったから成功だな」

オーウェンも僕の横に腰を下ろすと、いつものように僕の銀の髪を撫でてくる。

わずかに紫がかったこの髪色を、ゲームのリアムは疎んでいた。ベル侯爵家の血筋は、皆銀髪だ。だからこそ侯爵に拾われたのに、年を追うごとに色味が変わっていった。家族に愛されないのはこの見た目もあるのだと自分を大事にすることを忘れてしまったのだと思う。

その髪を撫でて梳きながら口づけるオーウェンは、リアムだけでなく、転生前の自分も救ってくれた。家族に愛されないのは自分のせいだと思い込んでいたのに、そうではないと教えてくれた。

「とても嬉しかった。でもどうして急に？」

「リアムの誕生日を祝いたかったんだ。リアムとの運命を感じた頃でもあるしな」

空気が変わった。

オーウェンはいつもと同じような柔和な表情なのに、どこか艶を含んだような微笑みを浮かべている。

「リアム、君が生まれてきてくれたことに感謝している」

「貧困街の生まれでも？」

「もちろん。出自は知っているよ。それでもリアムとして、ベル侯爵家の第二子として、胸を張っているリアムに惹かれたんだ」

オーウェンの言葉だからこそ信じられる。

「ありがとう、オーウェン。僕もリアムとして生まれてよかったと、今なら素直に思えるよ」

ゲームのリアムとしても、転生前の自分としても、同じ気持ちだ。

この人に出会うために生まれてきたのだ。

オーウェンは立ちあがると、そっと僕を抱き上げた。ベッドに横たえられ、にこりと微笑まれる。

「愛しているよ」

オーウェンは愛を囁くと、僕の体に覆い被さってきた。

「ん……」

うなじの噛み跡を撫でられながら口づけを受ける。

噛み跡は敏感で、触れられるとぞくりとした痺れのような刺激が背筋を走る。

「ん……ん……」

シャツに手を掛けられてはだけられると、大きな手が肌を撫でる。こうされると気持ちがいいと教えられているような僕の体は、すぐに快感を拾い始める。

敏感なのは噛み跡だけではなくて、下腹も疼く。甘い匂いは濃くなり、むせ返るほどの香りが鼻腔に吸い込まれる。

「ん……ぁ……ん、ふ……ん、ぅ」

覆われるように口づけられ、唇を舐められ、吸われる。

肉厚な舌が入り込み、口内を味わっているようだ。つんと尖った乳首を摘ままれて弾かれる。乳輪を刺激するように、ぐるりと円を描くように触れられる。

「あ、は……っ」

思わず顎が上がると、追いかけられるように再び唇が重なる。

シャツは脱がされ、肩や腕や胸から疼いている下腹を、剣だこのある節くれ立つ大きな手が這う。

触れられたところからじわじわと痺れに似た熱が生まれた。

「ん……ふ、……んん……ぁ、あ……」

重なっていた唇はうなじを舐め、胸へと降りて赤く火照っている粒を舐め転がしてくる。

「ああ……ん……はぁ……あっ、んんぅ」

番《つがい》になるために繋がる行為だと思っていたが、今は違う。

互いに愛し愛されているのだと告げ合う行為でもあるのだ。

胸に触れていた大きな手は下肢に伸び、ズボンの前を寛げてきた。

「……オーウェンも」

「ああ」

頷くと、オーウェンも逞しい裸体を晒す。

下腹を撫でられると、そのまま大きな手は双丘の割れ目を撫でてきた。

「ん……」

滑るような感覚は、オメガの粘液だ。長い指が入ってくると、何度か抜き差しされる。僕のいいところを優しく撫でられると勝手に体が揺れてしまう。

入り込んでいる指は、徐々に深いところを広げていき、ぬちゅぬちゅと水音が聞こえてくる。下腹部を撫でていたもう一方の手は胸へと伸び、尖りを掠めた。

どちらの刺激にも感じてしまい、甘い声が口から漏れ出ていく。

「ふあ……あ、んんぅ……ん、……ぁ」

もう少しでイきそうだと思ったとき、僕を翻弄していた指が抜かれた。

「……あ」

そこにあるはずのものがない、喪失感に似た感情に気付く。

「ん……」

オーウェンは体を起こすと、僕の片足を持ち上げ、自身の昂ぶりを窄まりに宛がった。ぐっ……とその熱は進んでくる。

「ああ……あっ、……んん、う……」

ゆっくりと進んでくるオーウェンの熱量。彼と繋がっているのだと感じて安堵する。生まれたときからひとつだったような心持ちだ。

「んん……んあっ、あっ、あ、ひっ……ああ……」

揺さぶられながら、「リアムの中は気持ちがいいな」と少し苦しそうなオーウェンの言葉を聞く。

「ああ、あっ……気持ち、……い」

自分も同じだと伝えると、オーウェンはにこりと微笑みながら揺れている。

浅いところから徐々に奥へと進んでいき、最奥の先へ進もうとしているようだ。

そこに何があるのかわからないが、その瞬間、表現しがたい快感に襲われた。

「ひっ、ああ、あっ、やあっ」

理由のわからぬ感覚に思わず首を振ると、宥められるように口づけられる。

肩から全身を覆われるように抱きしめられ、逃げを打とうとしていた体が動けない。

「ああ……んんっ、ん――ああっ、あっ、あっ、……ひ、あっ」

最奥にドクンと精が弾けた。

一瞬意識が飛んだように思ったが、強い快感に引き戻される。

「……リアム」

狂おしいほどの思いが込められているような声音で名を呼ばれ、僕も必死に応える。

「――ああ、あ……オー、ウェン」

「リアム、愛している」


この人と、この世界で生きていく。

小さく何度か息を整えるように呼吸をして、「僕も、愛してる」と伝えた。

ハッピーエンドのその先へ ー
ファンタジックなボーイズラブ小説レーベル

&arche NOVELS
アンダルシュノベルズ

踏んだり蹴ったりな薄幸令息、
転生チートで幸せ掴みます！

悪役令息に転生したビッチは戦場の天使と呼ばれています。

赤牙 ／著

都みめこ／イラスト

王子の婚約者を虐げ、国教を侮辱したとして断罪された公爵令息アンジェロ。その償いに彼が命じられたのは、魔獣はびこる前線での奉仕活動!?　悪名高いわがまま令息に、そんな危険な任務など務まるはずがない……と思われたが、断罪の瞬間、アンジェロには前世の記憶が蘇っていた。かつて日本で気ままな遊び人をしていた彼は、看護師だった経験とひたむきな性格で、着実に周囲の信頼を勝ち取っていく。そんなアンジェロに、護衛の神殿騎士ノルンをはじめ、前線の人々は惹かれずにいられなくて……!?

詳しくは公式サイトにてご確認ください。
https://andarche.alphapolis.co.jp

異世界BLサイト“アンダルシュ”
新刊、既刊情報、投稿漫画、ツイッターなど、BL情報が満載！

ハッピーエンドのその先へ ―
ファンタジックなボーイズラブ小説レーベル

&arche NOVELS
アンダルシュノベルズ

化身は一途に想い続ける。
たとえその身が壊れようとも――

三十代で再召喚されたが、誰も神子だと気付かない

司馬犬 ／著
高山しのぶ／イラスト

十代の時に神子として異世界に召喚された澤島郁馬は神子の役目を果たして元の世界へ戻ったが、三十代になって再び同じ世界に召喚されてしまった！　だがかつての神子とは気づかれず邪魔モノ扱いされた郁馬は、セルデア・サリダートという人物のもとに預けられることになる。なんとその人物は一度目の召喚時に郁馬を嫌っていた人物で!?　しかしセルデアは友好的に接してくれる。郁馬はセルデアの態度に戸惑っていたが、とある理由から暴走したセルデアと遭遇したことをきっかけに、彼との距離が縮まっていき――

詳しくは公式サイトにてご確認ください。
https://andarche.alphapolis.co.jp

異世界BLサイト"アンダルシュ"
新刊、既刊情報、投稿漫画、ツイッターなど、BL情報が満載!

ハッピーエンドのその先へ ー
ファンタジックなボーイズラブ小説レーベル

アンダルシュノベルズ
&arche NOVELS

切っても切れない
永遠の絆！

白家の冷酷若様に転生してしまった1〜2

夜乃すてら ／著

鈴倉温／イラスト

ある日、白家の総領息子・白碧玉《はくへきぎょく》は、自分が小説の悪役で、さんざん嫉妬し虐めていた義弟・白天祐《てんゆう》にむごたらしく殺される運命にあることに気付いてしまう。このままではいけないと、天祐との仲を修繕しようと考えたものの、元来のクールな性格のせいであまりうまくいっていない。仕方なく、せめて「公平」な人物でいようと最低限の世話をしているうちに、なぜか天祐に必要以上に好かれはじめた！　なんと天祐の気持ちには、「兄弟愛」以上の熱がこもっているようで——!?

詳しくは公式サイトにてご確認ください。
https://andarche.alphapolis.co.jp

異世界BLサイト“アンダルシュ”
新刊、既刊情報、投稿漫画、ツイッターなど、BL情報が満載！

この作品に対する皆様のご意見・ご感想をお待ちしております。

おハガキ・お手紙は以下の宛先にお送りください。

【宛先】

〒150-6008 東京都渋谷区恵比寿 4-20-3 恵比寿ｶﾞｰﾃﾞﾝﾌﾟﾚｲｽﾀﾜｰ 8F
（株）アルファポリス　書籍感想係

メールフォームでのご意見・ご感想は右のＱＲコードから、
あるいは以下のワードで検索をかけてください。

アルファポリス　書籍の感想　検索

ご感想はこちらから

本書は、「アルファポリス」（https://www.alphapolis.co.jp/）に掲載されていたものを、
改稿、加筆のうえ、書籍化したものです。

悪役《あくやく》は静《しず》かに退場《たいじょう》したい

藍白（あいしろ）

2023年 7月 20日初版発行

編集－桐田千帆・森 順子
編集長－倉持真理
発行者－梶本雄介
発行所－株式会社アルファポリス
〒150-6008 東京都渋谷区恵比寿4-20-3 恵比寿ｶﾞｰﾃﾞﾝﾌﾟﾚｲｽﾀﾜｰ8F
TEL 03-6277-1601（営業） 03-6277-1602（編集）
URL https://www.alphapolis.co.jp/
発売元－株式会社星雲社（共同出版社・流通責任出版社）
〒112-0005 東京都文京区水道1-3-30
TEL 03-3868-3275
装丁・本文イラスト－秋吉しま
装丁デザイン－藤井敬子（ARTEN）
（レーベルフォーマットデザイン―円と球）
印刷－中央精版印刷株式会社

価格はカバーに表示されてあります。

落丁乱丁の場合はアルファポリスまでご連絡ください。

送料は小社負担でお取り替えします。


ISBN978-4-434-32293-8 C0093